中文版序

当我刚开始写《我们失去的光》时，我没有想到它最终会成为一部小说。那时我刚经历了一场可怕的分手，正提笔把那些零星片段记录下来。我感觉自己不仅失去了一个挚友，一个本以为会共度余生的人，更是失去了曾以为属于我的未来。原以为我们会有几个孩子、会全家一起度假、会养几个宠物，可现在全成为一个空空的洞。于是我开始写作。我写了一个名叫露西的女人，她也经历了一场破碎的感情。她的人生不同于我的，她的恋情也不是我的恋情，但她的感情，她正在经历的情绪，都与我的非常相似。在写作这个故事的过程中，我找到了方法，把我个人的情绪转化成艺术创作。

在这部小说中，露西和加布在大学的一堂莎士比亚课上相遇了，那是在 2001 年 9 月 11 日的纽约。他们之间的感情经历了那一天的锤炼——他们放下盾牌，卸下心防，看见彼此的脆弱、恐惧，以及梦想。随之而来的则是长达十三年的爱情故事，其中有秘密、有背叛、有野心，也有激情。

通过露西和加布，这本书探索了几个问题——人是应该相信命运还是抉择，寻求激情还是稳定，听从欲望还是爱？《我们失去的光》让读者们想起自己的初恋，想起自己是如何被那段情感所塑造或改变的，也让读者想明白，幸福的意义究竟为何。他们要想过上满意的生活，究竟需要些什么？

《我们失去的光》于2017年在美国出版，此后被翻译成36种语言，版权售出全球100多个国家。在我看来最难以置信的是，这样一个私密的、个人的故事竟然受到如此广大的欢迎。我收到了世界各地的读者来信，他们分享自己的故事，告诉我他们在读这本书时的感受，向我解释他们如何理解露西和加布在生命中某个节点所做的某些事。这让我意识到，无论人们在哪里长大，说着何种语言，信仰什么宗教，拥有多少钱财，他们都或多或少地经历过爱情，也都失去过某个人。

这本书在美国面世后，我受邀参加一个读书俱乐部，该俱乐部大约有三十名女性，她们都读了《我们失去的光》。其中很多人都有好些年的交情了，但大部分都是在结了婚、搬离这座城市并有了孩子后才互相认识的。她们告诉我，读了《我们失去的光》之后，她们第一次对彼此坦陈了自己的过去——是这本书让她们成为了更好的朋友，让她们的关系更紧密也更深刻。这确实让我想到故事的力量——它能让天南地北的人相连，也能让毗邻而居多年的人有了交集。我希望这本书对你也有这样的作用——当你读完《我们失去的光》，你能和某人分享自己的故事，由此建立新的纽带，与某个人相维系，无论你们是初识，还是已经相识很久。

吉尔·桑托波罗

我们失去的光

[美] 吉尔·桑托波罗 著 朱双南 译

the light we lost

JILL SANTOPOLO

中信出版集团 · 北京

图书在版编目（CIP）数据

我们失去的光/（美）吉尔·桑托波罗著；朱双南译．--北京：中信出版社，2018．7

书名原文：The Light We Lost

ISBN 978-7-5086-8653-0

Ⅰ．①我… Ⅱ．①吉…②朱… Ⅲ．①长篇小说—美国—现代 Ⅳ．①I712.45

中国版本图书馆CIP数据核字（2018）第034924号

我们失去的光

著　者：［美］吉尔·桑托波罗

译　者：朱双南

策划推广：中信出版社（China CITIC Press）

出版发行：中信出版集团股份有限公司

（北京市朝阳区惠新东街甲4号富盛大厦2座　邮编　100029）

（CITIC Publishing Group）

承印者：山东鸿君杰文化发展有限公司

开　本：880mm×1230mm　1/32　　印　张：10.5　　字　数：225千字

版　次：2018年7月第1版　　印　次：2018年7月第1次印刷

京权图字：01-2018-0784　　广告经营许可证：京朝工商广字第8087号

书　号：ISBN 978-7-5086-8653-0

定　价：48.00元

服务热线：400-600-8099

投稿邮箱：author@citicpub.com

前言

我们彼此相识相知半生。

我见过你微笑、自信、幸福快乐的样子。

我见过你崩溃、受伤、不知所措的样子。

但我从没见过你这样。

你教会了我发现美。在黑暗里，在废墟中，你总能找到光。

现在，我不知道自己还能发现什么美和光。但我会试着去找，为了你。因为我知道，你也会为我做同样的事。

在我们共同交织的生命里，曾经有过那么多美好。

也许我可以从那里开始讲起。

1

有时候，没有生命的东西看起来却像见证过历史一样。我曾经想象，我们大学最后一年在克雷默的莎士比亚课上用的那张木桌，年纪也许跟哥伦比亚大学一样老——它一直在这个房间里，早在几个世纪之前，它的边缘就被一群跟我们一样的学生磨平了。这当然是不可能的，但确实是我心中描摹的图景。坐在这里的学生，年代跨越了美国独立战争、美国内战、两次世界大战、朝鲜战争、越南战争、海湾战争。

奇妙的是，如果你问那天和我们在一起的还有谁，我甚至答不上来。我曾经能清晰地看到他们每一个人的脸，但是十三年过去了，我现在记得的只有你和克雷默教授。我甚至想不起那个冲进教室的助教叫什么名字。她那天姗姗来迟，甚至到得比你还晚。

你推开门的时候，克雷默刚点完名。你朝我笑了笑，摘下帽子揣进后裤兜，脸上露出了浅浅的酒窝。你的目光迅速落在我身边的空座位上，接着你的人也坐了过来。

“那么这位是?”趁你从背包里找笔记本和笔时，克雷默发问了。

“加布。”你说，“加布里尔·萨姆森。”

克雷默看了看面前的纸，“在本学期剩余的课上，让我们把‘准时’作为目标吧，萨姆森先生。”他接着道，“我们的课九点钟开始。所以应该说，让我们把‘提前’作为目标。”

你点点头。接着克雷默便开始讲《裘力斯·凯撒》。

“‘我们在全盛的顶点上，却有日趋衰落的危险。’”他读道，“‘世事的起伏本来是波浪式的，人们要是能够趁着高潮一往直前，一定可以功成名就；要是不能把握时机，就要终身蹭蹬，一事无成。我们现在正在满潮的海上漂浮，倘不能顺水行舟，我们的事业就会一败涂地。’[1] 我相信在座各位都提前读过了。谁能告诉我，勃鲁托斯在这里对命运和自由意志的真正观点是什么？”

我永远都记得那一章，因为自那天起，我无数次想到，我们在克雷默的莎士比亚课上相遇，究竟是不是命运的安排？这些年来让我们维系在一起的，究竟是天意还是人为？或许其实是两者的结合，正如顺水行舟。

克雷默发问后，很多人开始埋头翻书。你的手指捋过自己的一簇卷发，发丝弹了起来。

“嗯……”你开口了，班上其他的人跟我一样望向你。

但你没能说下去。

那个我记不起名字的助教冲进了教室。“对不起，我来晚了，”她说，“一架飞机撞了双子塔里的一幢。我正准备来上课的时候看到电视上在播。”

---

1 此处引用朱生豪译本。——译者注（若无特别标明，本书注解均为译者注）

没人意识到她的话意味着什么，甚至连她自己也不知道。

“机长喝多了？”克雷默问。

“不知道，”助教说着在桌前坐下，“我等了一会儿，但是主播也不清楚情况。他们说好像是架螺旋桨飞机。”

那件事如果发生在今天，我们的手机早就被新闻刷爆了。从推特和脸书到《纽约时报》的推送都不会少。但那时的通信还没现在这么迅捷，莎士比亚更是不容打断的。我们都只是耸耸肩，然后克雷默继续讲他的凯撒。我做笔记时，发现你的右手手指正无意识地摩擦着木桌的边缘。我草草涂鸦了一张你的大拇指特写，把那毛糙的指甲和开裂的皮肤都画了出来。那本笔记我还留着——在一个塞满了人文学和当代文化学科资料的箱子里。我肯定它还在那儿。

2

我永远都忘不了我们走出哲学楼时说过的话。虽然那只是几句泛泛之谈，却成为那天的一部分，刻在了我的记忆中。我们一起走下阶梯，并不是刻意一起，但肩并着肩。那天的空气很清澈，天空是湛蓝的——外面已经天翻地覆，只是我们还不知道。

周围的人都在互相打听。

"双子塔倒了！"

"学校停课了！"

"我想去献血，你知道哪里可以献血吗？"

我扭头看你，"出什么事了？"

"我就住东校区。"你说着指向宿舍区，"我们去看看吧。你叫露西，对吗？你住在哪儿？"

"霍根楼，"我说，"嗯对，我叫露西。"

"你好，露西，我叫加布里尔。"你伸出手来。我茫然中伸手和你握了握，同时抬起头来看你。你的酒窝又露出来，眼里闪着蓝色的光。然后，我的脑海里第一次有了这个念头：他真好看。

我们去你的住处看电视，一起的还有你的室友们——亚当、斯科特和贾斯汀。电视屏幕上，一具具身躯从高楼上坠下，焦黑的大块碎石把烟雾信号送上天空，双子塔轰然倒塌。满目疮痍让我们呆若木鸡。我们盯着电视上的画面，无法把这一切融入自己所在的现实生活中。惨剧正在我们身处的城市发生，距离我们安坐的地方只有七英里，那些都是人，活生生的人——我们无法接受这些。至少我无法接受，它显得如此遥远。

我们的手机都打不通了。你用宿舍的座机打给亚利桑那州的母亲报平安，我也给康涅狄格州的父母去了电话。他们想让我回家，他们有熟人的女儿就在世贸中心工作，此时音信全无；还有人的表兄之前正在“世界之窗”开早餐会议。

“还是离开曼哈顿比较安全。”我父亲说，“要是有炭疽病毒怎么办？或者其他生化武器，神经毒气之类的？”我告诉爸爸地铁已经停运了，火车多半也一样。

“我去接你。”他说，“我这就开车过去。”

“我没事的，”我告诉他，“我跟几个朋友在一起，我们很好。我晚点再给你打电话。”这一切仍旧感觉不真实。

“你知道，”我挂上电话后，斯科特说，“如果我是恐怖组织，就在我们头顶上丢炸弹。”

“你胡说什么？”亚当斥责道。他还在等纽约警察局的叔叔的消息。

“我是说，如果你从学术角度想想……”斯科特答道，但没接下去。

“闭嘴。”贾斯汀说，“我说真的，斯科特。现在不是开玩笑的时候。”

“我看我还是走吧。”我对你说。我根本不了解你，也才刚刚见到你的朋友们，“我的室友该着急我去哪儿了。”

“给她们打个电话吧，”你把电话递回给我，“就说你要去维也纳宿舍区的楼顶。你乐意的话，就叫她们上这儿来找你。”

“你说我要去哪儿?”

“跟我在一起。”你说着，手指不经意地拂过我的发辫。这是个很亲密的动作，是只有当私人空间的一切藩篱都被击破时才有的举动，就像没经过同意擅自吃光了别人盘里的食物。而突然之间，我感到和你有了某种联系，仿佛你停留在我头发上的那只手所具有的意义，不只是慵懒而神经质的手指。

多年以后，我决定捐掉头发时，曾经又想起那一刻。理发师把编好的发辫装在塑料袋里交给我，它们看上去比平时还要深棕一些。即使那时我们已经相隔一个世界之远，我仍然感觉自己背叛了你，好像切断了我们之间的纽带。

回到那一天，你摸了我的头发，紧接着你便意识到这一点，于是让手落到了自己的大腿上。你又对我微笑了一下，但这次不是发自内心的。

我耸耸肩。“好吧。”我说。

世界仿佛正分崩离析，我们就像跨入一面破碎的镜子，来到了四分五裂的世界。这里失去了所有秩序，我们的盾牌掉落了，我们的城墙崩塌了。此情此景，已经没有任何理由再说“不”。

3

我们乘电梯上了维也纳楼的 11 层，接着你推开走廊尽头的窗户。“二年级的时候有人带我来过这儿，”你说，“在你见过的纽约风光里，这里将是最震撼的。”

我们翻到窗外，爬上了屋顶，然后我倒抽了一口气。曼哈顿南面升起了滚滚浓烟，天空都被染成了灰色，整座城市笼罩在灰烬中。

“天啊。”我说，眼泪漫上了眼眶。我回想着那里昔日的样子，看着双子塔曾经屹立的地方如今一片虚无。这一幕打击着我。“那两栋楼里还有人啊。”你的手触到了我的手，然后握住了它。

我们站在那里，看着毁灭过后的余烬，一起泪流满面，就这样不知过了多久。当时我们身边一定还有其他人，但我记不起他们了。记忆里只有你，以及浓烟滚滚的画面。它深深刻进了我的脑海。

“现在怎么办?”最后我轻轻地说。眼前的景象让我认清了袭击的威力。“接下来会怎么样?”

你看着我，两人的眼里都有泪，我们的目光仿佛被某种力量吸引住了，忽略了周遭的世界。你的手滑向我的腰间，我半踮起脚尖凑上你的嘴唇。我们的身体紧贴着，仿佛这样能保护我们免遭接下来的一切不测，仿佛我的嘴唇紧贴着你的，是唯一能让我们安全的方法。你的身体包围我的那一刻，给了我这样的感觉——安全，被你手臂的力量和温度紧紧围绕着。你的肌肉在我的手中微微跳动，我把手指埋进你的头发。你把我的辫子攥进手心，轻轻摩挲着，让我的头向后仰。我忘记了世界。那一刻，只有你。

很多年来，我心中对此有种罪恶感。我们第一次接吻是在城市陷入火海的时候，那一刻我竟然迷失在你的怀抱里。这些都让我愧疚不已。但后来，我发觉并不只有我们是这样。人们悄悄告诉我，他们在那天做了爱，他们怀上了孩子，他们订了婚，有人在那天第一次说出了“我爱你”。死亡有种力量，让人想活下去。那天我们都想活下去，我不会因此责怪我们。我不会再这样了。

当我们停下来时，我把头埋进你的胸口。我听着你的心跳，那有节奏的跳动声让我感到安心。

我的心跳是否也给了你抚慰呢？如今呢？

4

你说要留我吃饭，于是我们回到了你的宿舍。你说，吃完饭后想带上相机再到屋顶上去拍些照片。

“发给《旁观者》吗？”我问。

“你说那家报纸？”你说，“不，是给我自己拍的。”

在厨房里，我被你拍摄的一沓照片吸引住了——那些黑白照片都是从校园的各个地方拍到的。它们美丽、奇异，沐浴在光线中。画面上的镜头拉得很近，连日常的物件看起来都如同现代艺术。

“这张是在哪儿拍的？”我问。接着又看了一会儿，才意识到这是一张鸟巢的特写，里面铺垫的材料看起来像是报纸、杂志和某人的法国文学小论文。

“哦，这个简直太神奇了。”你对我说，“杰茜卡·曹——你认识她吗？就是在合唱团的那个，戴维·布鲁姆的女朋友——她从房间窗口看见了这个鸟窝，里面还塞着别人的作业。她把这事告诉我，然后我就亲自去看了。我得把身体伸到窗外才拍得到它。小杰怕我掉下去，就让小戴拽住我的脚踝。不过我总算是拍到了。”

那个故事让我对你刮目相看。你胆大、无畏，为了艺术奋不顾身。现在回头想想，也许这就是你当时的目的吧，你是故意跟我炫耀的，但我那时没有察觉。我只是想：哇！我想着：他真厉害。但有一点是真的，从我认识你那天起就没变过：你在哪里都能发现美。你能发现别人注意不到的东西，这一直是我所欣赏的。

“你以后打算做这行吗？”我示意那些照片。

你摇摇头。“这只是爱好，”你说，“我妈妈是个艺术家。你应该看看她的本事，她做的那些壮丽的大型抽象艺术。但她真正拿来糊口的，是在小帆布上给游客画亚利桑那州的夕阳油画。我不想过那种生活——只创作能卖的东西。”

我倚着柜台，看着其他照片：渗进石凳的锈斑、大理石的裂纹、金属围栏上腐蚀的痕迹。我从未想过这些地方也暗藏着美。“你爸爸也是艺术家吗？”我问。

你的脸色阴沉下来。我看得出，仿佛你双眼后的一扇门砰然阖上了。“不是，”你说，“他不是。”

我不小心跨过了一条自己并不知道的断层线。我暗暗记下了它——我正在你的版图上探索，并且已经期待自己能熟悉这片疆域，以后能够时常航行其中。

你不说话了，我也不做声。电视的嘈杂声仍旧不断，我听到新闻主播正提到五角大楼的情况，还有那架在宾夕法尼亚坠毁的飞机。当下局势的恐怖感再次向我袭来。我放下你的照片，在这种时候耽于美丽似乎太不合适了。但回头想想，也许正应该那样做才对。

“你不是说要一起吃午饭吗？”我问。虽然我其实不饿，虽然电视屏幕上闪烁的画面让我的胃里翻江倒海。

你双眼后的那扇门又敞开了。“没错。”你说着点了点头。

你的全部食材只有玉米片。于是，趁着你把一次性铝箔托盘里的墨西哥玉米片和一把碎干酪倒进豁口的瓷碗里，我机械地切了几片番茄，又用一把生锈的开罐器打开了一罐豆子。

“那你呢？”你问，好像刚才的对话不曾陷入僵局。

“嗯？”我把罐头的盖子往下按，好把它撬起来。

“你是艺术家吗？”

我把金属圆盖子放在台面上。“不是。”我说，“我做过最有创意的事情就是写故事给我的室友们看。”

“写什么故事呢？”你把脑袋歪向一边，问道。

我低下头，不让你看见我脸红。“说出来怪丢人的。”我说，“讲的是一只名叫汉密尔顿的迷你猪，误打误撞被一所兔子大学录取的故事。”

你发出一声惊讶的大笑。“汉密尔顿，一头猪，”你说，“我明白了，真有意思。”

“谢谢。”说完，我又抬起头来看你。

“那你毕业后打算就做这个吗？”你伸手拿辣椒酱，然后在台面上把盖子敲松。

我摇摇头，“我觉得汉密尔顿小猪的故事不会有多大市场。我一直在考虑去广告业，但现在说这个感觉很蠢。”

“为什么蠢呢？”你问，一边猛地用力把盖子拧下来。

我望向电视机。“广告？做这个有什么意义呢？如果今天是我在地球上的最后一天，而我却要把所有的成年时光用来想方案，就为了兜售……碎干酪……或者墨西哥玉米片……我会觉得自己这辈子活得值吗?”

你咬住了嘴唇。你的眼睛在说：这也正是我所想的。我在你的地形图上又多学到了一点，也许你也在我这儿学到了一些。“那怎样的人生才算活得值呢?”你问。

“这也是我一直想弄清楚的。”我一边对你说，一边思考着，“我想，也许应该去做一番大事——用积极的方式。让这个世界变得比你发现它时更好一点点。”我仍然相信这点，加布。这是我终其一生都在为之奋斗的事——我想你也是如此。

这时，我看到某种东西在你的脸上绽放了。我不确定那是什么意思，那时我对你还不够了解。但是现在我明白了那种表情，它意味着你心中的看法正在改变。你把一片玉米片往辣椒酱里蘸了蘸，向我递过来。

“咬一口?”你问。

我咬下一半，你把剩下那半丢进了嘴里。你的目光顺着我脸颊的线条一路游移到我的身体。我能感觉到你正从各个角度和制高点审视着我。接着，你的指尖扫过我的脸颊，我们再次亲吻了。这一次，你尝起来是盐和红辣椒的味道。

在我五六岁的时候，我曾用一支红蜡笔在我的卧室墙上画画。我大概没告诉过你这件事。但不管怎样，当我画出爱心、树木、太阳、月亮和云朵时，我知道自己在做不该做的事。我心里能感觉到这一点，但我停不下来——我就是拼命地想这么做。我的房间被布置成粉色和黄色，但红色才是我最喜欢的颜色。我想让自己的房间变成红色。我要我的房间变成红色。在墙上画画简直天经地义，但同时又大错特错。

这就是我认识你那天时的感受。在悲剧和死亡之中亲吻你，感觉既天经地义，同时又大错特错。但我只专注于感觉对的那一面，这是我一贯的做法。

我把手滑进你牛仔裤的后口袋里，你的手也滑进了我的。我们把彼此拉得更近了。你房间的电话响了，但你没有理会。接着，斯科特房间的电话响了。

几秒钟后，斯科特来到厨房，清了清嗓子。我们快速分开，然后看着他。“史蒂芬妮在找你，加布。”他说，“我让她先别挂。”

“史蒂芬妮？”我问。

“没什么。”你回答，同时斯科特却说：“他的前女友。”

“她在哭呢，哥们。”斯科特说。

你看上去有点迟疑，目光从斯科特转向我，又转回去，“你能不能告诉她我一会儿给她回电？”你对他说。

斯科特点点头就走了。你抓住我的手，和我手指交握。我们的目光相遇，就像在屋顶上那样，而我无法移开目光。我的心跳开始加速。

“露西，”你说，不知怎么在我的名字中增添了几分欲望的味道，“我知道你还在这儿，我也知道这样很奇怪，但我得去看看她有没有事。我们上学年一直在一起，上个月才刚分手。而今天又——”

“我明白。”我说。奇怪的是，这让我更喜欢你了：即使你跟史蒂芬妮已经不再是恋人，你却仍然关心她，“反正我也要回去找我室友了。”我说，尽管其实一点都不想走，“谢谢你……”我话说出口却不知如何接下去，接着我发现自己说不下去了。

你用力握了握我的手指，“谢谢你让这一天有了更多的意义，”你说，“露西，露丝，露兹[1]在西班牙语里是光的意思，对吧?”你停下来，见我点头，又说，“嗯，谢谢你为这黑暗的一天注入了光。”

你总能为语言增添我所无法表达的感情，“你也一样。”我说，“谢谢你。”

我们再一次接吻，与你分开好难，分离好难。

“我晚些再给你打电话。”你说，“我会去查电话号码簿的。很抱歉只能请你吃玉米片。”

“保重。”我说，“我们下次还可以再吃玉米片。”

“听着不错。”你答道。

于是我走了，心中想着：我真的在人生最恐怖的一天遇上了一点点的好运吗?

你确实在几个小时后给我打电话了，但我们的对话内容却并不是我期待的。你说你很抱歉，真的很抱歉，你跟史蒂芬妮又复合了。她的哥哥失踪了——他在世贸中心上班——她需要你。

你说你希望我能理解，还再次感谢我在这样一个恐怖的下午带来了光。你说，有我在身边对你意味着很多。然后你又道歉了一次。

我不应该崩溃的，但我没忍住。

---

1 原文为Luz，是Lucy（露西）的简化形式。

整个秋季学期我都没再跟你说过一句话，下一个春季学期也一样。我在克雷默的课上换了座位，这样就不用坐在你旁边。但我每次都会听你讲解自己如何在莎士比亚的语言和意象中看到美——哪怕是在最丑陋的场景中。

“‘嗳呦！’”你大声读道，“‘一道殷红的血流，像被风激起泡沫的泉水一样，在你的两片蔷薇色的嘴唇之间浮沉起伏。’[1]”我能想到的只有你的双唇，以及它们按在我的唇上时的感觉。

我试着去忘记那一天，但这是不可能的。我忘不了纽约、美国、双子塔上那些人们遭遇的一切。我也忘不了我们之间发生的一切。直到现在，每当有人问起“双子塔倒塌那一天你在纽约吗?”或者“那天你在哪儿?”或者“当时是什么样的?”我第一个想到的总是你。

总有一些时刻会改变人们生命的轨迹。对于我们这些当时生活在纽约市的人而言，“9·11”就是那个时刻。我在那一天做的任何事都至关重要，都会烙进我的脑海，根植在我心中。我不知道为什么会在那天遇见你，但我知道，既然遇见了你，你就将永远成为我生命历史中的一部分。

---

1 引用朱生豪译《泰特斯·安特洛尼克斯》。

5

五月的时候，我们毕业了。我们交还学士帽和长袍，换来一纸拉丁文书写的学位证书，上面印着我们的名字，前名、中名、姓氏。我走进世界（Le Monde）咖啡厅，身边还有我的家人——我的母亲、父亲、哥哥杰森、外公外婆，还有一个舅舅。我们被安排坐在了另一家人旁边——你的家人。我们依次经过的时候，你抬起头来，然后伸出手，碰了碰我的胳膊。“露西!”你说，“祝贺你!”

我颤抖了一下。好几个月过去了，和你肌肤相接的感觉仍然让我战栗，但我还是说：“你也是。”

“你有什么打算?”你问，“你会留在纽约吗?”

我点点头，“我找到了一份工作，是在一家新成立的电视制作公司做项目开发——儿童节目。”我忍不住咧嘴笑了。这份工作是我苦苦祈祷了近两个月才到手的。就在双子塔倒塌，我承认自己想做一些比广告更有意义的事之后不久，我开始想做这份工作。它能够接触到下一代人，拥有改变未来的可能。

“儿童节目?”你说，双唇掠过一丝笑容，“《艾尔文和花栗鼠》那种吗? 你们也用氦辨音器说话?”

"也不是。"我轻轻笑出声。我很想告诉你，是我们的那番谈话才让我做出了这个决定，我们在厨房共度的那一刻有着如此重要的意义，"那你呢?"

"麦肯锡，"你说，"做咨询。没有花栗鼠。"

我惊讶了。我没料到会是这个结果，在我们聊过、在我听过你在克雷默课上的分析之后。

但我只是说："真不错，恭喜你了。没准我们以后会经常在纽约碰面。"

"那挺好的。"你答道。

然后我就和家人一起坐到了桌前。

"她是谁?"我听到有人问。我抬起头，看到你身边有个女孩，长长的大麦色头发几乎垂到腰间，她的手放在你的大腿上。我刚才的注意力全在你身上，竟然没注意到她。

"就是个课上认识的女生，史蒂芬妮。"我听到你说。

当然了，你说得一点没错，但不知怎么我心里还是刺痛了一下。

6

纽约是座奇怪的城市。你可能在这里住上好几年却从没见过隔壁邻居，然后又在上班的地铁上偶遇最好的朋友。命运与自由意志的角力，也许两者兼而有之。

三月，距离毕业过去快一年了，我们都淹没在纽约这座城市里。我跟凯特一起住在她祖母留下的大公寓里。从中学时代起，我和她就一直商量着要这么做。我们的童年梦想成真了。

我花了六个月时间和一个同事打得火热，试过几次一夕风流，又正经约会了个把男人。结果这些人纷纷被我贴上了不够聪明、不够帅或者太无趣的标签，虽然事后看来，他们其实没什么大毛病。事实上，如果我在那时遇到了达伦，对他的评价可能也是一样。

没有了哲学楼和东校区宿舍的时时提醒，我终于不再想你了——大部分时候如此。我们已经将近一年没有见面了，但我工作时，你仍时不时地闯进我的脑海，当我和老板看故事脚本的时候，当我们回顾那些主题是“接纳”和“尊重”的剧集时。这些时候，我都会想起你的厨房，然后为我的决定而高兴。

那天是 3 月 20 号，星期四，我 23 岁了。我打算把生日派对安排在周末，但是我在公司里最亲密的两个伙伴，你后来称呼她们为编剧办公室的亚历克西斯和美术部的茱莉亚，坚持我们应该在生日当天去喝一杯。

那年冬天，我们三个沉迷于“脸孔与名字”（Faces & Names）酒吧，因为他家有火炉和长沙发。气温始终徘徊在四十度[1]，但我们认为只要开口要求，酒吧还是会开火炉的。过去的两个月里我们没少去那里，酒保很喜欢我们。

茱莉亚为我做了一顶生日纸皇冠，非要我戴上，亚历克西斯则为我们每个人点了苹果马提尼。我们坐在火炉前的长沙发上，每喝一口都要来一句祝酒词。

“敬生日！”亚历克西斯起头。

“敬露西！”茱莉亚说。

“敬朋友们！”我补充。

后来就发展成：“敬今天没卡纸的打印机！”“敬生病没来的老板！”“敬大街上撞见朋友骗来的免费午餐！”还有“敬有火炉的酒吧！”“敬苹果马提尼！”

女侍者向我们的沙发走来，手中的托盘上又多了三杯马提尼。

“哦，这不是我们点的。”茱莉亚说。

侍者笑了，“你们几个姑娘被人暗恋了。”她朝吧台那里点点头。

然后我就看见了你。

---

1 本书中的温度皆为华氏度，此处大约等于 4.4 摄氏度。

有那么一刻，我以为那是我的幻觉。

你小幅度冲我们挥了挥手。

“他说，祝露西生日快乐。”

亚历克西斯的下巴都掉下来了。“你认识他？”她说，“他好帅啊！”

然后她端起一杯侍者新放在桌上的马提尼，“敬知道你名字还送我们免费酒喝的吧台可爱男孩子！”她举杯致敬。等我们每人喝了一口，她又说，“去谢谢他呀，寿星姑娘。”

我放下马提尼，接着又改了主意，端起酒朝你走去。脚上因为踩着“恨天高”而微微有些步履蹒跚。

“谢谢。”我说着滑坐在你左侧的高脚凳上。

“生日快乐。”你答道，“这皇冠不错。”

我大笑着把它摘下来。“你戴上应该更可爱。”

我说：“要不要试试？”

你照做了，卷发被纸板压得乱糟糟。

“赞。”我说。

你笑了笑，把皇冠放在我们之间的吧台上。

“我差点没认出你，”你说，“你的发型有点不一样了。”

“只是多了刘海而已。”我说着把刘海往上掀起。

你望着我，就像那天在厨房里一样，从各个角度审视着我。“有没有刘海都很美。”你的语音有些含糊不清，这时我才发现你醉得比我还厉害。这让我开始奇怪，你为何会在周四晚上的七点在这里独自闲坐？

“你怎么样？”我问，“一切还好吗？”

你把手肘支在吧台上，脸颊托在手心里。“不好说，”你回答，“我和史蒂芬妮又分手了。我讨厌我的工作。美国入侵了伊拉克。每次见到你的时候，这世界都兵荒马乱。”

我不知该怎么回答，无论是对史蒂芬妮的消息还是对你“世界兵荒马乱”的断言，于是我又喝了一小口马提尼。

你接着说：“也许上天知道我需要在今晚找到你。你就像是……帕加索斯。”

“我是一匹长翅膀的马，《伊利亚特》里的那种？”我反问，“一匹长着翅膀的公马？”

“不，”你说，“你当然是女孩啦。”

我笑了，你继续说着。

“但柏勒罗丰若是没有帕加索斯，铁定战胜不了喀迈拉。是帕加索斯让他变得更强，”你说，“这样他才能飞越一切——所有的痛，所有的伤。然后他才成为了大英雄。”

我对那个神话故事的理解有所不同。我把它解读成一个有关团队、合作和搭档的故事。我一直很喜欢帕加索斯允诺让柏勒罗丰驾驭自己的那一段。但我看得出，你的解读对你自己而言很重要。“好吧，那我只能谢谢你的夸奖。虽然我更乐意被你比作雅典娜、赫拉或者哪怕蛇发女妖戈耳工也好。”

你的唇角扬了起来，“戈耳工不行。你的头上又没有蛇。”

我摸了摸自己的头发，“那是因为你没见过我早上刚起床的样子。”我说。

你看着我，好像在说你很想见见。

“我对你说过我很抱歉吗？”你问，“就是我们之间的事。我抱歉的不是我吻了你，而是……”你耸了耸肩，“后来的事。我想做正确的事，对史蒂芬妮负责。生活就是那么……”

“复杂。”我替你接下去，“没关系。这些都是过去的事了。你也道过歉了。道歉了两次。”

“我还在想着你，露西。”你说，眼睛望着那杯喝空的威士忌。我不知道你喝了多少。“我想着我们路上的那个分岔口，要是我们选了另一条路会怎样。‘两条岔路。’[1]”

放到现在，如果你再把我们两个比作一条路，我会哑然失笑。但那时，这话听起来如此浪漫——你竟然对我引用罗伯特·弗罗斯特的诗。

我扭头去看亚历克西斯和茱莉亚，她们正边喝马提尼边观察着我们。你还好吗？茱莉亚用口型问我。我点点头，她轻轻指了指自己的手表，耸耸肩。我也朝她耸耸肩，她点了点头。

我又看着你。你耀眼、脆弱、对我满心渴望。也许，这就是上天给我的生日礼物吧。

“关于岔路呢，”我说，“其实有时候，你还会再次偶遇它们。有时候，你会有第二次机会重走同一条路。”

天哪，我们太糟糕了。也可能只是太年轻，如此年轻。

然后，你望着我，直直地注视着我。你的那双蓝眼睛有些发呆，但仍然充满了吸引力。“我要吻你。”你说着向我靠过来。接着你吻了我，那感觉就像一个生日愿望实现了。

“你今晚能来我住处吗，露西？”你问，一边把一绺不听话的

---

1 引自罗伯特·弗罗斯特的诗《未走之路》。此处采用曹明伦译版。

头发别在我的耳后，“我不想一个人回家。”

我看见了你眼中的悲伤，以及孤独。我想让它们好起来，我想做你的奴隶，你的绷带，你的解药。我总想为你把事情变好，至今如此。这是我的阿喀琉斯之踵。或许对我来说，这更像是珀尔塞福涅的石榴籽[1]，不断地把我拉回你身边。

我把你的手指举到唇边，亲吻它们。“好的，”我说，“我去。”

---

1 希腊神话故事中，冥王哈迪斯说服冥后珀尔塞福涅吃下了四粒石榴籽，从此珀尔塞福涅每年有三分之一的时间必须回到冥府。

7

后来，我们一起躺在你的床上。城市的灯光透过窗帘倾泻进来，照亮了我们的身体。你在我身后，臂膀环绕着我，手放在我赤裸的小腹上。我们都累了，感到心满意足，还留有些醉意。

“我想把工作辞了。”你喃喃道，仿佛在黑暗中才能放心地大声说出这句话。

“好的。”我也低声回应，有些昏昏欲睡，“你可以把工作辞了。”

你的大拇指在我的胸部下面来回摩挲，“我想做些有意义的事，”你温热的气息吹在我的脖子上，“就像你说过的。”

“嗯哼。”我已经快睡着了。

“但我当时还没有意识到。”

“意识到什么?”我咕哝。

“我不仅仅要发现美，”你说，你的话让我尚且保留着一分清醒，“我想把世间万物都用镜头记录下来——幸福、忧愁、欢乐、毁坏。我想用我的相机去讲故事。你能懂吧，露西?史蒂芬妮理解不了。但那天你在场。你知道那件事怎样改变了你对世界的看法。”

我翻过身，跟你面对面，然后给了你一个轻柔的吻。“我当然懂。”我轻声说道，接着就被睡意吞没了。

但我当时并没有真正明白你的意思，或者说，没有意识到这个想法会带你走得多远。它将把你带到这里，带到这一刻。我那天又醉又倦，最终躺在你的臂膀里，这是我幻想过多少次的场景。无论你当时说什么，我都会应和的。

8

你后来真的辞去了工作，当然，是为了去参加摄影课程。我们还是常常见面，在一起的时间越多，我们身体的联系就越紧密，在彼此的拥抱中找到安慰、希望，还有力量。我们在餐厅的洗手间里脱衣服，因为等不及回家。我们躲在楼和楼之间的缝隙里，把彼此按在身后的墙上，嘴唇相遇时，砖墙嵌入了我们的肩膀。我们去公园野餐，在苹果汁的瓶子里装满了白葡萄酒，然后一起躺下，呼吸着泥土和刚修剪过的草地的芳香，还有彼此身上的味道。

“我想多知道一些你爸爸的事。”我说。那是在我们恢复联系的好几个月之后，我坦然地跨过了我们之间的那条断裂带，哪怕代价可能是一场地震。

“没什么好说的。”你答道，同时挪了挪身子，让我的头枕在你的胸口而不是手臂上。你的语调还是很轻快，但我能感到你的肌肉绷紧了。“他是个混蛋。”

“怎么个混蛋法?”我问，一边转过身，用一只手环住你的腰腹，把你搂得更近些。有时候，我会觉得我们之间的距离总是不够近。我想钻进你的肌肤，进入你的意识。这样才能了解关于你的一切，了解你整个人。

“我爸这个人……喜怒无常。”你慢慢地说，好像在最大限度地谨慎斟酌着用词，“后来等我一长大，就开始保护我妈。”

我从你的胸口抬起头看你，不知该说什么，还适合问多少。我想知道你对“长大”的定义。是四岁？十岁？十三岁？

“噢，加布。”这是我唯一能想到的话。我很抱歉自己说不出更多来。

“他跟我妈妈是在艺术学院认识的。我妈说他是个出色的雕塑家，但我从没见过他的任何作品。”你重重地吞咽了一下，“他把它们全砸了——每一件作品——就在我出生后。他想设计纪念碑和大型装置艺术，但是没人找他做过，没人出钱买他设计的艺术品。”

你转过来看着我。“我知道他一定很难熬。我想象不出……”接着你摇了摇头，“然后他放弃了。”你说，“他试着开过一间画廊，但实在不是做生意的料，对销售也一窍不通。他一直很愤怒，脾气反复无常。我不明白放弃究竟有多大的威力，对他的伤害有多深。有一次，他用刀去割我母亲的画布——那幅画她画了好几个月——我爸说她应该把时间花在画夕阳上。我妈哭的样子，好像他捅的不是她的作品，而是她的身体。我爸就是那个时候走的。”

我把手放进你的手心里，握紧你。“你当时多大？”

“九岁。”你的声音很轻柔，“我叫了警察。”

我的童年与你的大相径庭，那是康涅狄格州郊区田园诗般的生活。因此我不知道该说什么。如果这番对话发生在今天，我会承认你们的痛苦——无论是你的还是你父亲的。我会说你父亲显然也不好过，他在与心魔斗争，而我很遗憾他的心魔最终变成了你的。事实确实如此，不是吗？你耗费了如此多的生命来回应他的所作所为，想方设法不变成他，最后，你抗争的不只是你父亲的心魔，还有你自己的。

但是那天，我来不及多想你话里的真实含义，我只想安慰你。一次呼吸后，我说："你做得对。"

"我知道，"你答道，目光很坚定，"我永远不会变成他的样子。我永远不会那样伤害你。我永远不会把你的梦想当成可以随意丢弃的东西。"

"我也是。我也永远不会把你的梦想当成可以随意丢弃的东西。"我重新把头倚在你的胸口上，隔着你的 T 恤亲吻你，试着去传达我深深的爱慕和理解。

"我知道你不会的。"你抚摸着我的头发，"这就是我爱你的很多、很多个理由之一。"

我坐起身来，再一次看着你。

"我爱你，露丝。"你说。

那是你第一次对我说这句话。每个人都会有的第一次。"我也爱你。"我答道。

希望你还记得那一天。那是我永远都不会忘记的。

9

就在我们第一次对彼此说出“我爱你”的几周后，我们把我一个人的住处变成了我们两个的。我们决定好好庆祝一下，方式是只穿着内衣在房间里到处走。外面酷热难耐，闷热潮湿的七月让我恨不得一整天都泡在游泳池里。虽然空调已经开到最大，屋里却还是热烘烘的。这房子太大了，也许一台空调不够。

“凯特的奶奶真是个十足的房地产天才，”我们半裸着打鸡蛋时，你说，“他们是什么时候买下这房子的？”

“不知道，”我边说边把几个英式松饼放进烤箱里，“是她爸爸出生前的事了，所以应该是……四十年代？”

你吹了声口哨。

宽敞的卧室和浴室，那张被我们当成读书角的早餐小桌，还有差不多十二英尺高的天花板。我对那些细节倒谈不上喜爱，但我确实欣赏那房子。凯特读的是法学院，她爸爸说，让她住在那里比让他付纽约大学附近的房租要省钱。这笔账在我算来也是一样。

“我和凯特读中学的时候来探望过她的奶奶。”我告诉你。我们坐在沙发上，把早餐盘搁在赤裸的膝盖上，“她生病以前，一直是大都会博物馆的讲解员。再早的时候，她在史密斯学院读艺术史，那时候大部分的女性根本没想过要上大学。”

“真希望我能见见她。”你啜了一小口咖啡，说道。

“你一定会爱上她的。”

我们静静地咀嚼食物，彼此的大腿相互紧贴着，我的肩膀厮磨着你的手臂。这样共处一室，我们不可能没有身体接触。

“凯特什么时候回来?”你咽下食物后问。

我耸耸肩。她一个月前认识了汤姆，而那天好像是她第二次在他家过夜。“我们最好赶紧把衣服穿上。”

我感到你的目光落在我的胸部。

你吃完早餐，放下盘子。

“你根本不知道自己对我做了什么，露西。”你看着我把叉子放在盘子上，“你一整个早上都一丝不挂，简直像来到了我的幻想中。”你的手游移到大腿上，然后开始隔着内裤慢慢地自慰。

我从来没见过你自慰，没见过你只在独处时会做的事。我情不自禁地看着。

“现在该你了。”你说着，手伸进内裤用力抚弄着自己。

我放下盘子，朝你伸过手去。我已经兴奋起来。

你摇摇头，笑了，“我不是这个意思。”

我扬起眉毛，然后明白了你的意图。我把手指滑向腹部下面。你也从没见过我自慰。但这个想法让我躁动不已。

我闭上眼睛，想着你，想着你看我的样子，想着与你分享这私密的时刻。然后我感到自己的身体战栗起来。

“露西。”你低声道。

我微微睁开眼，看到你手上的动作变快了。这比真正的性爱更让人感觉亲密，我们在为彼此做这件事，而这件事通常是非常私密的。横在“你”和“我”之间的那条界限变模糊了，成为“我们”。

我继续自慰时，你靠向了沙发，彻底脱掉了内裤，眼睛却始终看着我。我们的手都加快了动作，呼吸也急促起来。你咬着嘴唇，接着我发现你的手握紧了。我看着你的肌肉绷紧，我看着你高潮。

“噢，天哪，”你说，“噢，露西。”

我的手指更加紧凑地动起来，想要和你一起，但你的手攥住了我的手腕。

“可以让我来吗？”你问。

你的声音让我颤抖了一下。

我点点头，你挪开身子让我平躺在沙发上，接着脱下我的内裤。你靠近过来，那种期待感让我不安地扭动。

把手指滑进我的身体时，你说：“我有个秘密。”

“是吗？”我问，弓起身体去迎合你的手。

“是的。”你挨着我舒展开身体，用嘴唇贴着我的嘴唇，“每次我自慰的时候，都会想着你。”

一阵颤抖从我的身体扩散开来。“我也是。”我在喘息中轻轻说道。

三十秒后，我到达了高潮。

10

开始的六个月里，我一直在学习有关你的点点滴滴——那些在我看来性感、惊人、可爱的地方。比如那天我下班后去你的住处，见你正盘腿坐在地上，周围摞着一叠叠纸片，每一张纸都只有即时贴大小。

我把包扔在厨房桌子上，关上身后的门。“怎么了?”我问。

“还有两周就是我妈的生日了，9 月 19 号。”你说着停下手上的分类活儿，抬起头来，“今年我没法飞回去给她庆祝了，所以我想做个有意义的礼物寄给她。”

“所以你是在做……纸拼图?”我走近几步。

“算是吧，”你说，“这些都是我和我妈的照片。”你举起一摞纸给我看。我凑近了些，看到你和你妈妈在高中毕业典礼上的合影，你们两人都穿着短裤，你双脚垂在泳池里的照片，你在前门廊给她比兔子耳朵的照片。

“哇噢。”我说。

“我花了大半天时间才印出来，”你告诉我，“现在我要把它们按颜色排好，我想让它看上去像个万花筒一样。”

我挨着你坐在地板上，你飞快地吻了吻我。

“为什么是万花筒?”我一边问，一边拾起一张你和你母亲的合影。你们背对背，你比她稍微高出一点儿。你们的头发都是棕色而微卷——很难分清哪些是她的头发，哪些是你的。

“这是我十四岁拍的。”你越过我的肩膀，看着照片说道。

“你那时候真可爱。”我说，“如果十四岁的我遇见了十四岁的你，一定会爱上你的。”

你笑着捏了捏我的腿，“不用看你十四岁的照片，我也敢说换成我也一样。”

这次轮到我笑了。我放下照片，“但为什么是万花筒呢?”我又问了一遍。

你的手拂过额头，把卷发从眼前撩开。“这件事我从没告诉过别人。”你轻轻说道。

我又拿起几张照片。你和你妈妈一起吹她生日蛋糕上的蜡烛；你妈妈拉着你的手，两人站在一家墨西哥餐厅门前。

“你不说也没关系。”我想，如果你九岁之前是你爸爸给你们两人拍的照，那九岁之后那些照片是谁拍的呢?

“我知道。”你说，“但是我想说。”你朝我转过脸，和我促膝相对。“我父母分开后的那年，家里条件很紧张。我放学回家看到我妈哭的时候比她画画的时候还多。那年，我很清楚家里哪怕为我的生日做一点筹备，日子都会很难过。所以我告诉她不想请朋友来办派对。我不想让她为钱犯愁。”

我再度震惊于我俩的童年差异之大。我从没担心过自己的父母哪天会连一场生日派对都办不起。

“但是我妈……”你说，“我那时有只特别喜欢的万花筒。我盯着它一看就是几个小时，不停地转底盘，看着里面的形状千变万化。我一心都在这上面，不再去想我妈有多伤心，没法让她快乐的我又有多伤心，以及我有多恨我爸。”

你说话的时候无法看我，你的注意力全在如何开口把它说出来。我把手放在你的膝盖上轻轻捏了捏，你给我一个短促的微笑。“然后呢？”我问。

你吸了口气。“她把整个家变成了一只万花筒，”你说，“那简直……简直太不可思议了。她在天花板上挂了许多彩色玻璃，然后从下面打开电风扇，这样那些玻璃就打起转来。美极了。”

我试着去想象，一个被变成万花筒的家。

“我和我妈妈一起躺在地板上，看着上面的彩色玻璃。虽然我一满十岁就把自己当成大孩子，虽然从那时起我就竭尽全力地照顾我妈，但我还是哭了。她问我怎么了，我说我也不知道自己为什么哭，我很开心。她说：‘这就是艺术啊，我的小天使。’我想，从某种程度上来说她是对的，这确实是艺术。但从另一方面来说……我不知道。”

“你不知道什么？”我问，拇指不经意地在你的膝盖上画圈。

“现在我想，那会不会其实是一种解脱，也许我哭是因为我妈终于表现得又像我的母亲了。她在关心我。即使身处那种黑暗破碎的境地，她仍然能够创造美。也许是她的艺术向我证明她会好起来的。我们都会好起来的。”

你的手也放在了我的膝盖上。

“她很坚强。”我说，“她爱你。”

你笑了，好像此时此地，在那间房间里就感受到了她的爱。

接着你又说下去："我妈和我躺在那儿，两个人都哭了。我不由自主地想起我爸爸来，如果他也在，我们是做不了这些事的。跟他一起生活……我跟你说过，根本无法预料。那就像我想象中'二战'期间的伦敦，你明知道防空警报随时会响起，炸弹随时会落下，但你就是猜不到它们何时何地会来。于是我悄悄对我妈说：'我们没有他会更好。'她说：'我知道。'我那时才十岁，但我说那些话时，觉得自己是个大人。"

你说完的时候，我的眼中有泪。我想象着十岁的你和你妈妈躺在地板上，想着你爸爸，把自己当成大人，享受着被爱的感觉，被她专门为你创作的艺术包围着。

"所以，既然我无法陪她过生日，就想为她做些不一样的事。"你说，"做些有特殊意义的事，可以让她知道我有多爱她——我永远都那么爱她，无论离她多远。所以今天早上，这个拼图的主意突然从脑袋里冒出来。"

我的目光掠过那些小小的照片。"我觉得这个主意堪称完美。"我说。

屋里充满了感动的气氛。因为你告诉我的一切，因为你和我分享了你脆弱的一面。我靠过去给你一个拥抱，结果拥抱变成了亲吻。我们的嘴唇轻轻相碰，然后越发纠缠起来。

"谢谢你告诉我。"我轻轻地说。

你又一次吻了我。"谢谢你成为我想要倾诉的那个人。"

那天晚上，你开始把这个万花筒粘起来。那一刻，你看上去那么快乐，那么满足，于是我放下自己的电脑，轻轻拿起了你的相机。那是我为你拍的唯一一张照片，我不知道你是否还留着它。

11

虽然我们在一起的时候那么放松，那么亲密，但我还是花了一段时间才习惯跟你一起参加派对。我总觉得自己在随着你的波浪而漂流。你好像有一种魔咒，能把人的目光都吸引到你的身上，你的脸上，你的言辞中，你的故事里。我们两个人的世界变成了你一个人的世界，接着又扩张成许多人的世界，在那里，我变得不如以前重要了。于是我总是在中场悄悄溜走，自己弄点喝的，或者找别人聊天。

片刻之后，我会把目光投向你的方向，看着你被众星捧月的样子。最后你会发现我，那时你已经喝醉了，而且很累，好像释放那种魅力会让你耗尽能量。当我们独处时，你会重新获得力量，然后我们再一次出去应酬。有时候，我会觉得自己很特别，因为你选择了我作为能量的来源。

让你成为“加布交际花”的标志性事件，发生在我们参加吉迪恩生日派对的那个晚上。那天，我们来到他位于公园大道的父母家，那里有一间正儿八经的藏书室，我们是不得入内的——至少不能带着手上的酒水进去。看到我们喝多了鸡尾酒走不稳路的样子，吉迪恩生怕我们毁了他的初版海明威或者签名版纳博科夫。当然，他见识过人们在派对上滥饮的德行，这种顾虑并不算多余。

我一直在跟吉迪恩的女朋友聊天。她是做广告的，我很想听听自己一度考虑过的生活是什么样的。我们聊到叙事方法的比较时，我转过头去看你——你不见了。我想你应该是去洗手间了，或者去添酒了。但接着五分钟、十分钟、二十分钟过去了，你还是没回来。

“不好意思，”我说，这时我已经没心思再聊天了，“我好像把我的男朋友弄丢了。”

她大笑起来，“我能想象他经常发生这种事。”

我没有跟着她一起笑。“为什么这么说?”我问她。

她意识到自己说错话了，抱歉地耸耸肩，“啊，我的意思是他挺有魅力的，大家应该都很喜欢和他聊天。”

“嗯，我不敢说别人怎么想，但我确实是这样认为的。”我说。然而她是对的——这就是你的魔力所在。人人都喜欢和你说话。你让他们觉得自己被注意、被重视、被倾听。我时常发现，这也是那些从不愿意让别人拍照的人却同意让你拍的原因之一。你让他们感受到自己的存在。你也让我感受到自己的存在。

我在屋子里到处找，却哪里都不见你的影子，直到我听见你的声音从那间禁止入内的藏书室传了出来。我探头进去，看见你正和一个我不认识的女人说话。她有一头红色的头发，像狮鬃一样卷曲着，包裹着一张猫咪般精致的脸庞。看到你倚着书架，专注地听着她的每一句话，我的心沉了下去。

“你在这儿呢!”我说。

你抬起头，脸上毫无愧疚之色，只有一抹微笑，好像你本来就在期待我的加入，而我却姗姗来迟。

“我?”你说，“明明是‘你’才来啊！瑞秋正在跟我讲她开的饭店。她说可以给我们优惠——套餐打折哦。”

我朝瑞秋望去，她显然并不像你那样乐于见到我。她也跌入了你的魔咒。“那真是太谢谢你了。”我说。

瑞秋僵硬地笑了一下。“很高兴认识你，加布。”她对你说，接着举了举手里的空杯子，“我要去吧台再来一杯。反正你有我的电话……方便预约嘛。”

“多谢了。”你对她说道。你的微笑全都照在她身上，而不是我。接着她走出了房间。我不知道该说什么，我看到的也仅仅只是你跟某人在聊餐厅优惠而已。

但你为什么会跟她一起在藏书室？你为什么不来找我？

“你到这儿来干吗?”我问，尽量让声音听起来轻松。

你穿过屋子把门关上，接着咧嘴笑了，“我来侦查看看有没有地方可以做这个。”你抓住我的双手手腕，把它们举过我的头顶，用身体把我压在书架上，用力地吻我。“我要在这间书房里和你做爱。”你告诉我，“外面开着派对，而且我还要不锁门。”

“但是——”我说。

你又一次吻过来，于是我的抗议停止了。我不再纠结于在书房里找到你和瑞秋。我在乎的只有你的手指用力拉下我紧身衣的腰带，还有你的裤链拉开的声音。

现在，我不会再容忍这种事了，当时我也不该容忍——你用一个吻就把我哄过去，用一场高潮抹掉了我的顾虑。我当时应该让你好好解释解释，你这样跟别人调情而不来找我，我就应该凶你一顿。但你就像毒品一样，当我为你极度兴奋时，其他什么事都不重要了。

“嘘——”你撩起我的裙子时说道。我甚至都没注意到自己叫出了声。

高潮来临的时候，我狠狠咬着嘴唇才没让自己叫出来。事后吻你时，我们两人的嘴上都沾了一抹鲜血。

我是那么爱你——也从没怀疑过你对我的爱——但我一直没忘记史蒂芬妮，打心底里害怕那样的事会重演，害怕你会为了某个女孩再次离开我。那个女孩可能就像史蒂芬妮，或者像瑞秋，也可能是你在地铁、星巴克、杂货店偶遇的无数个女孩。我们之间的爱情跷跷板并不总是平衡的。通常情况下，我们很平和，也很平等，但我时不时就发觉自己落到了低处，想方设法要回到上面去，却生怕你会突然跳下去找别人，留我一个人陷在谷底，再也没有机会回到平衡点。但就算我在那间书房里说了些什么，恐怕也改变不了任何事。

因为我真正应该担忧的，并不是另一个女人。

12

然而，那种疑虑并不时常出现。我们之间还有更多有意义的事，我们还有那么多完美合拍的地方。我们都很重视彼此热爱的东西——我们所梦想的未来事业。你把我参与编剧的电视剧《一个星系的距离》（*It Takes a Galaxy*）一集不落地看了下来，然后告诉我你认为不同的外星人应该如何向儿童模拟社会形态。你看起来那么投入，于是我开始在节目制作前就问你的看法。

我并没有任何实际决定权，那时还没有。但我会重看剧本和脚本板，并且把反馈传达给老板。也许我对这份职责有些过分较真了吧。我把剧本带回家时，你会跟我一起演出来，这样我们就能一起从头讨论到尾。你总是提出要演贾拉科托，一个看起来有点像青蛙的小绿人。而我最爱的人物是伊莱克特拉，那是个有着发光触角的深紫色外星人。你是在读《一个星系的距离》剧本的过程中告诉了我你的梦想。这看起来也算顺其自然吧。

这部电视剧的目的是帮助孩子们表达自己的感受，但我猜它对成年人也有用。我还记得那一集，我们就是在探讨那集时聊起那件事的。那是在十一月初，我们的最新季已经完成了大约三分之一。

贾拉科托坐在他的前院里，脑袋搁在双手上。

伊莱克特拉入镜。

伊莱克特拉：怎么啦，贾拉科托？你看上去不太高兴。

贾拉科托：我爸爸想让我参加星际球队，但我讨厌星际球！

伊莱克特拉：他知道你讨厌星际球吗？

贾拉科托：我不敢告诉他。我怕如果我不跟他一样喜欢星际球，他就不愿做我爸爸了。

伊莱克特拉：我爸爸也喜欢星际球，但我不喜欢，所以我们就一起做别的事。也许你可以把你和你爸爸都喜欢的事列出来。

贾拉科托：你觉得这样有用吗？这样我就不用再打星际球了吗？

伊莱克特拉：我觉得你可以试试。

贾拉科托：我同意！

“你觉不觉得可以改成伊莱克特拉喜欢星际球，而她爸爸不喜欢？”读完剧本之后我问，“你知道，扭转一下性别刻板印象？也许我可以提个建议。”

“我觉得这个想法很好。”你说，目光在我身上停留的时间比平时更久了一些。那一刻，我觉得你爱的不只是我的想法，还有我的每一面。

我在剧本上做了几处标记，然后又重新默读了一遍。

“你觉得伊莱克特拉是不是应该说出几件她和她父亲喜欢一起做的事？这样会不会更强化这段对话？”

这次，你没有回应我的提问，于是我转头去看你。你的目光聚焦在一只正在防火梯上咕咕叫的鸽子身上。“我害怕自己会变成他。”你说。

我放下剧本。“变成谁？”奇怪的是，我第一反应是变成鸽子。

你用手搓着两颊的胡茬。“变成我父亲。我害怕自己满怀梦想最后却一事无成。害怕这会让我愤怒、挫败、内心崩塌，最后伤害身边的每一个人。”

“你有什么梦想呢？”我问，“是新的梦想吗？”

“你知道史蒂夫·麦凯瑞吗？”

我摇摇头。于是你从地板上抓起我的笔记本电脑，输入几个关键词，接着把屏幕转向我。我看到一张《国家地理》杂志的封面照片，上面是个少女，裹着头巾，一双绿色的眼睛有种震慑人心的力量。她脸上的表情既惊恐又警觉。

“这个，”你说，“是他拍过的照片之一。我们今天的摄影课上观看了他的作品。我能感觉到，在我心里，在我的灵魂里，在你所能感受到的事物最深处，这就是我想做的事，这就是我要做的事。”

你的眼睛里闪着我从未见过的火焰。

“我意识到，如果我想要做些不一样的事，真正不一样的事，就像你尝试对节目所作的改变一样，我就必须离开纽约。我和我的相机在别处能做得更多。”

“离开？”我重复了一遍。在你发表的这番话里，只有这两个字在我的脑袋里停留下来，像《急诊室的故事》里的警示灯一样闪烁着。“你这是什么意思？那我们怎么办？”

你的表情暗淡了一下，于是我意识到这不是你期待的反应。可是说真的，你指望我会有怎样的反应呢？

“我……我没想过我们……这是我的梦想啊，露西。”你的声音里带着恳求，“我终于找到了我的梦想，你就不能为我高兴吗？”

“我要怎么为一个把我排除在外的梦想高兴？”我问。

“我没有把你排除在外。”你说。

我还记得几个月前，你在公园里告诉我的有关你父母的事。我试着去关掉那盏警示灯，忽略“离开”这个词对我的世界可能造成的影响，忽略你刚才避而不答的那个问题。“你找到了你的梦想，”我重复道，“你的梦想是不能随意丢弃的。”

我可以看到你睫毛下凝结的泪水。“我想让这里的所有人都明白，全世界的人都有不容抛弃的梦想，我们并没有那么独特。如果我能做到，如果我能建立起这样的联系……”你摇了摇头，找不出合适的语言了。“但是我需要再多拍些照片，多申请一些课程；在出发之前，我先要成为最优秀的。”

所以还有时间。我们还有时间。也许到时我们就会像你和你妈妈那样——不在我身边时，你就在远方爱着我，然后每完成一件工作就回来一次。这也没那么可怕。这一定可以的。

我用双手握住你的手，“你会成功的，”我说，“如果这就是你想要的，你一定会成功的。”

我们在沙发上拥抱着，呼吸着彼此的空气，陷入自己的心事里。

“我能告诉你一件事吗?”我问。

我感到你点了点头。

“我害怕自己有一天会变成我妈妈。”

你转向我,“但是你很爱你妈妈啊。”

你是对的,我爱我妈妈,至今如此。“你知不知道她和我爸爸是在法学院认识的?”我问,“我说过这事吗?”

你摇摇头,“她是律师?”

“当过律师。”我说着把头埋到你的下巴底下,“她以前在曼哈顿律师事务所工作,直到生了我和杰森。怀了杰森之后,她就辞职了,从此整个余生里,她的身份都只能靠和别人的关系来定义——她是唐的妻子,杰森和露西的母亲。多少女人都是这个结果。我不想自己也变成这样。”

你直视着我的眼睛,“这不会发生在你身上的,露西。你有一腔热情,你知道自己想要什么,你比谁都更努力。”接着你吻了我。

我用吻回应你,但心里却想,这些特质我妈妈多半也有,但又有什么用呢?她还是失去了自我,我想知道她是否甘愿如此。

13

有时候，我们的决定在当时看来是正确的，但事后看来却显然是个错误。而还有一些决定，即使事后看来也仍是正确的。虽然人人都在反对，虽然明知道后来会发生什么，我还是庆幸自己在那个下雪的一月搬去和你一起住了。

“他都告诉你他想走了。”凯特说。我们正在厨房的早餐角，坐在铺了厚软垫的椅子上，面前的桌上摆着咖啡杯。

“但是又没有具体期限，”我争辩道，“他连份工作都还没有呢。要找到份活儿干可能得花好长时间，就算他找到了，谁知道那工作会持续多久呢？他也可能去了没几天就回来了。”

凯特当时瞪我的眼神，我猜现在经常被她用来瞪法务公司的合伙人，那是一种无声的质问：你听到自己在说什么吗？你指望谁会信？

“就算他下个月就接到工作，”我告诉她，“就算他一去好几年，我也想在他走之前，尽可能和他多待些日子。我是说，这个世界可能明天就完蛋了，或者下周四我可能就会被卡车撞死。我只想活在当下。”

“小露，”凯特用手指摩挲着汤姆送她的那条缀有银珠子的蒂凡尼项链，她每天都戴着，“活在当下的问题在于，顾名思义，这意味着你没有为将来打算过。明天就是世界末日或者你被车撞的可能性微乎其微，但加布找到一份驻外摄影记者的工作然后伤透你心的可能性却奇高无比。我只是想帮你控制风险。如果你留在我这儿，风险会小一点。”

要向所有人辩解我的选择真是非常心累的事。前一天我才刚和我妈有过类似的对话，再早几天跟我哥哥杰森也这么谈过。亚历克西斯倒是支持我的决定，但我自己也知道，她在我所有的朋友当中是判断力最堪忧的一个。我根本弄不清她到底有多少个床伴，毕竟她的人生信条是“何乐而不为”。

“可问题是，凯特，”我说，“我已经陷进去了，不管有没有和加布同居都一样。所以趁他还在，我可以让自己开心一点。”

凯特有一会儿没说话，接着倾身过来拥抱我。“噢，小露，”她说，“不管怎样我都爱你，但是……想想有没有办法给你的心裹一层泡泡纸吧。我对这事有种不好的预感。”

当然，凯特是对的。但在那个时候，我已经无力改变我们的轨迹了——你的、我的、我们的。我并不后悔我的决定。直到今天，我也无怨无悔。在我们同居的那五个月里，我感受到一种从未有过的活力。你能够改变人的生命，加布。我很高兴我们做出了那样的选择。这是自由的意志，尽管最终仍逃不脱命运的摆布。

14

我们搬到一起之后不久，你又报了一门摄影课程，课上的作业是用胶片捕捉不同的感情或者思想。“捕捉美”是其中一周的作业——你顺利完成了，毫无疑问——接下来是“捕捉悲伤”。此外肯定还有“快乐”“腐朽”和“重生”，我记不清顺序了，但我记得你带着相机在曼哈顿四处游走，裹着你的围巾和帽子。有时候我会跟着你，把外套的拉链一直提到下巴，戴上我最暖和的那副耳套。你的很多作业最后都变成了我的照片，比如你拍的我睡着的那张，我深色的头发在白色的枕套上纠缠。那次的主题应该是“安详”。我还留着那张照片，它被裱在相框里，用褐色纸包着存放在一个箱子里，摆在我的床底下。当我搬去和达伦一起住时，我怎么都舍弃不下它，甚至后来跟达伦结婚时也一样。也许现在我应该拆开它，把它挂在我的办公室里。你会喜欢这样吗？

那一天，你的作业是“捕捉痛苦”。

“我知道该去哪儿。”你在星期天的早上说道，一边确认相机充满了电，“世贸大厦遗址。”

我摇了摇头，吃掉盘子里的最后一口华夫饼。你妈妈给你寄来一台华夫饼机，还记得吗？她在清仓货架上看到它，一时心血来潮买了下来。我们说好尽可能地多用用它。你还留着它吗？你会不会像我一样留下一些纪念物，用来提醒自己我们共同生活的那些日子？还是随着你在旅行中渐渐成长，把那些回忆连同火柴盒和咖啡杯一起抛弃了？我仍然惦记着那台华夫饼机，那是台不错的华夫饼机。

“你去吧，”我说，“我不去了。”

“这是为了寻找痛苦啊，”你说，“为了课堂作业。”

我再次摇摇头，把叉子刮过盘子，舀起最后几滴糖浆，“那是你的课，不是我的。”我告诉你。

“我不明白，”你说，“你为什么不想去？”

我打了个寒噤，“我只是……我不需要去看。”

“但你明明需要！我们需要记住——那些人，那些死去的和被留下来的人，那件事发生的原因。所有的一切，我们不能忘记。”

“我不去看那些遗迹也能记住，”我说，“那个日子已经成为我的一部分了，永远不会变。”

“那你就该去表达一下敬意，”你说，“就像去扫墓一样。”

我把叉子放下，“你当真认为，向某事或者某人表达敬意的唯一方法就是亲临现场吗？非要去那个他们被埋葬的地方？这没道理。”

你沮丧了，但忍着没表现出来。“不是的，”你说，“我不是这个意思。但是——我只是觉得我们做得还不够。要去记住，要去明白。”

我咬住嘴唇，“我们？”我说。

“每一个人。”你答道。你的手捏成了拳头，大拇指紧紧捏着另外四指，“美国还在和伊拉克打仗，炸弹在往印度尼西亚的旅馆的上空掉，人们在纽约都看得到这些情况，可他们怎么还能像没事一样到处跑？他们怎么可能没有和我一样的感受？他们为什么不想再多做些什么？”

然而你说对了。大多数人并没有你这样的感受。我也没有，至少不会时时刻刻、每一分钟都这样。我并没有像你一样被那件事吞噬所有的意识，占据所有的心神。

“也许他们不需要强迫自己靠感受痛苦来意识到那件事的存在。他们只是没有像你一样去做，但这并不代表他们什么都没做。还有，我不想去世贸遗址也不代表我不关心。”

没等你回答，我就去了厨房，手里端着两人的盘子，上面还沾着枫糖浆。盘子是你的，叉子是我的——厨房是我们两人的结合。

我打开水龙头开始洗盘子，眼泪止不住地往脸颊上淌。那时我才明白，发自内心地明白，你就快要离开我了。你的这个梦想并不是什么遥不可及的梦，而是立即就要实现的梦。你在纽约永远都不会开心。只和我在一起也永远不会开心。你需要去直面对这个世界的失望，去投身其中，这样才能够获得平静。但即使那样，我也理解你。我只希望你能够回来。

你轻轻地走过来，直到相机快门响起，我才注意到你。我抬起头，满眼含泪的样子被你抓了个正着，其中一只眼里的泪水正顺着脸颊滑落。

“加布！”我边说边用小臂擦去眼泪。我简直不能相信你在这种时候还要拍照，连我们的争吵都要变为艺术。

“我知道。”你把相机放在桌子上。你吻了我的头顶，接着是眼睑，然后是我的鼻子，最后你的吻落到我的嘴唇上。“对不起，我知道你是关心的。我爱你，露西。”

我放下盘子，用沾满泡沫的手环住你的 T 恤。“我也是，加布，”我说，“我也爱你。”

那天，你一个人去了世贸遗址，拍了一叠又一叠的照片。我知道这对你意味着什么，因此我答应把它们看一遍，帮你挑出拍得最好的，虽然我始终都好像闻到“9·11”那天在居民区飘荡的刺鼻焦煳味。但到最后，你还是一张都没挑。你交上去的表现痛苦的照片是我的，含着眼泪洗盘子的那张。我一直不喜欢那张照片。

如果我现在拍一张你的照片，你会不会喜欢呢？

15

自从听过你和你母亲那个生日万花筒的故事之后，我理解了你为何喜欢如此隆重、用心、真诚地庆祝生日。于是我配合了你。那年两月底，我们在你生日那天搭乘了直升机，然后又去帕尔姆旁边的餐厅吃了他们的二十道菜套餐。我现在已经记不清餐厅的名字了，但你知道那个地方。在吃完差不多十一道菜之后，我实在吃不下了，于是你又吃了我的两道菜，结果你一共吃了二十二道菜，而我只吃了十八道。这个数字对我而言仍旧太多了。我觉得自己就像吞下了一整条鳄鱼的蛇，一整周都不用再吃东西了。但是你很开心。你说这才算是好好庆祝了生日，尤其当我在回家的出租车上用嘴满足了你一次之后。

而那年我生日的时候，你提前一天送了花到我公司——一束占星师百合。我还留着里面的纸条，它和那张被包好的代表“安详”的照片藏在一起。“把占星师送给我满身星光的姑娘。生日快乐！一周年快乐！”我简直来不及等到晚上了。爱你，加布。

等我回到家，看到床上有个大箱子。

“打开吧。”你说，脸上被一个大大的笑容占据。

里面是一套礼服，是从我当时最爱的店——BCBG 里买的。

我只在它家打三折的时候才去光顾。那件衣服上身是青绿色的丝绸，无袖，胸前和背后都是深 V 领。下裙是黑色的紧身短款。

“我觉得你穿上它一定很美，”你说，“穿这身正适合去看《阿波罗》芭蕾舞剧，然后我想……我们可以回 Faces & Names 酒吧。你一定是屋里最火辣的女孩。”

我伸出手臂搂住你，给了你一个感激的拥抱。你的礼物如此贴心，简直是为我量身定做的。我想象着你为了让这一晚变得完美而如何潜心研究《纽约生活志》，又如何走进 BCBG，明明不太自在，却还是抚摸着丝缎，想象着它穿在我身上的样子，挑选着一个能让我容光焕发的颜色。

“我好幸运，”我说，“能和你在一起，我真的，实在是世界上最幸运的女孩。”

“我觉得你说反了，”你说，“我才是那个幸运的人。我真希望自己能再多做点什么，好让你看到，此时此地能和你在一起，是件多么不可思议的事。”

“好吧，”我抓住你的皮带，把你拉向我，“也许我能想到点事让你做。”

那天，我们甚至没等到上床。只有地毯上的抓痕能为我们证明。

我们躺在彼此的身边，衣服散落在地板上。你说：“你想象过爱一个人会是这样的感觉吗？”

我依偎向你。你的手臂把我的肩膀搂得更紧了些。“就算在最疯狂的梦里也没想过。”我说。

“你就像我的星星，露西，我的太阳。你的光芒，你的引力把我拉向……我都不知道该如何形容你对我的意义。”

“我更愿意把我们形容成双子星。”我说着，手指缓缓掠过你的大腿。我无法将手从你身上移开。我无法自控。“我们绕着彼此的轨道运行。”

“漂亮，露西，”你说，“你的思想跟你的身体一样美。”你用手肘支起脑袋对着我。“你相信因果报应吗？”你问。

“就像印度教里的业力？譬如说，我偷走了某人的出租车，我就会被诅咒并遭到同样的命运？”我反问。

你微笑起来，“这城市里肯定存在这种出租车报应，但我不是这个意思。我指的也不是印度教业力。我说的那种可能根本不是因果报应。那更像是……你觉不觉得我们能这样相爱——爱得那么汹涌猛烈——全因为我爸爸是个混蛋？这是对我悲惨生活的回报吗？所以我才拥有了这些？”你指了指我俩赤裸的身体，“或者说，我现在拥有了这一切，是不是意味着将来要付出代价作为补偿？我们每个人在这世界上的福祉，会不会都是有定额的？”

我坐起来，摇了摇头，“我不认为这世界是这样的。”我说，“我觉得生活就是生活。我们遇到各种情况，做出各种选择，然后才延伸出各种各样的结果。不如就顺水行舟吧。这是那个老问题了，我们在克雷默的课上就讨论过。”

你安静了。

“但你知道我怎么想吗？”我继续开口填补这沉默，“我愿意相信这就是所谓的因果。印度业力。也许我前世为别人做了一件大好事，所以今生就得到了你作为回报。比起你那套‘福祉有限’论，我还是更喜欢这种因果。”

你又笑了，但这次带着些遗憾。看得出你并没把我的话当真。“我也喜欢这个说法。”你说，“我只是……觉得自己不可能把所有好事都占了。要让生活的每一部分都称心如意是不可能的。”

我想了想，“我觉得这是有可能的。”我说，“也许你无法一口气得到一切，但我想，人们终其一生，最后总会得到他们最期望的东西。”这一点我是真心相信的，加布，至今相信。

“希望你是对的。”你说。

后来我们再也没有讨论过这个问题，但我有种感觉：你仍然认为没有谁能够拥有一切。我真希望当时能改变你的看法——因为我从你的话里听出，你相信自己必须做出牺牲。用此爱换彼爱，用一份幸福去换另一份。这种观念左右了你的决定，无论是有意还是无意地。它成为指引你前进路途的力量之一，将我们带向最后的结局。

但我真的认为事实并非如此。你也可以既有一个爱你的父亲，又有一个同样爱你的女友；既能得到一份有回报的工作，也能过上同样有回报的个人生活。但也许你会说，如果你两者兼得了，你就会失去健康，或者金钱，或者天晓得别的什么。

你改变过你的想法吗，加布？

真希望你能够回答我。

16

我的生日不久后，你就报名了皮特的课。我一直在想你离开纽约后还和他保持了多久的联系。我知道他对你而言很重要，显然，他推动了你事业的起步。我总是想，你是否从他身上找到了一直想从父亲那里获得的支持和引导。你上他的课，在他的帮助下把照片卖给《乡村之音》时的样子是我见过最开心的。于是我想，也许我错了，也许你也错了。也许你待在纽约也可以很快乐。

你把做晚餐的活儿也包了，因为我执意要等到菲尔下班才离开办公室，而他走得越来越晚了，正在为新一季的《一个星系的距离》苦想方案。你还记得那个晚上吗？那天我到家比平时还晚——已经接近九点了——你正用自制的香蒜酱拌意大利面。桌上有一瓶打开了的红酒，你已经拿出一只杯子。我走进屋时，你正在摆餐具。你笔记本电脑的外接扬声器里正放着艾拉·费兹洁拉的歌。

“嘿，你好啊。”你说。你的吻有股马尔贝克葡萄酒香。

“你今晚心情不错嘛。”我说着脱掉身上的牛仔夹克。

“猜猜是谁的照片要上《纽约时报》了？”你问。

我吸了口气。“你?”

“就是我!”你喜上眉梢，“皮特帮我联系到了那边一个人，他们会刊登我在我们街区拍的那张照片，就是大街中央水管爆裂的那张，作为一篇城市基础设施破败的特稿配图。”

我把包扔在地上，张开双臂拥住你。“恭喜——恭喜我伟大的、天才的男朋友。”

当你把我从地上抱起来扔进沙发时，我想着也许，只是也许，我们可以这样长久下去。也许你最后不会离开。

那晚，我们就这么衣衫不整地吃完了晚餐，接着我分享了一些自己的新鲜事。菲尔让我帮他一起想下一季节目的点子。

“终于等到这一天了，”我对你说，“我终于有机会，能真正影响我们国家的孩子的所见、所学和所知了。”

那个深夜，我在床上绞尽脑汁地找灵感，你坐起来陪着我，忠实地充当我的意见征集对象。但我对自己罗列出的想法并不满意。从眼角的余光里，我瞟到了你的照相机。

“嘿，”我说，“那里面有没有点子?你的记忆卡里都有些什么?”

你把你的相机拿到床上，我们一张一张地浏览过去，直到我让你停在一张照片上——一个小女孩出现在一楼公寓的窗户里，双手抓着窗上的铁栏杆。

“你觉得她身上有什么故事?”我问。

“寂寞?”你说，“被出门上班的父母留在家里?心中向往着别的梦想?”

“梦想!我们应该做一集关于梦想的主题。”

那成了我们第二季的第一集。

而我在下一季度伊始就升了职。但在这一切来临之前，你就离开了。

17

就在你的照片登上《纽约时报》后不久，《一个星系的距离》获得了日间艾美奖提名，我被邀请携伴侣出席庆典。

我拖着你一起去布卢明代尔百货公司试礼服。虽然“拖”这个词用得并不太恰当，因为你挺享受的。还记得吗？你坐在更衣间旁边的沙发上，俨然是一场私人时尚秀的观众。我先穿着一袭抹胸蕾丝紧身裙出来，裙摆一直开叉到右腿前侧。

“性感。”你说，“十足火辣。”

“这不是我要的效果，起码工作场合不行。”

接着我又穿着一身粉色的舞会礼服出来。

“甜美，”你告诉我，“像灰姑娘。”

这样也不对。

我穿上一条海军蓝色的裙子，上面全是弯折和棱角的修饰。

“很强势，”你说，“美丽而犀利。”

我能看到商场里的其他女人正在注意我们。那些年长的露出宽容的微笑，年轻的女人则一脸羡慕嫉妒。当我迎上她们的目光时，尽量让自己的笑容收敛些，克制心中那种感觉：这世界上的一切都很好。那一天，幸福仿佛是我们的天命，我们共同的归宿。

我又试了几条裙子，最后买了一条红色的丝绸裙，露肩款，后背开得很低，上紧下松，走路的时候来回飘摇。你还记得你说了什么吗？我记得。你说话的样子仿佛就在我眼前，你的目光在我身体的曲线上游移，眼睛里仿佛要冒出火焰。

“这件，”你说，“堪称惊艳。你太惊艳了。”

你从沙发里站起来，拉住我的手，带着我在布卢明代尔的正装区中央一圈圈地旋转。最后你弯下腰，吻了我。“就这件。”你拉着我直起身时悄悄说，“我们用最快的速度把它买下来。附近有没有洗手间可以溜进去的？或者我们直接打车回家？”

我笑出声来。“打车。”你帮我拉下拉链时，我轻轻回道。

18

那天到家时，你把我和我的包一起抱在手臂里，一步两阶地蹿到公寓门口，一只手胡乱摸索着钥匙。我挂在你的脖子上，笑个不停。

“你在干什么呢?”我问，“傻死了。”

“我等不及了。”你说着推开门，把我扔在床上。你把我的包扔到沙发上，回来时已经把T恤掀过了头顶。

“看你穿那些裙子，明知道你在更衣室里一丝不挂，这简直是……受刑。”

我也脱掉了我的T恤，解开了胸罩。当我把它从肩上滑落时，你低吟了一声。“露丝，”你说，“露西。”

接着你跟我一起爬上床。你的嘴唇和手指游遍了我全身，我也呻吟起来。我挺起后背，接着你进入了我。我感到自己完满了，一如每次你滑进我的身体时的感觉。

“加布里尔，”我在喘息间说道，“你让我感到永恒。”

你低下头用力地吻我。“你让我感到无敌。”你耳语道。

这就是爱的力量。它让你感到永恒、无敌，仿佛整个世界都向你敞开，所有事情都可能实现，每一天都充满了奇迹。也许是它让你敞开了自己，允许别人进来，又或许是它让你深深地去关心另一个人，从而延展自己的心灵。我听过那么多人说过不同版本的“我从来不知道自己能够如此爱另一个人，直到……”的故事，而那个“直到”的后面总是跟着“我侄女的出生”或者“我生了个孩子”或者“我收养了个婴儿”。我从来不知道自己能够如此爱另一个人，直到我遇见了你，加布。

我永远都不会忘记那种感觉。

19

那天的我一定是容光焕发的。我爱的男人也同样疯狂地爱着我。他帮我一起挑了一条裙子，让我可以穿去参加表彰我工作成就的颁奖典礼。我忘记了你还想着要离开，忘记了你欢笑的表面下并不快乐。因为那天，一切看上去都如此完美。

20

典礼当天早上，我把头发吹成松松的波浪。妆也已经化好了，我描了重重的眼线，刷上睫毛膏，还涂了个大红唇来搭配我的裙子。当我换上那条丝质裙子时，感到陶醉又兴奋。大学以来所作的一切努力好像终于得到了回报。

“睿智又美丽。”你说。望着我的时候，你的脸上挂着一丝笑容。

“你也不赖。”我答道。你穿着一件单排扣的晚礼服，内搭了背心和领带。你的卷发被定型发胶驯服了，那种发胶你只在重要场合才会用。你身上的味道闻着像刚从美发沙龙里出来的。有时，我经过别人身边闻到同样的气味，仍会被突然带回到那一天，哪怕是现在。你是否也会这样呢？你是否也曾因为一丝气味而想起了我，突然被带回到往昔的时光？

那天，我们来到洛克菲勒中心，与我的同事们碰头、落座。我看出你的心思正在别处。你鼓掌时总是比别人慢一拍，你看着我时不断地咬着下唇——只有当你正苦苦思索，在脑海里翻来覆去地想什么时，才会露出这个表情。那时，你的脑袋里究竟在想什么呢？

接着，轮到颁发我们的奖项了。我们赢了！我简直无法呼吸。空气中洋溢着喜悦。我想象着自己的父母正看着直播，两人都哭了，我爸爸还在努力掩饰。我想象着杰森在尖叫，凯特在欢呼。菲尔把我和全组的人一起推上台，他讲话时我就站在他旁边。我笑得那么开心，感到自己的脸颊都被扯开了。我不断地把目光直直地投向观众席上的你，希望你能和我分享这份喜悦，但你的目光却是呆滞的，你甚至没有给我回应。有一瞬间，我想着是不是出什么事了，但那时我们正集体转身下台，当我回到自己的座位上，坐在你身边时，你温柔地吻了吻我。“我爱你。”你轻轻说道。

典礼结束后我们办了场派对，所有人都沉浸在获奖的狂喜中。我们跳舞、喝酒、大笑，你跟我同事们的妻子、男友和未婚夫们都聊了一会儿。但从头到尾，我都看出你心不在焉。

21

我们回到家，我甩掉高跟鞋，瘫在沙发里。你在我身边坐下，用手抓住我的脚替我按摩，缓解在细高跟上站了八小时的疼痛。

“哦，天哪。”我呻吟，“加布，这可能比做爱还爽。”

我以为你会笑，可是你没有。

“露丝，”你说，手指还在揉捏着我左脚的足弓，“我们得谈谈。”

我坐起身，把脚从你手中缩回来，盘在身下。

“怎么了？”我问，“你还好吗？我们还好吧？我觉得都挺好的，但如果有什么……”

“露西，”你喊了我的全名，“先停一停。”接着你深吸了一口气，“我不知道该怎么说这件事，所以我就直说吧。我从联合通讯社那里接到一份工作。他们想让我去伊拉克，随军做一个专题。这算是个开始，以后还有可能升职加薪。皮特打电话找了几个人帮忙。他知道我想去海外。”

我有几秒没有呼吸。

“什么时候？”我轻轻问，“去多久？”

“他们希望我三周之内动身。这趟至少要去两个月，也可能更久。”

“你要什么时候给他们答复?”我问。我心里想的是：我们可以撑过两个月的，也许更长时间也可以。我们会有办法的。

“我已经答复了。”你低头看着自己的手指，“我答应他们了。”

“什么?”我问。就像有人拔掉了浴缸的塞子，我们的生活仿佛在一阵漩涡中流失殆尽了。我突然想起凯特，想起她对我说过你可能会离开，会伤透我的心。

你还是没有看我。

“这件事已经办了有一段时间，”你说，“但是今天才把所有文件处理好。我之前也不确定到底能不能成，毕竟希望好像很渺茫。所以不到板上钉钉，我还不想说。只要可以的话，我想尽量不让你伤心。”

我可以感受到身体里的每一下心跳、血液中的每一次脉动。我张开嘴，但生平第一次，我一个字都说不出来。

“几个月前，我第一次看到美联社刊登的阿布格莱布监狱头条新闻时，我就知道我非去不可。图像能够扭转视角。它能改变人的看法和思维。我做不到躲在后方，寄希望于别人去干这份工作，尤其当我认为它那么重要。我说过我想走的，露丝。你知道我已经下定决心了。”

我当然知道。但我没意识到你的决心那么坚定，没意识到这件事不容商量，没意识到我们永远无法一起解决它。更重要的是，我根本没做好准备。尤其是在那个晚上，那本应该是一个庆贺、快乐、成功的晚上。我一生中从未如此飞扬。我的工作成果赢得了艾美奖。这使我卸下了心防。我允许自己尽情地快乐。你怎么能不告诉我皮特正忙着干什么？怎能隐瞒你打的那些电话？怎能不告诉我你正在酝酿的计划？你怎能没有我的参与就擅自做了这个决定？这至今都让我很生气，加布，你竟然没有问过我一声。

我们是双子星，我们绕着彼此的轨道运行。当你决定不告诉我的时候，这一切就改变了。你不再围绕着我转，你的重心变成了别的人、别的事。从你开始保守秘密的那一刻起，我们再也没有机会了。

眼泪一下子涌了上来——那是混杂着难过、困惑和受伤的泪。“加布，加布，”我一遍又一遍地说，“你怎么能？”最后我终于说出来，“你怎么能不告诉我？你怎么能今晚才告诉我？”

你朝我伸过手来，我反抗，用力推开你的手臂。我自己都不知道我有这么大的力气。

“如果我能早点知道，就会少伤心一点，”我说，“如果我们能早点谈谈。你难道不懂吗？我们是一体的，可你把我分割出去了。你怎么能不跟我商量就做打算？你怎么能不跟我商量就做那种打算？”

你也哭了，鼻涕从鼻子流到嘴唇上。“对不起，”你说，“我只是想做正确的事。我不想伤害你。对不起。”

“但是你伤害了，”我哽咽着说，“这比你直说伤得还要多，原本还能好些。现在这样就好像我对你一点都不重要。”

“这不是真的。”你擦擦鼻子，又一次向我伸过手来。

“别过来，”我说，“别碰我。”

“求你了，”你说，“露西，求你了。”现在你哭得比我还凶了，“我需要你的理解。我多希望这不是我想要的——多希望这不是我非做不可的、唯一能让我感到完整的事。我从来没想过要伤害你。这不是你的问题。”

“对，”我说，“这不是我的问题，但这也不仅仅是你一个人的问题，这事关我们两个。你把我们的关系毁了。”

你的样子就好像被我扇了一巴掌。我真想这么做。

“我不是……”你说，“这不是我们两个的事，露西，真的。这只是我一个人的事。我必须为了自己去实现它。我的内心有些东西破碎了，而这是唯一能修补的办法。我以为你能理解的。你总是能理……”

但这一次我理解不了。

“你为什么就不能留下来？”我打断他，“就拍纽约市不行吗？这里有那么多故事可以讲。你拍的照片登上《纽约时报》时，你那么高兴。”

你摇摇头，“我在别处可以做得更多。我的工作可以更有意义。我可以做更多的改变。我也希望这不是真的，但事实就是如此。你知道这对我有多重要。”

“我知道。但肯定有其他办法的。”

“没有别的办法了。”你说。

“那要是短途出差，每次做完一个报道就回来呢？”我已经在乞求了。我意识到了这点，但我不在乎。

“这样不行。”你说，“皮特说如果我想干，就必须全程跟进。”

“呵，皮特说。”我愤怒了，“所以你什么都和皮特商量，却一个字都不告诉我。”

“露西……”你想开口。

“听着，”我说，“见你的鬼去吧。”怒火一直延伸到我的手指和脚趾。我走到床边，把你的枕头和另一条毯子摔到沙发上。“你今晚就给我睡那儿。”

“露西，我们还没说完呢。”毯子从你的指尖垂荡下来。

“我们没话可说了。”我拉下裙子的拉链，关掉了灯。

当然，我们谁也没睡着。我不断地在脑海中一遍又一遍地回放刚才的对话。尽管当时那么恨你，我却还是想穿过房间，溜进沙发躺在你身旁，去感受你身体紧挨着我时那种踏实的感觉。你是我的安慰，同时却又是我的痛苦。

不知什么时候，你爬起来，站在床边。

“我有个办法。”你说。

我没吭声。

“我知道你醒着。”你说，“我看见你的眼睛了。”

我们没有拉上窗帘。你背对着光，城市的灯火照在你身上，为你镀上了一层光环。堕落天使，我想。

“什么办法？”我最后开口问。

“也许……也许你可以跟我一起去。”你在昏暗中小心翼翼地伸出手，“也许这样就能解决问题了。”

我用我的手指碰了碰你的手指。那一刻，好像真的有了希望。但紧接着，我听懂了你的话。我想到了巴格达，想到了签证，想到了住所，还有工作。

“但是……那要怎么做？”我问。

你坐在床上，仍然握着我的手，接着耸了耸肩。“我们会有办法的。”

“但是我要住在哪儿？我该做什么？我的事业怎么办，加布？”愤怒再一次涌向我的全身。你在要求我为你放弃梦想，而你自己却永远不会为我这么做，甚至连让步都不肯，连提都不跟我提。

你摇了摇头。“我不知道，”你说，“但肯定有人是这么做的。也许你能有另一番事业。你可以写文章，那样也能对世界有所改变。我们可以一起创作图文。我早该想到这个办法。那样一定完美。”

“我还以为我的梦想也是不能随便丢弃的，加布。”我说。我爱你，以前爱，现在仍然爱。我那么爱你。但你的要求太不公平了。这伤害了我——至今依然让我受伤——你就这么决定离开，既没考虑过我的意见，也不愿意考虑任何其他的可能。

“我不是这个意思。”你说。

我叹了口气。我已经受够了。“我们明早再说吧。”我对你说道。

“但是……”你还想说什么，最后还是闭上了嘴。“好吧。”你说。但是你没有走，仍然一动不动地坐在床上，把手放在我的手上。

“加布？”我问。

你转过身来对着我。窗外一辆警车呼啸而过，你的眼睛里反射出警灯闪烁的光。“没有你我睡不着，露西。”

我的眼泪再次涌上来。“这不公平。”我说，“你凭什么这么说，你没资格这么说。”

“但这是真的。”你说，“所以你才应该来伊拉克。”

“就因为我不跟你在一张床上躺着，你就睡不着?”我把手从你掌心抽出来。

“我不是字面的意思，”你说，“我的意思是我爱你，我的意思是我很抱歉。我的意思是，我希望你跟我一起去。”你还是没有明白。

我坐起身，打开了床头灯。刺眼的灯光让我们两人都眯起了眼睛。我看见痛苦刻进了你的脸。你看起来那么悲伤、脆弱、可怜、茫然。就像我们在 Faces & Names 酒吧重逢时的那晚一样。正是这一点，成为我的石榴籽。那样的你仍然让我无法转身离开。每当你向我展现出脆弱的一面时，都让我觉得对你有责任。因为我们只会对最在乎的人展露真实的自我。我想，这也是为什么我们的关系能如此飞速进展的原因。“9·11”事件让我们彼此之间再也没有界限——我们已经让彼此看到了自己最私密的一面，无法收回。但在那一晚，这些已经不足够了。我想从你身上索取更多——我要理解、要诚实、要妥协，我要你的承诺。这甚至都不值得再去争吵。

我伸手去碰碰你的手。“我也爱你，”我说，“但我不能跟你一起去。你是知道的。你的梦想在那里，可我的在这里。”

“你刚才说得对。”你的声音哽住了，“我们明早再谈吧。”

我看着你轻轻走过房间，把颀长的身体蜷进沙发。我关掉灯，开始强行编造各种跟你去伊拉克的理由。最后，只有一个理由成立：我无法想象没有你的生活。

我睡眼惺忪地醒来，感觉头疼得厉害。你正坐在沙发上望着我。

“我知道你不能一起去。”我刚睁开眼，你就轻轻地说，“但我保证，我会和你保持联络的。我每次回纽约都会来看你。我会永远爱你的。”你的声音哽在喉间，“但我必须得去。我已经准备要让你放弃梦想了——到头来，我还是变成了我父亲，露西。我觉得……我觉得你没有我会过得更好。”

我的脑袋一抽一抽地痛，眼睛灼烧着。我真的崩溃了。我止不住地抽泣、颤抖，嘴里发出的声音像来自史前时代。早在我们的祖先学会说话之前，他们的DNA就被编入了表达痛苦的基因。你真的要走了，你真的要离开我了。我早就知道会有这么一天，这是迟早的事。但我从来不让自己想象那一天到来时的样子。这感觉就像一场噩梦。就好像我的心是玻璃吹制的，有人却把它摔在了地上，让它碎成几百万个碎片，再用脚跟碾成粉末。

你邀请我跟你一起去，这意味着很多。我一直这么觉得，但这并不是真正的邀请，不是深思熟虑的结果。它只是一个深夜的道歉，只是你用来弥补自己过失的手段，因为你没有提前告诉我，因为你保密了，因为你把我排除在外。虽然我内心有个角落总是在想，如果我答应了会怎么样，那会让我们的人生彻底改变吗？或者我们最终仍会来到这里，只有我在这间亮得刺眼的屋里，既希望自己能在别处，又希望永远不用离开？我猜我们永远不会知道了。

那个星期，你打包好行李去了你妈妈那里，因为想在出发前和她多待几天。我坐在曾经属于我们俩的公寓里，哭泣。

22

在那之后的日子是什么样的，我们再也没有谈过。

我从没告诉过你我有多心碎；我是怎样看着你的书在书架上留下了空缺，却无力填补；又是如何在吃华夫饼的时候止不住地哭。还有戴上你给我买的木镯子的时候——那是在哥伦布大道的街头市集上买的，我们无意中发现了那个市集，然后在那儿逛了一下午，吃了意大利干酪和小薄煎饼，还假装我们在为想象中的天空小屋选一条新地毯。

你离开两周后的一天晚上，我从厨房水斗上方的柜子里拿出一瓶你最爱的威士忌。你把它也留下了。我给自己倒了一杯又一杯，起先还加了冰，后来冰桶空了，我就直接喝。喝下酒的时候，我的嘴唇像要烧起来一样，但那就是吻你的味道。酒精麻木了痛苦，我在你走之后第一次一觉睡到了天亮。第二天早上，我感觉如临地狱，只好打电话给公司请假。但第二周我又故技重施，再后面一周也是如此。我强迫自己去上班，学着在痛苦中生活。

有些商店我根本无法经过，还有些餐厅也不敢进去。我睡了一个月的地板，因为每当我试着睡在我们的床上，就只能感到你留下的空虚——沙发就更糟了，它会让我想起获得艾美奖的那晚。我把自己一半的衣服都捐给了慈善超市，把我们墙上的海报也全扔了。

你走后的第六周，我坐在几乎是空空如也的屋子里打电话给凯特。“我没法待在那儿。”我说。“你不该待在那儿。”她答道，“过来跟我住吧。”于是我把屋里剩下的东西打包收拾好，这活儿我足足干了两个礼拜。凯特帮我把屋子转租出去，然后我搬到了布鲁克林。我再也无法忍受了。我需要一个新地方，一个不一样的起点。但即使在那儿，我也不得不避开巴比餐厅，因为我们去那儿参加过凯文和莎拉的婚礼；还有“红钩龙虾”餐厅（Red Hook Lobster Pound），我们曾去那儿庆祝美国独立日。你的影子无处不在。我们在一起才十四个月，但这十四个月彻底改变了我的世界。

我给你写过邮件——你还记得吗？我没有告诉你我的真实感受，没说我是如何崩溃的。我跟亚历克西斯要去汉普顿住民宿了！其实完全是最后一秒才决定的，但一定很好玩。我故作轻松地写。我看到班弗兹在夏日舞台上演出了——你一定会喜欢的。你那边怎么样？接着我等啊等，等待着一封永远不会来的回信。我不停地想着你说过要保持联系，说过你会永远爱我。每一次检查邮箱，我都感到一种愤怒、伤心和失望混杂的情绪，比我以往经历的都要更刻骨铭心。我开始用笔给你写信，彻底地恶言相向。但我没等寄出就把它们全扔了。我害怕如果自己隔着大洲还对你发脾气，你就会彻底不要我了，这样我就再也得不到你的音讯。我想那不是我所能承受的。

现在回头看，我知道你那时也很受伤。你想继续向前走，去找你自己的路。我从纽约发来的文字看起来一定像是来自另一个星球。夏日舞台？汉普顿？我都想不出你读到那些的时候会怎么想。但当时呢？当时的我只是无法理解你竟敢无视我。上一分钟你还围着我转，吻着我，告诉我我让你感到无敌，接着竟然就消失得无影无踪。

你走了两个月后，我收到了你的邮件。这是你到伊拉克后给我发的第一封邮件。很高兴听到你过得不错！这里的情况挺可怕的，抱歉没有马上给你写信。我费了很大的力气才调整过来，但我爱这份工作。我们的专题已经做完了，他们要我在这儿多留一阵。希望你在纽约过得开心！

那封邮件我读了不下一百遍。这只是个估计的数字，或许我读了两百遍。我分析着里面的每一个字，每一个惊叹号。我挖掘着字面背后的意思，搜寻着你所想所感的蛛丝马迹。我试着从中读出你究竟是否想念我，是否又另结新欢。

但事实却是：没有任何潜台词，没有暗语，没有秘密代码。那只是一封仓促发出的简短回信。我苦苦等待了两个月最后一无所获。我新建了一个 Gmail 文件夹，命名为“灾难”，然后把你所有的邮件都移进去，也包括那一封。我没有再给你回信，我知道如果你再一次忽略我，我会受不了的。

23

有时候，我会对自己听过的话后知后觉。这经常发生在我和我哥哥之间——每次我们讨论一些严肃的话题，那些不限于日常问候“你好吗”和“工作如何”的话题时，我总要花上好几年才明白他话里的真正意思。你走的几周后，杰森打来了电话。他那时二十八岁，已经和凡妮莎交往了近一年时间。他们是在图书馆认识的——凡妮莎在制药公司的爱心社区工作，而杰森正在尝试研发某种癌症靶向治疗，我对那种东西到现在都一知半解。

“嘿，露露，”我接起手机，他说，“我——呃——我一直想来问问你的情况。妈妈说你不太好。”

“嗯。”一听到他的问候，我的眼泪已经在眼眶里打转了，“我好想他，杰。我又爱他又恨他，我就是……糟透了。”我的声音在电话里打颤。我并没有质疑自己不跟你同去的决定，这让我安心了些。但我一直在脑海中反复回放那天的对话，想着当时还能说些什么来留住你，我到底做了什么才会让你对我保密。我想知道如果你跟别人在一起，是否就不会这么做。凯特说你很快就会离开我，我当时不相信，但现在，我想她也许是对的。

“唉，小露，”杰森说，“我不是有意要惹你哭的。我只是……那个……我知道我们以前没聊过感情的话题，但你还记得我和乔斯琳最后一次分手吗?”

我不知道有没有和你提过乔斯琳。她和杰从大学开始恋爱直到毕业以后。他们在普林斯顿大学二年级的时候认识，然后分分合合了五年——直到最后她决定去斯坦福读医学院，两人简单地尝试了一段时间异地恋之后，还是和平分手了。我觉得他们的五年时光完全不同于我们的……我现在该怎么算呢……十三年？十一年?

“记得。”我这么对杰说，虽然其实只有一点点印象。那时我还在上大学，完全沉浸在自己的世界里，并没怎么关心过哥哥。

“我之所以能平和地结束一切，是因为我意识到我们两个人就像小熊软糖实验一样。你还记得那个实验吗？我大一的时候你来看我，我好像在实验室给你演示过。你把氯酸钾滴进试管里，然后加进一颗小熊软糖，这两件东西立刻产生了完美的爆炸反应。百试百灵。乔斯琳和我就像那个实验一样。我们每次在一起都会爆炸，从某种程度来说，这很刺激，也很精彩，但谁会希望生活在永无休止的爆炸中呢?”

“嗯哼。”我答道，想起了你和我。我们并没有经历过反复的分分合合，但那时的我们确实过得刺激又精彩。我们在一起的时候，比我们各自独处时要更好。

“总之，当我遇到凡妮莎时，情况就不一样了。那就像……

就像‘老拿骚’实验[1]。那个你还记得吗？实验开始时需要三种不同的溶液，但你把其中两种先混合了。我把我自己想象成那两种混合起来的溶液，当你加入第三种时，起初什么反应也没有，但接着，溶液在碘酸钾的作用下变成了橙色，又过了一小会儿，它再次变色，这次成了黑色。你知道那是我最喜欢的颜色，因为它包含了所有的色彩。接着，它就稳定下来了。”

他停了下来。我没有吭声，因为不知道该说些什么。

“小露，其实我主要想说的是，恋情总是越长久越好。它不应该是小熊软糖爆炸，而应该是一种时钟反应[2]。你明白我的意思吗?”

我当时并不明白，但现在懂了，达伦让我看清了这一点。虽然换成是他，也许会说爱情就像美酒，味道会随着时光变得愈发醇厚。然而我那天只是对杰说：“可我好爱他，杰。”

“我知道，”他说，“我也爱乔斯琳，到现在还爱着她。也许我对她永远都会抱有一丝爱意。但是我也爱凡妮莎——那种爱是不一样的。我想告诉你的是，爱一个人的方法有很多种，我知道你总有一天会再次爱上别人的。虽然那种爱会不一样，其中有些爱会更好。”

“可我不想爱别人。”我轻轻地说。我只想爱你一个。我也无

---

1 由于这个实验反应产生的颜色和普林斯顿大学的校色（橙色和黑色）相近，于是人们就用普林斯顿大学校园内的一幢叫“拿骚大厦”的建筑物之称呼来命名这个定时变色实验。

2 时钟反应，在一定温度下，将一定浓度的试剂混合，在某一确定的时间，突然观测到产物出现。

法想象还有什么事会比爱你更好。杰森沉默了一会儿，“也许我现在说这些还太早了。”他说，“对不起，我不太会聊这些话题，但也许……我的话会留在你的神经元里，你会在最需要的时候想起它来。”

“嗯，”我说，“好吧，谢谢你打电话来。”

“我爱你，露西，就像氢气爱氧气。这是一种完全不同的爱，是自然之爱。”

听他这么说，我破涕为笑。只有我的哥哥会用元素周期表来解释爱。

24

那年夏天，亚历克西斯拽着我到处跑，去酒吧，去音乐会，去派对，去电影展映。我们每天晚上都打扮得花枝招展，在布鲁克林、曼哈顿、南安普顿。有了足够的马提尼，我总算能暂时忘掉一切。

凯特带我去她父母位于科德角的家里待了一周，把汤姆一个人丢在曼哈顿。她招待了我一顿水疗，又带我去美发沙龙弄了个新造型，那是她从姐姐寄来的法国时尚杂志上看到的。我就是在那时剪了辫子，捐掉了头发。

茱莉亚说她永远站在我这一边。无论我何时需要她，她都会立刻赶到。我们花了好几个晚上一起吃通心粉和奶酪，因为这些都是你讨厌的食物，我们还一起看了能找到的最暴力的动作片。

考虑到我的朋友们当时都那么恨你，可以说他们都是真朋友。我不知道凯特或者亚历克西斯有没有原谅你离我而去的行为，但茱莉亚原谅你了，虽然她经过了一段时间才理解你和我共有的那些东西——那是在你的摄影展上。

妈妈整天给我发消息，还发来了很多鸡汤文章的邮件。

杰森来看望过我，带我去打“布鲁克林旋风”游戏，请我吃热狗，还用薄荷糖和健怡可乐做了爆炸试验。

事实上，我认识的每一个人都在想方设法鼓励我，我也尽己所能地想要摆脱你的影子。但事实上，我唯一需要的只是时间。

25

那年夏末，就在我收到你的回信并且新建了“灾难”文件夹的两周后，我认识了达伦。

你介意我提他吗？如果让你困扰了，我很抱歉，但他也是我们故事的一部分。尽管你可能不喜欢这点——也不喜欢他这个人——但没有了达伦，我们的路将会完全不同。

劳工节的周末，也是我在汉普顿租住的最后一个周末。那天我醒来去煮咖啡，他就睡在卧室中央的沙发上。我之前没见过这个人，前一晚我上床前，他肯定也不在这儿。亚历克西斯的朋友塞布丽娜总喜欢带一大群人回来，因此看到他们睡在沙发上、椅子上甚至有时在卧室的地板上，也不足为奇。

我蹑手蹑脚地绕过他，去厨房给大家弄咖啡。自从你走后，我的整个睡眠习惯都改变了。每天一醒来，不论时间有多早，不论宿醉有多厉害，我都一定要起床，因为没有你在身边，一个人躺着是种苦行。于是，煮咖啡就在那个夏天成了我的职责。

屋里总是塞满了人，于是我尽量让自己看起来不像是刚滚下床。那天早上我穿了件比基尼上装——那个夏天我最爱的是一件红色系带款——下身穿了条热裤。我在头发上绑了一条花色手帕，让一侧刘海垂在左眼上方。汉普顿的几个周末让我晒成了棕色，而骑车去海滩让我的身材比期待中更健美了。我喜欢那个夏天镜子里的自己，并不得不屡屡制止自己遐想你看到我时的感受——你会不会也会喜欢这样的我？

咖啡机开始滤煮的时候，达伦醒了。他走进厨房，用我生平所见最蹩脚的方式开始搭讪。或许他的本意根本不是要搭讪，反正他自己从来没承认过。不管怎么说，那种胡说八道是你永远都不会讲出口的。

“我是不是已经死了，来到了咖啡因天堂？”他问，“因为你看着好像个咖啡天使啊。”

这话还真的让我笑了。

他的头发细直，但因为一直被压在沙发扶手上而翘到了一边。他穿着平角裤，上身的 T 恤上印着“新泽西：强者生存”。我忍不住想知道他剩下的衣服都到哪儿去了。

我把第一杯咖啡递给他，他抿了一小口。

“我不是天使，”我告诉他，“这我可以保证。我是露西。”

“达伦。”他说着伸出手来，“这咖啡太赞了。”

“我昨天磨的豆子，”我告诉他，“这是从市区新开的公平贸易咖啡馆买的。”

他又嘬了一小口。“你的男朋友运气真好，”他说，“找到一个能煮出这种咖啡的姑娘。”

“我没男朋友。”我的眼泪又忍不住开始打转。

“是吗？”他说着又喝了几口咖啡，他的眼睛掠过杯子的边缘，迎上了我的目光。

我把他和你做着比较。他的直发和你的卷发，他那短小精悍的体型和你修长的身材，他的棕色眼睛和你的蓝色眸子。我知道他想和我套近乎，但我实在没这个兴致。

“我要收拾东西准备去海滩了。”我告诉他，“可能我待会儿出来的时候你已经不在了，所以先说一句很高兴认识你。”

他点点头，举起杯子。“谢谢你的咖啡，露西。”他说。

26

我再次走出房间时，他已经走了。或者应该说，我听到他和他的朋友离开后，才从房间里出来。但他肯定找塞布丽娜打听过我，因为我第二天收到了他的网上好友申请，还有一条私信，问我那家公平贸易咖啡馆的店名。我们互相打哈哈了几个来回，他说他看到公园坡有个咖啡巧克力搭配活动，并邀请我同去。时间是周日下午，不知怎么这给人一种安全感，好像这不能算是约会，何况我也没别的事可做，于是就去了。

如果说我其间一点都没想你，那是骗人的。事实上，我想起你的时间不占少数。但其中也有些零零散散的快乐时光。我们说了好多笑话，达伦还被其中一个搭配描述逗得大笑，结果咖啡从鼻子里喷了出来。那是我几个月以来最开心的时刻。嗯，应该说是我几个月里没喝醉的时候最开心的时刻。

所以，当他一周后约我出来吃饭时，我答应了。他不是你，但他很聪明，他很英俊，他能让我笑……他想要我。而且他能够让我忘记你，至少能忘记一小会儿。

27

到了见面那天，达伦坚持要来我的住处接我。他穿着西装，梳了个大背头。我那天是穿夏装去上班的——一件新买的黄白相间的泡泡纱裙——约会时我仍然穿着那身，脚上是一双凉鞋。他的着装看起来比我的正式多了。

他一定发现我打量他的西装了，因为他说："投资银行家制服嘛。我来不及换了。"

我笑了笑。"你穿西装挺好看的。"话说出口时，我才意识到事实也是如此。他的肩比腰宽，那身西装的剪裁完美突出了这一点。

我差点想回去换身像样点的衣服，但还没来得及开口，他就说："你穿这条裙子更好看。其实我敢打赌，如果我们在一群完全客观的人当中搞个投票，让他们选出我们各自服装中的美丽因素，你肯定会赢。"

我忍不出笑起来。"各自服装中的美丽因素？"我重复道。

"这是技术用语。"他说。

他不是你。他和你完全不是一类人。首先，他二十九岁，比你更年长。其次他更冷静、踏实、可靠，这是茱莉亚对他的评价。而且他是你走后唯一一个能逗我笑的人。这至关重要。

他扬起一边眉毛用法语说道：“小姐?”我挽住他的手臂，关上了身后的公寓门。我已经在期待和他共进晚餐了。

28

那天晚餐后，达伦说要陪我走回家，因为这才是绅士做法。走在人行道上，他甚至还保持在靠近车道的一侧，万一街上有车快速开过溅起泥水，他就能为我挡着。那样被溅湿的就是他而不是我了，他解释说。

“我知道了。”我说，“那女士们呢？我们又该做些什么?”

“你们没有什么事不是正在做的。”他说，这又让我笑了。

接着他清了清嗓子。“你知道吗，我以前在宾大当过导游，要带你观光普罗斯佩克特海茨的话也完全够格。”

“哦，是吗?”我反问，不确定他是不是在开玩笑。

他开始用上流社会的腔调说话，听起来就像那种给大学捐赠了一整栋楼的人。我立刻大笑起来。在我的想象中，只有那些能以自己的名字命名校园大楼的家族才会这样说话，像舍默霍恩，或者哈弗梅耶，或者哈特雷。读书的时候，我总是对这些人浮想联翩。我描摹着他们住在大豪宅里，肯定都在阿蒙克这些地方，夏天就去玛莎葡萄园避暑。舍默霍恩先生穿着楠塔基特人穿的红裤头，有着自然晒成的棕皮肤，牙齿地包天；哈弗梅耶夫人不在两只耳朵上各挂一颗三克拉钻石绝不出门，她有三个孩子，分别由不同的保姆带大，并因此形成了截然不同的人格，而她单单对老三情有独钟；至于哈特雷家族则一定养了很多赛级犬，而且都是柯基犬，跟英国女王的一样。

我猜，现在只要我愿意，多半可以在网上搜到这些人。但那会毁掉我在自己脑中建立起来的故事。我已经很多年没想起这些故事了。

于是达伦转过身，用舍默霍恩的语调说道："那栋赤褐色砂石建筑是肯辛顿·利兹夫妇的孩子艾什顿·惠灵顿·利兹四世的家。这是家族中较为高贵的一支。人人都知道格拉斯哥·利兹夫妇是赌徒和骗子，同时还是盗马贼。他们把茶匙当汤勺用，又拿正餐叉吃甜点。完全是亵渎上帝。事实上，人们曾经发起一场运动要求在家族名'肯辛顿'和'利兹'之间加上分隔符。你知道，为了避免混淆。"

这段话让我差点笑喷，然后我笑得更厉害了。

他继续用舍默霍恩腔说道："据我所知，茱莉亚·路易斯-德瑞弗斯就是因此在姓氏之前加上分隔符的。德瑞弗斯家的其他人简直不堪入目。沃尔-玛也一样。他们家剩下那些人？别提了。所以划清界限是非常重要的。"

每次我想回应点什么，话到嘴边都变成了笑声。接着，达伦和我转过了我住处的拐角。他在楼前停下来，我也停下了。

当发现他正看着我时，我的笑声卡在了喉咙里。他想吻我。恐慌感让我的肺部缩紧了。

你走之后，我从没吻过任何人。

你走之后，我再也没有想吻过任何人。

“我……”我开口，却不知该从何说起。

然而达伦一定见到了我脸上的表情。他没有吻我的嘴唇，而是倾过身，吻了吻我的额头。

“谢谢你陪我度过一个如此有趣的夜晚。”他说，“希望我们以后还能这样。”

我点点头，他笑了。

“我会打电话给你。”他说。

我终于又能呼吸了。

“那再好不过。”我答道。因为我确实和他共度了一个有趣的夜晚，也因为和他在一起消磨时光总好过一个人坐在家里，或者和亚历克西斯鬼混。

他走的时候，我意识到自己在为他的离去而失落。有他在，我的世界似乎亮了一点，我喜欢这一点，非常喜欢。

接着我转身回到自己的公寓，又开始想你。

29

第二天我打电话给亚历克西斯。“你都跟达伦说了我什么?”我问她。

“我?”她说,“没有啊。”

我叹了口气。一整个早上,我都在回想额头上的那一吻,接着我意识到一定是有人对他说了什么。一定有人教他别太心急。

“好吧,不是你。”我说,“那是塞布丽娜?她跟达伦说了什么?”

亚历克西斯深吸了一口气,我能想象她在电话那头用手抚头发的样子。上次因公务去拉斯维加斯之后,我已经快一年没见到她了。她曾经在我的世界里占据如此大的比重,而现在……却不复从前了。我并没有真的很想念她,想想还是有点难过的。我想,人是会变的,生活也会变。你我比谁都清楚这一点。

“她告诉达伦你刚刚从一些不愉快的事里走出来,”亚历克西斯在电话那头说道,“她叫达伦耐心些,别伤你的心。”

我感到有些难堪,虽然塞布丽娜说得也许并没错。

“那达伦怎么说?”我问。

“他说他不仅不会伤你的心,还要帮你重新把心拼凑起来。”

我把头靠在沙发背上。“好吧。”我说，“他还真敢说。这跟他有什么关系呢？他是不是有什么救世主情结？想当大英雄？”

“他是个好人。”亚历克西斯对我说，“他有挺多混蛋朋友，但自己是个正派人。我不是说加布不正派，但是……反正我的意思就是……考虑考虑他吧，小露。”

她一提起你的名字，我觉得我的眼泪又泛上了眼眶。我不能再让自己哭了，但我不知该怎么办。

“我不知道自己行不行。”我说着用手背抹了抹鼻子。

“旧的不去新的不来嘛，”亚历克西斯说，“相信我，没错的。”

我发出了一声响，也说不清是笑还是呜咽。

“我是认真的，”亚历克西斯说，“给他个机会吧。至少，他能让你明白这世界上还有其他优秀、聪明的人会欣赏你。”

我点点头，虽然她看不见。“我会给他个机会。”我说。

“那我就别无所求了，”她说，“不过我们可以下周五晚上约一个？你知道我上次在L号线上认识的小帅哥吗？他要在下东区搞一个行为艺术。你能跟我一起去吗？”

“就是那个绿头发的？”我问。

“呃，不是啦。”亚历克西斯说，“我没跟你说吗？那家伙竟然在吃饭的时候挖鼻孔，已经没戏了。现在是戴着巴迪·霍利同款黑框眼镜、留胡子的那个。”

“明白了，”我说，“带我一个。”虽然我其实一点都不想看亚历克西斯在地铁里认识的某个怪咖搞的行为艺术，但那也总好过想你。

30

达伦没有再企图吻我。我们第二次出来见面的时候没有，后来一次没有，再后来一次也没有。那时已经快到万圣节了。

“这周末想不想跟我去一个万圣节派对?”距离我们上次约会过了些日子，他打电话来问，“我保证很好玩的。”

关键就在这里：达伦总是能把一切变得很好玩。和他在一起让人感到简简单单。约会本身很轻松，也让人感到放松。那是一种很自在的感觉。而我发现，自己正越来越期待见到他，想你的时候却越来越少。这是件好事，因为我再次断了你的音讯，也不再试图去联系你。没在等你消息的时候，我感到自己更清醒了。然而，你也并未彻底从我的生活里销声匿迹。我时不时地在《纽约时报》上见到你的照片，你的名字会在我乘地铁的时候冷不丁冒出来。每当这时候，我的心都会一阵狂跳，然后在一天剩下的时间里始终会感到微妙的不适和分神。但有达伦在身边时，我从不会有这种感觉。

“万圣节派对?”我说，“好啊，听着不错。我们要不要准备道具服?”

“她竟然问我们要不要道具服!”他好像在跟别人转述我们的

话，但其实他一个人住。我们俩都是。“我们当然要道具服啦，”他说，“我想想……阿兹卡班的囚徒？我们可以演哈利和赫敏？或者我来当蜘蛛侠，你来当玛丽·简？”

那一刻，我忍不住想，换成你，这辈子都不会提出那种装扮的。前一年我们是打扮成插头和插座去的，记得吗？那才像你的风格。应该说，那才像我们两个的风格。

“所以你喜欢流行文化？”我问达伦。

“好吧，我可以跟你直说吗？”他说。

我心里一颤，猜不出他接下来要说什么。我已经开始后悔自己没有吻他，没有再努力去试一下。

“我压根没想好要准备什么服装，所以就去谷歌上搜了‘热门万圣节道具服’。所以如果你已经有什么点子了，我洗耳恭听。嗯，不对，我还洗眼洗鼻子洗嘴……我把身上其他部位也洗了。”

我大笑，同时大大地松了一口气。“身上的其他部位？”我问，第一次意识到自己真的想挑逗他一下。这让我很开心。“真的吗？”

他在电话那头安静了下来。我能够想象他的表情，双眼圆睁，脸颊变成了粉红色。“我不是那个意思……”他说。

“‘弗洛伊德口误’怎么样？”我问，“我是说万圣节。我来穿衬裙[1]，上面写着‘弗洛伊德的’，你就来当弗洛伊德医生本人。我去给你找根雪茄。”

---

1 弗洛伊德口误（Freudian slips），其中 slip 既有“口误”的意思，也可解释为“衬裙”。

他笑起来。“我喜欢!”他说，“确实比蜘蛛侠和玛丽·简要高明。”

“派对在几点?”我问。

“九点开始。”他说，“在加文和阿基特那儿。你还记得汉普顿的阿基特吗?”

“恐怕不记得了。”

“嗯，你会在派对上见到他们两个的。不如我八点带着披萨过来？我不清楚那帮家伙对派对食物有怎样的认知，所以我们最好在出发前先垫垫肚子。”

“我看行。我这儿应该还有条衬裙，明天我去找几支布料记号笔来。”

“那我的雪茄呢?”达伦说，“其实，我可以把我自己的雪茄带去。”

“嗯，真的吗?”我问。

我感到他又被我问得窘了一下。“唔……”他说，“开玩笑的啦。周六晚上见。”

到了周六晚上，达伦来到我的住处。他戴着白胡子和平光眼镜，穿着灰色的三件套西装，打了条一本正经的条纹领带。他一只手举着披萨盒，另一只手上夹了根雪茄。

“我看起来有没有很弗洛伊德?”他问。

“如假包换。”我答道。“那我看起来像不像‘弗洛伊德口误’?”

我的头发松松地垂下来，身上穿着一条及膝的白色蕾丝衬裙，上面用布料笔写着“弗洛伊德的”。我不太确定该选什么鞋，于是穿了双银色的芭蕾平底鞋。我还搭配了和布料笔一样的口红颜色，鲜红色。

达伦挂着他的假胡子笑了。“像，”他说，“非常像。”

那一晚，我们之间有些东西明显改变了。我们一起走路去他朋友家时，他不再一板一眼地让我挽着胳膊，而是握住了我的手。我们迅速地被卷进了一个酒杯游戏，接着是下一个，再一个游戏。最后，他已经有些醉意了，而我则不止是有醉意。

无论他在派对的哪个角落，他的眼睛都始终追随着我，好像要确认我一切安好，确认我还在那里。我想起了和你去派对的时候，我的眼睛也像达伦找我那样在房间里四处搜寻着你。这种身份的转变让我感觉真好。

派对接近尾声时，达伦回到了我的身边。我正和另外几个女友不知所云地闲聊。“我有点儿累了。”他说。我转向他，“我也是。我们走吧？”

他点点头。“我去拿我们的衣服，门口见。”

我向女友们道别，接着朝正在聊天的达伦和加文走去。达伦已经把加文指给我看过了，但我们还没有互相认识。

“这是露西。”我走近些后，达伦说。

“所以你就是那个纸娃娃。”加文说。

“我是啥？”我问。

我看见达伦向加文使了个眼色。“你真美，”他飞快地说，“像个娃娃一样。”

“谢谢。”我说着笑了笑。

我知道他们一定瞒着我什么，但我不在乎。那天晚上，当我们从万圣节派对离开的时候，我感到自己是被爱着的。我感到快乐。当达伦牵着我的手，和我一起走进秋高气爽的夜晚时，我感到兴奋极了。

“陪你走回去?”他问。

“好。”我说。他的嘴唇从弗洛伊德的大胡子里露出来，我的目光在那里徘徊。如果三周前他企图吻我，我一定会惊慌失措，也许从此再也不见他。但是那一刻，我却想要。我想要他。他不是你，也永远成为不了你。但他贴心、友善、风趣、聪明、可爱。那样的人是很棒的。

我们一起走到我家门前，达伦停下来，我也停下了。我们两人面面相望。他摘掉了假胡子，我的目光又一次落在他的唇上。

“露西，”他说，“我不想发展太快，但是我想……”

“吻我。”我说。

他的眉毛扬了扬。

“你想吻我。”我重复了一遍，“没关系。吻吧。”

达伦靠了过来，我们的嘴唇相遇了，在那个夜晚的空气里让人感到柔软而温暖。我们的身体贴在了一起。我闻到了肯尼思·科尔的复古男香。那一年，半数的职场男士似乎都开始用这款香水。

他身上的气味和你如此不同。他的味道和感觉也毫不一样。我眨眨眼，挤去眼角的泪水。

接着，我们的嘴唇分开，达伦看着我笑了。

我想着是不是应该请他进来，那样做到底对不对。我其实并不想这么做，但又不想传达出自己对他不感兴趣的信号。我还没决定，达伦就说："我该走了……但今晚真的很开心。你周四有空吗?"

我笑了。"有空。"

达伦俯身再次吻了吻我。"我会打电话给你。"他说着便离开了，我进了屋。

你走后第一次，我梦想着另一个人。

31

与不同的人经历相同的事情是种奇妙的体验。你可以看到他们的反应，看他们是如何顺应或颠覆你的预期的。和达伦在一起的时候，这种事时有发生。我曾经认为你就是男性的标准，你的行为代表着所有男人的做法。但其实，这世上并没有什么标准可言。

我和达伦第一次一起晨跑的那天，也是他待在我公寓的第二天。他下班过来时身上带了个健身包，但并没有把它带去过健身房。他说他本想在上班之前先健个身，但地铁出了故障。我相信了他。到了第二天早上，我们在跑步时他才坦白事实：他带这个包过来，是指望我留他过夜，那样他就不至于只有一套工作装可穿。

“那我要是没留你过夜呢?”我问他。

“那我就只能带着我的包回家去，把悲伤埋没在椒盐卷饼蘸花生酱里。”

“椒盐卷饼蘸花生酱?”我问，“真的假的?”

“那可好吃了，”达伦说，“我发誓。待会儿我们跑完了可以去买点。”

达伦跑步比我快，但并没有超出我太多。他等到我起跑，接着就一直把步速保持在我身边。这样我们就能毫无困难地聊天。那是一种让人愉悦的惊喜。你有没有注意过，我几乎从来不答应跟你一起跑步？你没谈起过这事，也许我们其实应该谈谈。我们一起跑步的时候，我总有种感觉：你想要飞，我却拴住了你。

我开始有点落后了。

“你还行吗？”达伦问。

我点点头，努力集中力量。“我还能再坚持一会儿。”我说。

“不用勉强。”他答道，接着放慢速度开始快走。

“你继续跑吧。”我说，同时也放慢了速度，“你管你自己锻炼吧。”你就是这么做的，在我每次力竭之后。

他摇了摇头，“与其一个人跑，我更愿意和你一起走。你知道，走路也是一种很好的锻炼。你走一英里燃烧的卡路里跟跑一英里是一样的，只不过跑步花的时间更少。”

我扭头看着他，想知道这话是不是出自真心。看起来应该不假。“但这样你就做不了有氧运动了。”我说。

他耸耸肩，“但我有时间陪你了呀。”

那天下午，我和他第一次做了爱。那和跟你的感觉也不一样，并没有更差，只是不同。

他的动作更慢、更体贴，一直留意我是否喜欢这样，以及是否还有别的要求。开始的时候，这让我感觉有点怪怪的，但到最后，他赢得了我的信任。我开始给他指引，那是我和你在一起时从没有过的事。

“把我的腿举到你肩膀上。”我告诉他。他照做了，并且进入得更深。

“噢，天哪。”他低吟道，抽送得更快了。

“我知道。”我说。我闭上眼，能够感受到他正深深撞击着能让我高潮的那个点。“再这样下去，我就要来了。”我告诉他。

“我也是，”他说，“我们可以一起。”

我睁开眼，看见他正望着我。他的眼睛平时是深色的，但此时看起来几乎是纯黑的。

我的喘息声变了频率，他的也是。我们都距离那个点如此接近，并且都等待着彼此。

“现在?”他问。

“现在。”我说。

我们同时释放了出来。高潮的时刻，我感到眼睛里充满了泪水，接着它们滑落到脸颊的两侧，流进了耳朵。

“你还好吗?”他问。他已经摘掉了避孕套，躺在床上，翻身到我旁边。

“何止是好，”我说，“简直棒极了。”

“我也是，”他说，“何止是棒极了。”

他用手臂环绕着我，我们一起在床上躺了一会儿，什么也不说，只是喘息。

接着，我想起了你，只是想了一小会。我想到一切发生在达伦身上是如此不同。但是我没有崩溃，没有心碎。

也许是旧的不去新的不来——也或者，他是真的在帮我把心拼凑起来。

32

尚未结婚的恋人们一起出席婚礼时，总会暴露出很多问题。有的情侣恩恩爱爱，用手臂揽着对方，看着他们的朋友宣誓。也有些人在婚礼上全程目不斜视，把他们的另一半当空气，接着便在舞池里烂醉如泥。这些人表面上高高兴兴，但我想，他们的内心是可悲的。有时候，如果你连自己的感情都岌岌可危，参加婚礼就成了一件难以忍受的事。

收到杰森和凡妮莎的婚礼请柬邮件时，我和达伦还没有恋爱很久——大概三个月吧。杰事先告诉我可以带个伴儿，如果我乐意；也可以不带，如果我乐意。可以带个小伙子，如果我乐意；也可以带凯特或者亚历克西斯或者茱莉亚，如果我乐意。反正怎样都行，只要我高兴就好。

为了这事，我跟凯特聊了好几个小时。当然，她愿意过来。但一想到要带着自己的发小而非男朋友去参加哥哥的婚礼，我心里就七上八下的。可以想象出我父母的朋友们同情的眼神，我可不想成为那些眼神的目标。

我也慎重考虑过一个人去，但没人在身边，我不敢保证自己能撑过一晚上。那时我们已经分手七个月了，但我提起你时仍然忍不住会哽咽。我仍然不敢吃华夫饼。

“带达伦去吧。”凯特一直劝我。

我拿不定主意。“我们在一起才三个月，”我告诉她，“我不知道还能继续多久。”

“‘才’三个月?”她重复了一遍，“你跟加布同居的时候才恋爱多久?”

“那不一样，”我说，“我们以前就认识了。”而且我们发疯一样地相爱。我在心里默默地说道。

达伦是很好，但那不一样。

“哼，”她在电话那头哼哼，听起来像那种老古板的姑妈，“你跟达伦在一起快乐吗?”她问。

“快乐。”

“那你觉得你在哥哥的婚礼上会很快乐吗?”

我想了想，“是的，”我说，“会吧。”

“那不就好了，”她说，“结案。去邀请他吧。”

我又拖了一个月，一直拖到哥哥和凡妮莎要统计到场人数的前一天。然后我去问了他。

“真的吗?”他说，“你哥哥的婚礼?”

我感到脸上发烫。和凯特聊的时候，我始终假设达伦是愿意去的。“你不想去?”我问。

“不，不是!”他说，“我当然想去了。对，我很乐意去参加你哥哥的结婚典礼。谢谢你邀请我。”接着他露出了最真诚愉快的笑容，就像在脸上画了个完美的半圆，又在上面装了两排牙齿。

“不客气，”我说，“我想我们会玩得很开心的。”

他的手指轻触着嘴唇。“你说还有一个月，对吗?”

我点点头。

“我知道这听起来没头没脑的，”他说，“但我认为这是一个信号。”

“什么信号?”我问。

他一头扎进公文包里，翻出一张花花绿绿的传单。“就是这个!”他把传单递给我，“今天人家在我办公室附近的地铁站塞给我的。当时，好像冥冥之中有个声音告诉我别扔，这其中自有天意。”

他给我的纸上，印的是为期四周的双人舞课程半价优惠广告。来学习狐步舞、恰恰舞、探戈和摇摆舞吧!

我笑了起来。“你真要学这个?”我问。

就算再过一百万年，你也不会想出这种主意的。

“说实话，”他说，“我真不怎么会跳舞，但我想这个应该挺有意思的。而且半价呢！谁会放着这种好事不要?”

他耸了耸肩，而他肩膀触碰到耳朵的动作不知怎么让我动了心。我吻了他。接着我的手臂环上了他的肩膀，我把头靠在他的头上。那感觉真好。

上了四周舞蹈课之后，我们的舞技并没有比开始时好到哪儿去。我们大概是班上最差的学生了，但应该也是最快乐的两个人。我们总是爆笑出声，结果老师整节课都在嘘我们。在探戈课上，老师说如果我们再不认真对待舞蹈，就得出去。

到了婚礼那天，我站在伴娘的队伍里，始终留意着达伦。他则不停地看着节目单，再看看我，还不时看一眼杰森和凡妮莎。

婚宴一开始，达伦就拉着我去了舞池。我们试着从狐步舞跳到探戈再到恰恰，不停被对方的脚绊到并放声大笑。跳恰恰舞的时候，我的高跟踩到了裙子的后摆，整个人向前跌去，倒在达伦的手臂里。

“好吧，”他说，“这也算是一种下腰了。”接下来，他扶我回到站立位，又跪下帮我抽出鞋跟下的裙摆。

“谢谢。”我对他说，一边用一只手提起裙子，免得再被绊倒。

“我的荣幸，小姐。”他说。我忍不住从鼻子里喷出一声嗤笑。

“那么，”身旁传来我叔叔乔治的声音，他正用凡妮莎在屋里四处放置的一次性相机拍照，“下一个就等你们俩了？”

我感到自己的脸刷地红了，扭头去看达伦，希望这话不会吓到他，因为我已经吓坏了。但他只是笑笑，说：“希望我有这运气。”

我平息住内心的惊慌。我还没准备好考虑以后的事。但我忍不住想，不论哪个女人，能和达伦终老一生都会很幸福的。我只是不确定自己是否想成为那个人。

33

情人节总是让我感到很困扰。

还在读小学的时候，我就有这种感觉。那时我们得为班上的每个同学写卡片，再把它们投进用订书机和胶水固定成心形的卡纸邮箱里。我得纠结半天才能决定把哪张花生卡片送给班上的哪位同学——是送给史努比还是查理·布朗，还是我最爱的露西[1]——因为她不但跟我同名，连当时的发型都一样。只有最要好的朋友才会得到我的露西卡。

成年之后，情人节就被归入了新年夜和独立日同类的假日。好像就应该在这个日子里尽情地浪一晚上，甚至和期待相比，无论怎么做都不够尽兴。于是你杵在人满为患的酒吧里，或者躺在毯子上，瞪着多云的天空，心想：我明明应该玩得更开心的。

大学毕业后的第一个情人节是在我们复合的一个月前。我跟亚历克西斯、茱莉亚和塞布丽娜一起出去，结果全被大都会鸡尾酒和苹果马提尼灌得烂醉。茱莉亚直到第二天下午两点才下床，亚历克西斯每吐一次都要用黑莓给我们群发消息，我记得她那天

1 史努比、查理·布朗和露西都是美国《花生漫画》中的著名角色。

一共发了六次。而我只是头疼了将近十一个小时。至于塞布丽娜，当然了，她什么事都没有。

后来的日子就有了你，还有你那史诗级的庆祝。我们一起过情人节时简直异想天开，那些事只有你才做得出来。我下班回到家时，你已经把我们两个的照片裁成了一个个小星星，钉在天花板上。

"'把天空装饰得如此美丽，使全世界都恋爱着黑夜，不再崇拜炫目的太阳。'[1]"看到你的杰作时，我说道。

你用双臂拥住我作为回应。"天啊，我真爱你。"你说。

"我也一样爱你。"我答道。我环视四周时，你吻着我的头顶。

你把家具都挪开了，在公寓的中间腾出地方来铺一块超级大的野餐毯。毯子的一角上压着一盘松露芝士三明治，另一个角上摆了个装得满满的冰桶，里面还有一瓶香槟。我脱外套的时候，你按下了播放键，开始播放莎士比亚十四行诗的谱曲专辑。

"哇，加布。"我把外套挂进衣橱，说道。你做的这一切让我惊喜万分，但同时又有些微妙地觉得自己配不上。我并没有为情人节做那么多准备。

"在星空下野餐实在太冷了点，所以我把星星都带来了这里。莎士比亚的星星。"

我用力地吻了你，接着脱掉高跟鞋，跟你一起坐在毯子上。

"这是我能想到的最好的庆祝方法。"你说着捏起一片烤

---

1 引用自朱生豪译莎士比亚《罗密欧与朱丽叶》第三幕第二场。

芝士。

“饿了吗？”你问。

我点点头。于是你拿起一块三明治给我咬了一口，接着自己也咬了一口。

我咽下三明治之后，抬起头看着你。“我给你的礼物可没那么……隆重。”我说着走过房间，从自己那一侧的床底下拖出一个包裹。那是一条羊毛围巾，我花了一个月趁工作午休时织出来的——是跟你眼睛一样的蓝色。

“情人节快乐。”我说着把礼物递给你。你打开它，脸上被笑容点亮了。“你自己织的吗？”你问。

我点点头，对自己的礼物总算有了些底气。

“好软啊。”你把围巾绕在自己的脖子上，并且接下来一整晚都没有摘。“我爱它。”你说，“就像爱你那样爱它。”

你去伊拉克的时候，我看见你把那条围巾也打包了。你在那儿戴过它吗？它有没有让你想起我？如果我现在回你的公寓，会不会看到它被塞在你的某个箱底？

杰森和凡妮莎的婚礼结束将近两周后，2005年的情人节到了。达伦不像你，他不会挖空心思制造一场浪漫的情人节野餐，但他体贴而慷慨，我知道他一定会庆祝的。我不确定自己想不想这样，也不确定自己是不是应该和他分手，因为我不知道自己对他的感情有没有他对我那样强烈。

我打电话给凯特，告诉她我的想法。“我只是觉得这跟我和加布在一起时不一样。”我说。

我听到她深吸了一口气。“你应该对他公平一点。”她说，“因为我觉得，他在杰森的婚礼上对你叔叔说的话是认真的。”

“我知道。”我告诉她，“所以我才会想这么多。而且情人节马上要到了。”

“你喜欢和他在一起吗?”凯特问。

“喜欢。”我说。

“和他在一起你快乐吗?”她问。

“快乐。”我说。

“嗯，那很好。你能感觉到自己正在爱上他吗?”

我想了想。我想着他，想着他的体贴、慷慨和幽默感。我想着和他一起跑步，一起去派对，一起在家做饭。我想着他的身体，他赤裸着在我身边的样子。

“我想我可以爱上他。”我说。

“你觉得你能够嫁给他吗?”她问，“因为，你知道，他已经快三十了，过不了多久就会开始考虑这件事，没准他已经在考虑了。”

我试着去构想那样的画面——我，达伦，一场婚礼，一个孩子，每天晚上回到有他在的家。

“也许吧，”我说，“我不知道。也许吧。”

凯特沉默了一会儿。“那我觉得你不应该和他分手。”她说，“如果你说不行，你没法爱上他，或者你看不到自己嫁给他的未来，那我会说你一定要离开他，不然那样太不公平了。但既然你可以，我想你应该给彼此一个机会，看看两人能不能走到那一天。事情要一步一步来嘛。”

"好吧。"我说，"你说得有道理。我会看看我们能走到哪一步的。"

"还有，"凯特说，"我和汤姆在筹办一个情人节晚餐派对，你和达伦要来吗？"

有一瞬间，我怀疑她反对我和达伦分手只是为了让我们成对儿地参加她的情人节晚餐派对。"我会问问达伦，然后告诉你。"我说。

我问了他，他答应了。接着补充道："但我们能不能前一天一起出来过？周日？"

"好啊，"我说，"我们是不是应该找些乐子？"

"我有几个主意。"他说。

和达伦一起过情人节的结果是，我们大老远地跑去切尔西的一家单车店。

"是这样的。"他说，"我一直想送你一份完美的情人节礼物。我希望这份礼物是……成双成对的。然后我路过了这家店，看到他们的招牌。"他指着的广告牌上写着：甜蜜特价！和你的宝贝一起骑车！"我进去看了看究竟是什么特价。简单地说，我们在情人节可以买一对情侣车，只花一辆车的钱！"

我冲他眨眨眼，"你想给我买一辆自行车？"

他耸耸肩。"其实，"他说，"是想给我们两个各买一辆自行车。这样今年夏天我们就能一起骑了。在这儿骑也行，或者我们再去汉普顿度假。一起骑车去沙滩一定很有意思。"

我又眨了眨眼。我先是接受了达伦想给我买辆自行车的事实——得承认这份礼物真的挺奇怪——接着，我意识到它其实也蕴藏着一份心意。他想送我这个，其实是要我知道，他希望整个春夏都和我在一起。如果我接受了这份礼物，是否也意味着答应了他？我想答应吗？我想着和他一起骑行——那应该会很有趣的。

而且，一想到要和达伦一起住民宿而不是自己一个人，还是很向往的。我喜欢有达伦参与的生活，而且确定自己还会继续喜欢下去。事实上，我越来越喜欢了。

“这真是份大礼。”我说。

“其实，你的车会比我的小一点。”他答道。

我笑了。“那颜色要一样吗？”

他抓了抓脑袋，“我觉得不用，”他说，“但我们还是去问问吧？”他用的是疑问的语气，好像并没有十足把握我会接受这份礼物，或者接受他去单车店的建议。

我隔着他的手套握住他的手。“嗯，去吧。”我说，“以免我待会儿忘记，先说一声，谢谢你。”

我原本打算送一瓶他最爱的波本酒作为情人节礼物，但很快改变了主意。

“顺便，”我进门时看着一个广告牌说，“我要把本来打算送你的情人节礼物退掉。”

他用疑惑的眼神看着我。

“我要给我们买一对配套头盔。”我指着招牌，上面写着：冬季减价：买二送一！

他笑了，靠近过来吻我的脸颊。“我就知道你跟我很般配。”他说。

而我开始认为他是对的。

34

情人节的一周后，我的手机响了，来电显示是一串长途号码。我认不出上面的国家代码，而且，很意外地，我第一个想到可能来电的人竟然不是你。我猜是某家正和我们洽谈节目版权的欧洲电视台，他们可能打电话到办公室没找到菲尔，所以才来打我的电话。（我知道，这不太可能。）我用工作语气接了电话。

“你好，我是露西·卡特。”我说。

对面很安静。

“喂？”我又说道。

“露丝？”是你。是你的声音。我从腹部的深处感受到了。我的名字从你的唇间吐出，在我的整个身体内振动。我真庆幸自己已经坐在办公椅上，否则我的双腿一定会支撑不住身体。

“加布？”我说。

我听到你在电话那头啜泣。

“你没事吧，加布？你怎么了？”

“我的眼睛乌青了一块，”你说，“脸上有一道口子。我的嘴唇裂了，两肋都是淤青。”

我的心脏狂跳起来。“你在哪儿？出什么事了？”

“他们要抢我的相机，我不给，于是他们就打我，一直打到美国兵过来阻止。”

“你在巴格达吗?”我问。

“嗯。”你说，“我现在在绿区，已经安全了，我没事了。我只是……只是想听听你的声音。但愿我打电话来没打扰到你。”

“当然没有。”我说。一想到你受了伤，流着血，想跟我说说话，我的眼睛就被泪水弥漫了。我想知道，如果我受了伤害和惊吓，谁会让我好受一些——是你还是达伦呢? 或者也许其实是凯特，或者我的父母。“我能帮到你什么吗?”我问。

“你已经在帮我了。”你说，“你在这儿，你在和我说话。那些人压在我身上的时候，我不停地想：如果我再也听不到露西的声音了怎么办? 现在我没事了，我正听着你的声音。所以这很好。整个宇宙都很好。”

我不知该怎么回应你，该说些什么。沉寂了几个月之后，你又出现了，遍体鳞伤，想念着我。

“你近期会回纽约吗?”我问。

“今年夏天吧。”你说，“美联社下周会给我放一星期假，我打算去看看我妈妈。再然后就是今年夏天的休假了。我想到处看看。我想念每一个人，最想的人就是你。”

我很想问你会不会留在家里，你对大家的想念是否足以让你放弃生活在伊拉克的念头，你是不是真的那么想我。然而我只是说：“我也想你，加布。”

这时，菲尔站在了我的办公隔间前，“露西，你这儿有没有昨天预算会议的记录?”

于是我忙着对菲尔点头，并且告诉你我得挂了。接着你说会尽快再联系我，我说好，我们回头再聊。

然而我再次得到你的消息时，已经是你去看望妈妈的最后一天了。你写了封简短的邮件给我，说你感觉好多了，正盼望着回到巴格达。于是我对你所有的担忧，听到你声音时感受到的所有焦虑，都重新变成了愤怒。既然你从没打算给我个交代，又怎能这样用一通电话唤回我所有的感情呢？这不公平，加布。你所做的这一切，你向我索取的这一切——如果我是个裁判，如果生活是一场体育比赛，我会站起来喊：*犯规！或者重赛！*就像我们在夏季露营时那样。但现实生活中没有裁判，也没有真正的重赛。

那天晚上，我吻达伦时格外猛烈。

但我就是没法把你从脑海中赶走——我不停地想，你这么努力让全世界看到人与人之间的相通，希望以此来抗击暴力，结果却让自己受伤。

这其中一定传达出某种信息，一定存在着能够分享给下一代的智慧。我想化悲剧为希望，想把你的使命延续下去，一定有办法的。

几周后，我提交了《一个星系的距离》的新一集故事线。那一集讲的是罗希的故事。罗希是个灰色的外星人，来到另一颗星球为她的《爱心之书》拍一些照片。在前几集中，她一直在整理这本小册子，并分享给她的朋友和邻居看。当她到达那颗星球并开始拍照时，当地的某些居民不理解她的行为，也不知道她为什么要拍自己，因此打了她。这段剧情在办公室引发了一场大争论，但当时儿童暴力行为正在上升，于是菲尔决定就这么写。

不知你有没有看过相关报道，总之那一集创造了《一个星系的距离》热门讨论的历史最高纪录。这是网络电视的儿童卡通剧中第一次展现肢体暴力，网上掀起了一片热议，专家们也在新闻里大加评论。这大大增加了我们节目的知名度，还为我们打开了一条解决其他难题的渠道。那一集使《一个星系的距离》迈向了一个全新的方向，也让我又晋升了一级。

我应该为此好好谢谢你的，是你给了我灵感。很抱歉我以前没有说，但现在我要说一声谢谢。

35

说来好笑，和你在一起的日子里，我有时会幻想未来，但都没头没尾的，还会在电光火石间冒出一些思绪。我想象过见你的母亲——很遗憾我从没有亲自探望过她；或者想象我们搬进了更大的公寓，这样你就能有一间办公室而不必在咖啡桌上工作；我还想象过和你一起度过一个悠长的假期——这是另一件很遗憾我们从没做过的事。

和达伦在一起时，未来从不会像这样一闪而过，它总是经过反反复复的讨论。不管什么事，达伦都会做计划。他爱下棋，后来我才意识到，他对待生活的方式也有点像是面对棋局：他会预先想好后面的六步、八步甚至十步，这样就能对自己设立的任何目标都胜券在握。封锁，吃掉皇后，将军，将死。

和他约会的第一年，就在距离我生日还有几周的时候，他问我有没有遗愿清单。

“有没有什么？”我问。

“你知道，”他说，“就是把你在死前一定要做的事情列一张清单。”他从口袋里掏出钱包，又从钱包里抽出一张单子，打开它，“我已经开始列了——哇，都快五年了呢。那是我刚满二十五岁时列的。从那时起我就在一条条地完成，还会加点儿新的目标。”

和一个比自己年长将近五岁的男人在一起还是有好处的——你可以看着他事业顺遂，身边的人们成双成对，事事都安排妥当——但也有的时候，我们之间的鸿沟会显得更宽，毕竟他经历的人生比我多了那么多。那次就是其中之一。

蒙塔克的特蕾莎餐厅是他周日晚上最爱去的地方。晚餐桌上，他在我面前摊开那张纸。

我低头看，上面写着：

遗愿清单

1. 骑一次赛格威平衡车
2. ~~跑一次马拉松~~
3. ~~去希腊环岛游~~
4. ~~学会戴水肺潜水~~
5. ~~乘船航游一次~~
6. 救助一只宠物
7. ~~学说中文~~
8. 开一次赛车
9. 结婚
10. 当爸爸
11. 去澳大利亚
12. 参加一次三项全能比赛
13. 买一幢沙滩别墅

14. 骑车从布鲁克林去蒙托克角

“这张清单好厉害。你划掉的那几项也好厉害。希腊好玩吗?”

“很美。”他说,“我是跟堂兄弗兰克一起去的,他住在硅谷,是个好人。我们在那儿喝了不少大茴香酒,还去浮潜、划船。好东西也没少吃。”

“那接下来轮到哪件事了?”我问,希望他不会说“结婚”,希望这不会意味着他打算求婚,在这个时候,这种地方。

他仔细审视着清单。“我想不是赛格威就是骑行吧,”他说,“或者铁人三项也行,但一旦决定要做,就得投入大量训练。”

“从布鲁克林到蒙托克角有多远?”我问。

“差不多一百二十五英里吧。”他说,“我已经规划过路线了,但还没有完全准备好。”

“既然现在我们都有了新的自行车……”我说着笑了。

他冲我扬了扬一边眉毛。“你愿意跟我一起骑车去吗?”

我耸耸肩,“就在你生日的时候如何?”我建议道。

“这样我们可以从现在开始锻炼耐力到六月份。我们有三个月的时间训练。”

他从桌子那头探过身来吻了吻我,“这应该是我能想到的庆祝三十岁生日的最好方式了。但我本来是想让你为自己的生日列一张遗愿清单的。你有什么想做的事吗?”

我的脑袋里一片空白。“我可以先写下来,看看能不能想到什么。”我说着从包里拿出一支笔,又抽出一张杜安里德的旧收银条。那张收银条的背面现在仍然记录着我的遗愿清单。我没给你看过，我应该现在就加上：和加布分享这张清单。或者可以这样写：让加布列一张他自己的遗愿清单。可我要是写上去，可能就永远没法将它们划掉了。来证明我是错的吧，加布。求求你了。

我在收据的最上面写下“遗愿清单”几个字，然后剽窃了达伦的几条创意——虽然第二和第三条在我看来与其说是希望，倒更像是一场意外。

1. 去澳大利亚
2. 结婚
3. 当妈妈
4. 去帝国大厦的楼顶
5. 开一次船
6. 去巴黎过一个长长的周末，一场说走就走的旅行
7. 当上儿童电视节目的执行制片人
8. 有一双莫罗·伯拉尼克的舞鞋
9. 养一条狗
10.

“我想不出别的了。”我告诉达伦。

“你会再想到的。”他说，“我就时时能想出新的来。但这是个很好的开端。”他把我的清单拿过去看。“哦，有些很简单嘛！你生日那天我们可以做点什么？去帝国大厦的楼顶！然后你马上

就能划掉一条了。”

“真的？”我问。

“嗯，千真万确。”他答道。

我仿佛能看见他脑中的轮子正在飞转，努力思考我们还能做些什么。不知他是不是在那时就决定要带我飞去巴黎，并在那里向我求婚。或者，他已经开始计划在我三十岁生日的时候一起去澳大利亚。又或者在密谋给我买一双莫罗·伯拉尼克的鞋。

他确实善于谋划。而且他不怕等，只要确信自己的计划能奏效。对于这一点，我是真心赞赏的。

但接着，他看到了第 7 条。

“你想当儿童电视节目的执行制片人？”他问。

“对。”我点点头。

他笑了。“真好玩。”他说。

我震惊了。“你说什么？”我问。

“你的工作真可爱。”他说，“就跟你一样。”

我眨了眨眼。这话听起来是那么……让人不舒服……但我知道他不是故意的。至少，我希望他不是故意的。我不由得想起你是多么认真地对待我的梦想，它们在你眼里有多重要。

“我的工作不好玩。”我说，“它不可爱。”

达伦一时有些不知所措。他被我吓了一跳，不知道自己说错了什么，而这让情况更糟糕了。

“如果换成一个男人，是……法制栏目的执行制片人，你会对他说他的工作很好玩吗？”我问，“这是我的职业目标，它到底哪一点好玩了？”

达伦的声音恢复了镇定。“等等，等等，”他说，“我不是有意的，对不起，我不该用这个词的。你知道我觉得你有多可爱，和你有关的一切都那么可爱。你的鞋子、你的梳子、你钱包里的口香糖，这些都好可爱，因为它们属于你。”

我放下笔，拿起叉子，又咬了一口本来不打算再吃的意大利面，这样就不用立刻回应他。而我真正想说的是：我并不只是可爱而已。我想说：希望你能明白我的事业对我有多重要。我想说：我希望这一点能成为你爱我的理由，而不是瑕疵。但达伦身上还有那么多完美的地方，而且他还在道歉——他不是有意要伤害我的。更何况他是个聪明人，我想他总有一天会懂的。

我咽下一口意大利面，“我希望你觉得我不仅仅是可爱。”我说。

“当然了！”他答道，“你还很美呀，而且又体贴又风趣又聪明。你还要我继续吗？用来夸你的形容词多得用都用不完。”

我大笑起来，“好吧，我不介意再多来点儿。”

达伦笑了——他松了口气。“嗯，那性感呢？做事周全呢？”

“这些都可以有。”我说。

有时候，我想自己那次应该更严肃些。也许我应该把话说得再明白一点，把憋在心里的话都说出来。因为他仍旧没有懂，没有真正地懂。

36

为了准备达伦的生日，我们给各自的车配了挂包，一人弄了三条骑手短裤，还预订了塞维尔与南安普顿的住宿和早餐。我们决定把庆祝稍稍提前一些，在阵亡将士纪念日的那个周末出发。因为那年夏天我们在蒙塔克租到了房子，因此可以把行程的最后一晚定在那里，最后乘火车回家。一切都配合得天衣无缝，达伦就是喜欢这样。

我们在三月底开始骑行训练。我们会一路骑到威彻斯特，或者跨过乔治·华盛顿桥，或者骑到科尼岛。达伦坚持要在挂包里塞上零食、毯子和水，这样我们走到哪儿都能来一顿即兴野餐，还能练习一定程度的负重骑行。在最后一次训练中，我们骑车跨过布鲁克林大桥到了曼哈顿，接着又抵达了大都会博物馆分馆。那是极其美妙的一天，天气晴朗而凉爽。我们笑了一路，那些事情如果现在说给你听，可能一点都不好笑。但当时的我们心情太好了，看什么都觉得有趣。

“我真庆幸自己能找到你。”那天我们回到家时，达伦说。

“我们都很幸运。”我答道，“可以找到彼此。”

那个时候，我确实是这么想的，真的。

那天早上我们准备出发。我起得特别早，脑袋里全是上次一起远途骑行的画面。我对这次旅程很兴奋，但也有一点担忧。这将是我和达伦单独相处最久的一次，有点像是为将来做准备的试运行。如果我们在路上厌倦了彼此，那意味着什么？再进一步说，如果我们没有厌倦彼此呢？

但接着，达伦醒了。他翻了个身，睡到我的枕头上。"谢谢你陪我做这件事。一定会很棒的。但我还是希望你明白，如果我们需要中途停下来休息，或者搭一段火车，也完全没问题。我们谁都不要有压力，好吗？"

我心中绷紧的那部分神经放松了下来。我吻了他，说："但我们能做到的。"

第一天过得相当有意思，但骑了三十英里之后，就开始有些乏味了。我们聊不到几句话，一路上只有不停地蹬车。达伦骑在前面，因为他知道路线，而我一路跟着他，默默把他的背影、他的T恤和他移动腿的速度记下来。我在心里唱了几首歌，这时他说道："三明治时间到！"

出发前，他做了十个花生果酱三明治，其中有绵软花生酱的是专门为我做的，而口感松脆的是他自己的。我们都喜欢草莓果酱。

"我的小姐，"我们骑到路边，把车停在草地上时他说，"我能否向您献上一或两个三明治呢？"

我舒展了一下身体，笑着说："一个就行。"

我们摘下头盔和骑车手套，洗了洗手，坐下来开吃。

"消化一会儿？"他说着仰面躺在草地上，脑袋枕在他的挂包上。

“消化一会儿。”我表示赞同，把自己的头靠在他的胸口。

“真神奇，”他说，“我和你说过吗？去年生日的时候，我就许愿来年可以找到一个优秀的女孩，美丽、勇敢、有趣、聪明……接着，还不到三个月，你就出现在那座沙滩别墅里。”

我坐起身来看着他，“那你今年许愿的时候可得小心点了，毕竟你的许愿那么灵验。”

“哦，我已经有许愿计划了。”

我微笑着说：“那是一定的。”

他大笑道：“但你知道我不能说，因为一说就不灵了。”

“有道理。那就继续留着你的小秘密吧。”

他把我的刘海拨到一边。

“我们今晚肯定会浑身发酸。”他说，“但我带了矿物冰和镇痛药，还有抹屁股的凡士林。你知道，免得擦破皮。”

“什么？”我问。

“我可不想用破了皮的屁股骑车。”他答道，脸上露出一丝腼腆的表情。从那个表情中，我能清晰地看到他六岁、八岁和十三岁时的样子。

我从那个表情中看到了他的整个人生。他的样子那么可爱，我的心立刻被这种感觉充盈了。

“我爱你。”我说。那是我们两个之间第一次有人说出这句话。

他望着我，静静地没有说话，接着微笑了，“我也是。”他说，“我也爱你。”

接着他坐起来吻了我。“可以告诉你一个秘密吗?”他问道。

我点点头，完全猜不出他要说什么。

“我已经爱你好几个月了。就从我们参加那个好笑的舞蹈课开始。我从那时就爱你了。”

“那你为什么不说呢?”我问。

“因为我不想把你吓跑。”他说。

这种耿直真是前所未闻。这让我卸下了心防。我又一次吻了他，因为他是对的。如果他早点说这句话，确实会把我吓跑。达伦太了解我了，他从一开始就是对的，虽然他从来不曾真正明白我和你之间的纽带，但这并不能怪他。

37

总有一些人从我们的生命中路过，接着又淡出我们的世界，惊不起一丝波澜。即使再次相见，我们也只会对他们简单地说一句毫无意义的“嗨，还好吗”。但也有一些人，无论我们何时再见面，一切都会从我们关系戛然而止的那个节点继续下去。那种自然而然的感觉，就好像时间从未流逝。这就是我再次见到你时的感受。那是在你离开一年多一点的时候。就在你给我打过电话的几个月后，你发来一封邮件：

嘿！露西，

我刚到肯尼迪国际机场。你这周在纽约吗？我想见见你。周三或者周四出来喝一杯？

加布

P. S. 我在飞机上看了《一个星系的距离》。我喜欢关于梦想那集的表述方式。

收到这封邮件时，我正在达伦家里。那天是周日，我们刚从蒙塔克回来。那天晚上我想回自己家，但达伦家的冰箱里有吃的，我家却没有，所以我们打算先一起吃点东西，然后我再回家洗衣服，准备第二天的工作。达伦正忙着把他那一袋湿乎乎的沙滩衣物拿出来扔进浴缸，省得它们发霉，而我则扫视着他的橱柜，看看能否再找到点什么给我们的三明治晚餐加料。我把我的黑莓手机从包里拿出来，看看在火车上的时候有没有什么工作上的麻烦事。结果工作没事，你的邮件却来了。我很庆幸达伦在另一个房间。

我的身体对你会产生一种物理反应，简直到了离奇的程度。自从我认识你开始，这种反应就有了，我总以为——也许应该说是希望——有一天它会改变。但事实上它从未改变过。

看到你的名字，我的胃里一阵翻滚。我点开了你的邮件，尽管心里隐隐觉得这未必是个好主意。我知道自己会去见你的。我想见你，想听听你现在过得怎么样。我也知道我必须告诉达伦。不是为了征得他的同意，而是隐瞒会让我良心不安。

当我说自己刚收到前男友的邮件时，他显得非常平静。然而当我告诉他，我准备去见你，只是一起喝一杯，接着就回归正常时，他的脸色却细微地变化了一下。

“你会告诉我什么时候去吗?”他问。

“当然。”我答道。

“见过他之后，你还会来这儿吗?”

我没打算要和你睡觉，也没打算在外面待到很晚。但我有种预感，那天晚上我会希望一个人待着。但我知道自己还是应该做个小小的许诺，给达伦。

因为我爱他。

“没问题。”我告诉他。

他听了似乎很高兴，于是我们的话题转移到了别的事上。我们聊起了亚历克西斯的新约会对象，那个她几周前在迪奇平原海滩遇到的冲浪小伙儿。又聊到那个夏天我们要去参加的三场婚礼——都是他的朋友的——我们开始讨论是租车开到费城参加布拉德和崔西的婚礼，还是坐火车过去，然后到那儿找一辆出租车周游城市。和达伦讨论这些的时候，我表面上一切风平浪静，但在内心，我只想再看看我的黑莓，看你有没有回信。我想知道自己到底什么时候才能再见到你。正因为这样，所以我们没联系的时候反而更好些。等待总是令人煎熬的。

周四的早上，我换了四套衣服。我先穿了条宽松飘逸的裙子，可以遮住我的身材。我想，也许这样就能保证我们之间维持纯洁的关系。但接着我又看了眼镜子。我已经一年多没见你了，不想让你以为我在自暴自弃；于是我换上了紧身款，但接着又觉得这会让我看起来用力过猛；于是我又换了条夏季热裤和一件无袖背心，但又想起来你多么喜欢我穿裙子；于是我换上一条紧身窄裙和一件无袖丝质上衣，脚上穿了双露趾高跟鞋。那身衣服让我看起来自信、成功、有条不紊。每次我要在公司做报告时就会穿成这样。我把头发拉直，而且花了不少时间在我的刘海上。

那一整天我都无法集中精神工作。我本来应该重读最新几集的《一个星系的距离》的剧本，并且把其中一集读四遍，这样才能彻底掌握节目内容。

下班后，我慢慢向“披萨之夜”走去。我早到了几分钟，心中盘算着先在外面兜几圈，但最后还是直接进去，在吧台占了两个座位。黑莓上收到你的短信，说你要晚点到。你很少迟到，于是我先给自己点了杯红酒。酒喝到快一半的时候，你来了，露出深深的酒窝，接着是一连串抱歉。

“能见到你太好了，露丝。”你说着给了我一个大大的拥抱。我也同样用力地回抱着你，接着我意识到，你身上的气味还和以前一样。科学家说，气味是最能触发我们记忆的因素之一。我对此深信不疑。我把脸埋在你的衬衫里，感到自己再次被旧时光包围了。

我们离开彼此的怀抱之后，你望了我很久。“你让我都看醉了。”你说，“你看起来真……棒。我喜欢你的发型。”

我感到自己脸红了。“谢谢，”我说，“你也是。”你的样子也确实不赖。离开的这段日子里，你瘦了一些，脸上的棱角变得更加分明。你的头发仍旧打着卷，但更短更密集。你晒黑了，前臂上的汗毛变成了金色。我就这样沉迷在你的身影中，甚至连那晚我们聊了些什么都不记得了。你还记得吗？我只知道那是关于我的节目，你的工作，还有我们的家庭。我只记得那种全身上下、从里到外焕发生机的感觉，好像我身体的每一个分子都苏醒了，紧张着、兴奋着。其他的一切感情都被推开、镇压下去，因为你在这儿，就在我面前，微笑着，好像我是这个世界上唯一的存在。我不想对达伦不忠，我也认为自己不会这样做，但当你连试都没试一下时，我仍旧发现自己有小小的失望。哪怕是一个从我脸颊滑到嘴唇上的吻，一只落在我大腿上的手也好。

有时候我想，如果你真这么做了，会发生什么？那样会有什么改变吗？还是会天差地别？

达伦发来过一次消息。我意识到，自己和你出来见面一定让他不好受。他很可能正在家里担心着。讽刺的是，他当时没必要担心的。真正该担心的是后来——但到那时，他可能再也想不到我还会跟你上床。他以为我已经全身心地、彻底地属于他了，但他其实从未拥有全部的我。

38

和你见面的几周后，我和凯特出来购物。她发消息说要和汤姆一起出远门——真正意义上的出远门——而且是第一次，一起去西班牙待十天。她想把自己的衣柜好好充实一下。

“你要买什么？”我问她。我刚到她的住处，就是我和她一起住过的那幢房子。她和汤姆不住在一起，她对他说，除非手指头上套着订婚戒指，否则绝不和任何人同居。凯特告诉我这番宣言的时候，我不由地想为你我的事情争辩几句。我知道不同居一直是她的原则，但我以为等她遇到某个优秀的人就会改变主意。而且汤姆真的很优秀——他平和、体贴、慷慨，但凯特还是没有和他一起住。

凯特在她的黑莓手机上拉下一条清单。“两件泳衣，一件沙滩衣，还要一件长外套，为我们的圣塞巴斯蒂安和巴塞罗那之行准备的。可能还要一双坡跟鞋，我可以在马德里穿。再来顶大草帽也不错。你不觉得这样迷死人吗？”

我对凯特笑了笑。“我觉得你随便戴哪一顶帽子都跟电影明星一样。”我告诉她，“就像……嗯，葛丽泰·嘉宝？”

她用眼角瞟了我一眼，接着我们都大笑起来。

“你根本搞不清葛丽泰·嘉宝是哪种风格的对吧?”她说着用手臂揽住我的肩膀。

“完全不懂。”我说,“但她不就是迷死人吗?”

凯特叹了口气。“是迷人,但我猜你想说的是海蒂·拉玛。她戴着宽沿大帽子的样子简直惊为天人。”

“对,就是海蒂·拉玛没错了。”我说着用手臂环住凯特的腰,“那接下来怎么办?我们是一家一家店看,还是直接去百货商店?

“去百货商店。”她毫不犹豫地说,“我觉得布卢明代尔是最近的一家,我们午饭还可以在那儿喝酸奶。”

布卢明代尔,当然又让我想起了你。其实,过去一年多里我都有意避开那家店。反正我也搬到了布鲁克林,想不去还是很容易的。但我已经决定,现在是时候把和加布有关的一切重新纳入自己的生活了,于是我只说了一句:“我喜欢他家的酸奶。”

我们到那儿以后,开始在货架之间搜寻泳衣。凯特想找一件可以搭配她还没入手的海蒂·拉玛帽子的泳衣,因此我们需要的是复古款和偏保守的颜色。最后,我们拿着六七件去了试衣间。

我坐在椅子上,把泳衣搁在自己的膝头,接着告诉凯特——这是我第一次说——我跟你出来喝过咖啡了。

“情况如何?”她小心翼翼地问。

“怪怪的,”我答道,“我爱达伦,是真的,我一点都不怀疑。但那种爱和我对加布的爱完全不同。我说不清自己是不是爱达伦要少一点,或者对他的爱不一样……你会不会觉得有汤姆在身边,自己比他不在时更有活力一点?”

凯特非常认真地看着我，好像正在思考这个问题，并想着最佳答案。我特别爱她这点。她的话总是经过深思熟虑的，哪怕是在我们的童年时代。

“不会，”她最后说道，“我感觉自己现在还是一样有活力，不管是跟你一起在试衣间，还是跟汤姆在一起，都是一样的。”

我递了一件泳衣给她。

“我跟加布在一起时，感觉比跟地球上任何人在一起时都更有活力，”我告诉她，“但这并不代表我对你的爱就少一点。”我补充道。

“或者对达伦的爱？”她问。

“那……那不一样。”我说，“而且我担心这样下去会没完没了。我对加布的感情太深了，其他任何东西都匹配不了。”

凯特提起那件泳衣，把双臂从吊带中穿过。“你觉得如何？”她看着镜子里的自己问道。

“说实话？”我问。

“必须的。”她说。

“说实话，我觉得你的屁股被卡在一个奇怪的地方。”

她转过身，扭头看镜子里自己的后背。“啊，你说得对，这样子太奇怪了。”

凯特开始脱下泳衣，“今年早些时候我跟我姐姐聊了聊感情话题，她说了一些很有趣的话。”

你见过凯特的姐姐吗？就算没见过，我一定也跟你提过莉兹这个人吧。她去了布朗大学，跟凯特是完全相反的一类人——她有着惊人的创造力和艺术才华，大学毕业后就去了巴黎的 *Vogue*

杂志工作，那时我和凯特还只有十六岁。她跟男人和女人都有过感情经历，直到今天，她仍然是我认识的人当中最有趣的。

“莉兹怎么说?”我问。

“她把自己的每一段感情都比作一种火。有的感情就像野火，熊熊燃烧又咄咄逼人，壮丽而危险，你还没意识到自己被吞噬，它就已经烧到了你身上。还有的感情像炉火，可靠、安定，让你觉得舒服又温暖。她还打了其他比方——篝火型、焰火型——我想那是指一夜情吧——但野火和炉火是给我印象最深的。”

“你跟汤姆算是炉火型的?”我问。

凯特点点头。“我是这么认为的。而且这也正是我想要的，安全、稳定、温暖。”

“我和达伦应该是炉火型，”我回味着她刚才的话，“但和加布就是野火了。”

“嗯，我看也是。”凯特说。

她穿上一件红白波点的比基尼，下身是高腰款。“你穿这件好看。”我告诉她。

她审视着镜中的自己。“我喜欢这件!”她对自己的影子点点头，“搞定一件，还差一件。”

“那莉兹有没有说哪种更好?”我问。

凯特一边摇头一边脱下了比基尼背心。“她说那要看你是谁，想要什么。炉火型的关系没多久就会让她厌烦。她更喜欢野火型，但也开始考虑自己可能需要在这两者之间找一个平衡点。哦，我想那就是所谓的篝火型了吧——那样的关系永远都在吞噬一切的边缘，但又不会太极端。她说她还没经历过这种关系，但是想找到它。”

“你能驯服一团野火，或者自己生起炉火吗?”我问。

“我不知道，”凯特说着，一条腿跨出比基尼短裤，“莉兹说她还没能有幸从一种关系转变到另一种。但是依我看，如果你把这种比喻再延伸一下，既然消防员能够驯服野火，那么普通人说不定也可以。问题只在于，你能否在不彻底扑灭它的情况下驯服它。”

我又递给凯特一件比基尼，心想也许我也能找到一丛篝火。也许我应该先把这些不同的感情关系都经历过，再决定自己到底要哪一种。

“而我在意的是，”凯特说，“如果你为了找篝火而放弃了一团很好的炉火，结果却发现篝火并不是你想要的，那么你会连炉火都丢了。”

“你是在说你和汤姆吗?”我问。

她耸耸肩，“也许吧，我也不知道。”

“我觉得这太复杂了。”我说，“还有，你穿这件会露副乳。”

凯特低头看了看。“哦，难看死了。”她说着把吊带绕过头顶，“我觉得你在一段感情中应该做个风险评估。评估你目前的幸福感，以及是否值得为了在别人身上寻找可能更多的幸福而放弃现有的幸福。我不确定自己愿不愿意冒这个风险。应该要看看临界点在哪儿?如果我跟汤姆在一起的幸福感是85％，那我该不该冒险去另一个人身上寻找95％的幸福感?并且，你从另一个人身上能获得的最大幸福感会是多少?我觉得不太可能是100％。”

“嗯，当然不会是100%。”我说，“这世上没有十全十美的事。”我在想自己和你的幸福感是多少，和达伦的又是多少。接着我又想到，你和达伦分别会怎么回答这个问题呢——你们和我在一起的幸福感是多少？你觉得呢？我们对彼此的幸福感会是一致的吗？我们是80%的幸福感？85%？我感觉我的幸福感会比你的更高，因为你才是转身离开的那个人，是你想要走的。就算你没想过用幸福感来衡量这种感情，但显然你愿意冒险一试——去追求你想要的事业，去过一过没有我的生活，看看这样会不会更快乐一些。

你真的更快乐了吗？哪怕只有一瞬间？

我只知道你最后并没有。

39

有时候，一年好像有一生那么漫长。时间被分割装进了一个个小小的时空胶囊里，每一颗都有着特殊的意义，仿佛它们本身就是一段完整的人生。这就是我的 2004 年。我们同居的时间、我们分手后的时间、我遇到达伦后的时间——那一年的时间成了彼此割裂的三块。但我遇到达伦之后的十二个月却像个单独的整体。那个周六，我出门和茱莉亚吃完早午餐后刚踏进他的房间，他就说："再过两周就是我们认识一周年纪念了。你想不想做点什么特别的事?"这话几乎吓了我一跳。

我真想立刻打开黑莓手机查查日期，但我知道他没说错。他从不会忘记那个日子。再说，夏天也快结束了，我们去年正是在这个时节相遇的——那个我有生以来最悲伤的夏末。

"周末要去蒙塔克吗?"我说着抓起一杯水。他包办了我们的周末计划，并且负责在户外认路。

"你想去的话当然可以啦。"他答道。

我早该料到不止如此的。说不定他在提议的时候就已经做好打算了。

"露天烧烤怎么样?"我说着往自己的杯子里加了点冰块，

“那种码头上的高级餐厅，你知道，在场的都是大人，大家都穿正装的地方？”

达伦从厨房那头走过来吻了吻我，“我们已经是大人了。”

我笑了。“你知道我的意思。”

这次他吻了吻我的鼻子。“我看不错。我还有个想法。”他说，“是关于礼物的。”

我开始想他是不是要说订婚戒指。塞布丽娜一个月前订婚了——主要是因为她怀孕了——但不管怎么说，这个想法都挺好的。令人心满意足，好像找到了正确的那片拼图，你找了它那么久，从此再也不用去苦苦搜寻。也许不是现在，但时机终有一天会来。

“礼物怎么了？”我问。

“其实，”他说，“我一直在想我们的遗愿清单。我的清单上写着‘救助一只宠物’，而你的上面写着‘养一条狗’。我有这个愿望已经很多年了。所以……我有个惊喜要给你。我知道现在有点为时过早，但我一冒出这个想法，就一分钟都等不了了！”

他走向自己的卧室——那扇门一反常态地紧闭着——然后进屋，从里面抱出一团小小的、蠕动着的、白色的、毛茸茸的东西。小东西叫了一声，是只小狗崽子。他的怀里有只小狗。我呆住了。

“看看我弄来个什么！”他说，“我觉得可以把她养在我这儿，也许有天你也会来，跟我和狗狗一起住。”

“一只狗？”我说，“你送了我一只狗？”我目瞪口呆。

“我希望能和你一起养她。”达伦说，“这样她就是我们的狗了。”

他把小狗递过来，我下意识地接过了她。她舔着我的脖子、脸颊和鼻子。

“她是整个北岸动物联盟里最可爱的小狗，”他说，“我是一只只看过来的。”

我看着小狗，她问好般对我叫了一声。于是我也向她问了声好，她咧开嘴，对我露出一个大大的狗狗式微笑。

情况就是这样：达伦能想到送我一只小狗确实非常体贴，这也正是他的做事方式。但有一点他当时没考虑过，至今也没能明白，就是我想“自己”去北岸动物联盟看看所有的小狗，我想“自己”参与决定领养哪只，甚至决定到底要不要养狗。也许，达伦觉得这样大费周章地送我一份现成礼物可以讨我欢心，但这只会让我觉得自己被当成了小孩，或者……低人一等，好像我的看法并不值得他费神。而你就永远不会这样做。

“真希望我也能把每只小狗都看一遍。”我对达伦说道，“这是一份大礼，但是……我总觉得自己错过了有趣的部分。”

他看起来很疑惑，眉毛都拧了起来。“现在才是最有趣的呀！我们终于有一只狗了！”

我叹了口气。“我知道……但要是我们能一起选就好了。那样它就是我们的狗狗。经过我们共同认可的。我希望我们是一起的，达伦。”

“露西，”他凑近了我，“我们当然是一起的了，我只是想用特别的礼物来给你个惊喜。难道就不准我偶尔准备个别致小礼物，给我的漂亮女朋友一个惊喜吗？”

他这么一说，让我无言以对。因为在这样的语境下，我好像显得很蠢。我不能对他说：别给我惊喜，不准这样做。面对一个刚刚做出如此创举，刚刚送了我一只小狗的人，我又怎能反驳他呢？

狗狗企图舔我的鼻孔，仿佛想逗我笑。也许她感觉到了。

“当然可以了。”我最后说道，“那她有没有名字呢？”

“别人找到她的时候什么身份信息都没有。”达伦说，“那儿的一个工作人员叫她安妮，因为她的毛卷卷的，但我觉得我们可以发散思维一下。”

“天使？”我问。

“纪念日[1]！”他说。

我终于大笑起来。因为给一只狗起这种名字太滑稽了，但从某种程度上来说又没什么毛病。而且她也确实是只没毛病的小狗——友爱、聪明，不吵不闹。她不是只订婚戒指——谢天谢地，但是要两人共同承担起照顾一个小生命的职责，好像也是种坚定承诺。一旦我接受了安妮，可以想见，往后要我对其他承诺点头，将会是多么简单。

---

1 “天使”（Angel）和“纪念日”（Anniversary）都和“安妮”（Annie）相近。

40

我一直认为这世上有两种人：一种喜欢给予礼物，另一种喜欢收到礼物。我始终都是喜欢收礼物的，至今都是。但是在和达伦过的第二个圣诞节，我意识到自己同样喜欢给予别人礼物。

那年圣诞，我们计划和达伦的家人一起去科罗拉多。我之前已经见过他们了——先是他三个姐姐中最年轻的一个，她的丈夫也在。接着是他另外两个姐姐，以及她们的丈夫和孩子。再然后是他的父母。后来则是不同场合下的排列组合。但那是我第一次要和他的家人一起度假，也是我第一次和他全家人共度假日。他们每个人都很好，尤其是他父亲。他的父亲话不多——如果把麦克斯韦尔家比作一团龙卷风，那他就是风眼——但我还是有点担心和他们一起待这么久会怎样，而且我也很想念自己的家人。

达伦的父母在韦尔租了个大木屋，他母亲还说要买棵大圣诞树摆在屋里。他的家人已经先航运过来了两大箱子的礼物。我们的礼物要迟一些才到，因此我们先带了些小件——行李箱就能装得下的。我们也考虑过带上安妮，但是我哥哥已经说要来照看她，并带她回我父母家。有她在，就像见到我本人一样。于是我答应了。

“这可不是小事啊，露露。”当我告诉杰我不回父母家，而要跟达伦的父母一起过圣诞时，他说，“他是你的时钟反应吗，真的吗？”

我想起一年半前和他说过的话，当时我告诉他，自己只想爱你，不想爱别人。可如今我的感情有了明显的变化。

“我想应该是的。”我回答杰。

我能听到哥哥声音里的笑意。他说：“我真为你高兴，虽然圣诞节的时候我会想你的。”

“我也会想你的。”我说，“非常想，我一回来就去看你。元旦的时候一起吃午饭如何？你，凡妮莎，我，还有达伦？”

“不错，”哥哥说，“我已经在盼着了。”

我们在圣诞前一周去了我父母家，把我存放在地下室的骑行短裤、头盔和护目镜取出来。

“达伦是个好男人。”爸爸帮我找头盔时说，“我们圣诞节见不着面太可惜了，但可以明年再聚，复活节也行。”

我笑了，“我觉得可以。”我的家人喜欢达伦，我和他一起陪伴家人的时间也比我和你在一起时多。连我自己都不清楚原因。也许我和你在一起时，就不再需要别人，也根本不会想到别人。达伦和我的世界里总是包含了我们认识的每一个人——他比我更擅长社交，能把我们的日程安排得井井有条，照顾到所有人的时间。

他对这次假期之旅非常兴奋。他列了长长一串清单以防遗漏，接着又反复检查我们的行李，最后宣布一切准备就绪，我们将在圣诞节前一天出发。之后，他就得了感冒。23 号那天，他的鼻涕流个不停，还有点咳嗽，于是那天晚上他早早就睡了，企图以此来缓解症状。我们的计划是在他家里过一夜，然后一起去机场，因此我只好自己在客厅里看《生活多美好》，直到午夜过半时才溜上床，而他已经睡了将近三个小时。

我蜷缩在他身边，借他的体温暖和暖和。这时我才意识到他的身体真的很热，甚至超出了平常的温度。我翻过身，学着以前我和哥哥生病时妈妈的做法，把嘴唇贴在他的额头上。他的额头滚烫。

他猛地睁开眼睛，在昏暗中，我能看到那涣散的目光。

“达伦？”我轻声说道，“你烧起来了。你感觉还好吗？”

他猛烈地咳嗽了一阵。“不太好。”他说，“我头好疼。我是不是发烧了？”

我从他的医药箱里找到体温计，给他量了量。

“它会不会坏了。”他说。

我用酒精擦了擦体温计，给自己量了一下。

“没坏。”我说，“你可能染上了流感。”

我给他吃了点泰诺，然后两人又睡了。

第二天一早他醒了，热度还跟昨晚一样，咳嗽也丝毫未减轻，头痛和流鼻涕还加重了。

我被他的咳嗽声惊醒了。“我是真的病了。”他说。

“是啊，”我说，“是病了。”

他的眼睛里充满了泪水，那是我第一次见到他哭。“我们的飞机还有四个小时就起飞了。我今天可能赶不到科罗拉多了。我恐怕连床都下不了。”

虽然我们之间通常是达伦负责组织工作——至今如此——我还是立刻给航空公司打电话，连请求带解释地把航班改签到两天以后。接着我又打给他妈妈解释情况，然后匆匆穿上大衣和靴子，去药店把能买的药都买了回来——止咳药、退烧药，还有伤风流感两用药。

“对不起，把你的圣诞节搅合了。”我回家时他说。

我吻了吻他滚烫的额头，说：“只要还跟你在一起，就不算搅合。”

他吃了点药，又睡了过去。我又偷偷溜出门，去买了棵三英尺高的圣诞树——这是我能自己搬动的最大极限——还有小灯泡、金属箔和亮闪闪的雪花片，这些东西在杜安里德都已经打上了八折的标签。我还买了一箱子红色和金色的小装饰，以及一个用来挂在树顶上的芭蕾舞小人，因为其他的饰物都卖光了。然后，趁达伦还睡着，我把他的客厅变成了一个圣诞世界。我甚至把准备送给他家人的礼物全都拿出来摆在了圣诞树下，而圣诞树被我搁在了咖啡桌上，好看起来更高点。这样，我感到自己把过去一年来他带给我的快乐又回馈了一些给他。

“露西？”就在我把最后一片亮闪闪的雪花粘到沙发背后的墙上时，达伦在卧室里喊起来。

“你在挪家具吗？”

我听到他慢慢地挪向门，一路走一路咳。接着卧室门打开了，他站在那里，靠着门框，面色苍白、蓬头垢面，眼睛下面是深深的黑眼圈。他看着客厅，一言不发。

“达伦？这样可以吗？我只是希望生病也不会让你错过圣

诞节。”

我向他走近一步，看到他眼中的泪水。“露西，”他一开口又咳嗽起来，“有时候，我真不知道我的心脏怎么能承受那么多对你的爱。”

我走向他，拥抱了他，抱得比以往都要用力，仿佛要用这力度来证明我有多爱他。

达伦就是我的“老拿骚”实验。我们在一起的时间越久，我对他的爱就越多，也越好。

41

人的一生中会遇到一些事，即便在发生的当时，你也能感受到它们就是生命的转折点。“9·11”事件就是我生命的一个转折点。你的离开是另一个。和达伦的那个圣诞节是第三个。我们那时在一起还不足一年半，但我已经知道我们会结婚。并不是马上，但是迟早的事——除非意外出现。应该说，除非你出现。我总想象你是唯一一个能阻止我嫁给达伦的人，你是唯一一种可能。也许这说明我不该嫁给他，但我当时知道自己得不到你，也无法想象没有他的生活。而且，我当时是爱他的——现在仍然爱他——真真切切地。只是这种爱和我对你当时——以及如今——的爱不同。

我仍然会梦到你——我告诉过你——自从你离开后一直都梦到你。你和我在中央公园野餐，或者在旅馆的房间，或者一起摘苹果。有时梦到的是一些我们真实做过的事情，有时候不是。但在梦的最后，你总是把我拉向你，我们的身体紧紧地贴在一起，我们的嘴唇相接——接着我就醒了，心怦怦直跳，罪恶感油然而生。我跟达伦睡在一张床上，甚至已经这么多年了，心里却还在想着另一个人。我努力试过不再做这些梦，但它们还是会出现。

你会梦到我吗？我此时此刻正在你的梦里吗？

一天早上，就在我快要过二十六岁生日的时候，我在《纽约时报》上看到一张你拍摄的照片。巴基斯坦人正在抗议无人机打击造成的平民伤亡。巴基斯坦人，不是伊拉克人。你换了地方。你去了另一个国家，却没有告诉我。

那天晚上我又梦见了你，但这次的梦变了。我们走在时代广场上，迎面走来一队游客。我被挤得松开了你的手，我们被冲散了，我到处找你。我在梦里急坏了，而且一定大声喊了你的名字，因为接下来我感到达伦摇着我的肩膀说："你做噩梦了，醒醒，露西。"

我浑身冷汗地醒来，心中的恐慌仍然在。

"你梦见什么了？"达伦问，"你刚才在说'给'[1]。你给了什么？"

我摇摇头。"我……我不知道。"我支支吾吾地说。当然了，其实我很清楚自己说的并不是"给"。

达伦给我倒了一杯水，又爬回床上，把我搂过去。"没事了。"他说，"有我在呢。我会把噩梦都赶跑的。"

我用手臂拥着他，但心里明白没人能把这样的噩梦赶走。后来我醒了很久，最后当太阳出来时，终于又睡了过去。

那天我上班的时候给你发了封邮件。好久没你的消息，我看到你去巴基斯坦了。照片拍得真好。你会在那儿久留吗？

---

1 "gave"和加布"gabe"发音相近。

回复很快来了。嘿，露丝！真高兴收到你的消息。希望你一切都好。我已经在巴基斯坦待了几个月，但他们刚问我愿不愿意正式调过来。我在考虑同意。今年夏天我应该会再回国。希望我们到时可以聚聚。我在外面也一直关注着《一个星系的距离》。你们的团队真出色。我还是很喜欢那个贾拉科托。

你还记得自己那封邮件吗？我真高兴你回复了。当我得知你没有瞒着我调动工作时，感觉冷静了一点，好像地球又恢复了正常的运转速度。但说实话，我也不知道自己为什么如此在意这点。也许，我仍然希望自己在你心中占有一席之地，希望我还是那个你愿意分享新消息的人，虽然你对我而言早已不是那个人了。也许心理学家会对这种心态有兴趣吧。

然而你当时并没有告诉我，你认识了一个记者——芮娜——是伊斯兰堡的报道记者，而这才是你考虑调过去的原因。我不确定当时要是知道了会是什么感受。说实话，我很庆幸你当时没有说。

42

那年生日，达伦送了我一双莫罗·伯拉尼克的高跟鞋。我们决定搬到一起。我们恋爱刚过一年半，而我们租的房子又刚好都在夏天到期。

“我们找个新住处吧。”他说，“找个既不属于你也不属于我的地方——一个永远只属于我们两个的地方。”

我很喜欢这个想法。当初和你搬到一起时我总觉得怪怪的，因为要把你的衣服从抽屉里拿出来，好把我的衣服塞进去，你还说可以从墙上撤下一两张海报，这样能把我的贴上去。你把你的空间分给了我，而我不想得寸进尺或者改变太多，虽然我也并不会把你的房子整个大翻新。

“你觉得我们要买些什么?”达伦边问边从他的咖啡桌上抓过纸和笔。我们在他家，我们大部分时候好像都在他家。可能是因为他家更宽敞，去地铁站也更方便，还有一张单独给狗狗睡的床——安妮特别爱这张床，但它太大了，我们既不能把它带来带去，也没钱再买张一模一样的。

“洗碗机，”我说着把穿着短袜的脚搁在桌上，“灯具。还有空间，我们租得起多大的房子就要多大的。”

他点点头，在纸上疯狂地写着。“我还要加上‘靠近地铁站’‘附近有像样的餐厅和商场’，还要‘带两间卧室’。”

“两间卧室？”我反问，把脚放回到地板上。

“给客人用的。”他答道，没有抬头看我。

但我的大脑直接联想到了孩子。跟达伦同居不像当时和你。那种感觉更严肃，更像是我们对彼此做出了真实的承诺，更像是订婚的前奏。

我们花了好几个周末看房子。达伦容不下一丝一毫的瑕疵，我们的房地产经纪人差点想弄死我们。

“我看就这里吧。”四月末的一个周日，我终于对达伦说道。那是一间战前公寓，布局看似随意杂乱，有门厅、凹室和一条通向厨房的拱廊。公寓有两层楼，主卧室还有一面裸露的砖墙。“我爱这里。”

他对我笑了笑。“而我爱你。”

我打了他一下，笑了。“但你喜欢这间公寓吗？”我问。

“我喜欢。”他说，“不只是因为你喜欢。”

“很好。”我说。

我们当天就签了租约，三周后一起搬了过去。我们拍了一堆照片，我把我们的笑脸发到了脸书上。我们去了家居商城，看到什么好笑就买什么——一个松饼形状的饼干罐，一个刻着一张脸的茶壶，还有一张浴帘，上面印着一张浴帘，浴帘上面又印着一张浴帘……无穷无尽。

“镜像迷宫。”我用法语说道。

达伦看着我，好像我在说外语，当然我确实在说外语。

“这叫‘桂格燕麦片现象’，”我解释道，“一个图像上带有这个图像本身，如此往复循环。”

“我都不知道它还有名字。”他说。

你一定会知道。但我那时没有想起你。我不会在这种时候想起你，当达伦为我们推车里的所有东西买单时，或者当我们回到家和安妮玩接球时。

但是和达伦在我们的新家度过第一晚时，我却忍不住和我们在你的公寓度过的第一夜比较起来——那间公寓后来变成了我们的，再后来变成了我的。

达伦和我一起做晚饭——这是一件奇妙的家务，包含了炖酱汁、野味童子鸡和一瓶香槟。接着我们带安妮去散步，看了电影，又做了爱。

你和我那天点了披萨，开了一瓶红酒，在所有能想象到的物体表面亲热。沙发上、地板上、咖啡桌上，当然还有床上。第二天早上醒后，我们又来了一遍。

但你和我没有在淋浴头下面清洗对方的头发，就像达伦和我在第二天早上那样。我不知道为什么我们从没想过要这么做，但它感觉好极了，给你爱的人洗头发，又让他为你洗。那感觉很亲密。也许这关系到我们从人猿祖先身上遗传下来的基因；他们总爱为伴侣梳理毛发。

而且，我和你也从不会在冰箱上给彼此留言。一张张小即时贴被贴在各种各样的容器上。牛奶罐上写着“我爱你”，橙汁瓶子上写着“你真美”，奶酪棒的袋子上是“我真高兴”，而 Polly-O 的鹦鹉图案旁边写着“我也是”。

我不知道这是如何开始的，但我确实记得自己想过：加布永远不会做这种事。他多半会认为这样很蠢。我希望你不会这么想，我希望我是错的。因为我爱这样的生活。

43

那年春天你途径纽约，我们相约出来喝咖啡时，我能感觉到你身上某些东西变了。这座城市也有些东西变了。他们开始在世贸遗址上建自由塔，它看起来就像伤口上的一块狗皮膏药，或者一个精心设计出来掩盖伤疤的文身。我能理解那种重建的渴望，他们想造出一个又高又大的东西，在纽约的天际线上竖起一个大大的中指。但那个地方对我而言是神圣的，伤痛仍在，现在建造新的建筑还太早了。

这不是为了我们两个，而是为了双子塔熊熊燃烧着倒塌时，那些像鸟儿一样飞出窗户的人们。随着新大楼被建起，我感到更加难以面对。我一直避开曼哈顿那个地区，从来不去那里，哪怕现在那座大楼已经建成了，还立了一座纪念碑。要承认这些是不是很糟糕？我觉得自己无法独自面对这一切，我也不想和达伦一起去。

但是，那天我们并没有提自由塔，没有提纪念碑，也没有提我们相识的那个早上。

你上来先说自己在伦敦逗留期间看了《一个星系的距离》，还说你有多赞赏它。“有一集里面，伊莱克特拉向她爷爷证明自己能修好他的飞船，虽然爷爷认为应该去求助她的哥哥。那集是你编剧的吗？”你问。

我笑了。“罪名成立。”我说。

“我就知道。”你说，接着喝了一小口美式咖啡。

“那感觉就像在你的大脑里进行了一次小小旅行。”

达伦就从来不提《一个星系的距离》，也绝不会说这种话。这让我感到很郁闷、很失落。曾经有一个如此关心我工作、如此了解我内心一角的恋人，真的很幸福。

“伊斯兰堡怎么样？”我问。

“挺好的。”你回答说，“就是……挺好的。”

这对你——对我们两个而言，是个不算回答的回答。于是我开始观察你，想找出自己遗漏了什么。你看起来很放松，向后靠在自己的椅背上，手中握着咖啡杯。

我开始诱导你。“你住的地方怎么样？”

“挺好的，”你说，“是一幢房子，真的。我跟其他记者住在一起。”

“哦，听起来很有趣。他们人都很好吧？”

你低头看着你的咖啡杯。“其实，”你说，“我是跟芮娜住一起。我是在美联社刚送我去伊斯兰堡的时候认识她的。后来我们合作一个专题。”你耸耸肩。

“然后你们又多合作了几次？”我帮你补充道。我在想，当初你请求我跟你一起去时，是否也想象着我们像这样工作和生活。

你又耸了耸肩，好像很难以启齿。“她也是个帕加索斯。”你最后说道，“就像你一样。”

我感到腹部像遭到了一记重击。这其实挺愚蠢的，因为我从来不认同你对那个神话故事的解读。但我知道那个词对你的意义。即使我已经跟达伦恋爱快两年了而你一直单身，即使你再找个恋人看起来也很公平，但我仍然很受伤。跟达伦在一起那么久，他从未取代你在我心中的位置，我也讨厌自己在你心中的地位被别人取代。

“那很好啊，”我对你说，“我真为你高兴，加布。”

你用手指拂过头发，这个动作我曾见你做过上百次，“谢谢，”你说，“那你男朋友怎么样了？那个丹尼尔？还是德里克？”

“是达伦，”我说，“他很好。”

你是故意乱叫他名字的吧？我其实一直都看得出来，但我什么都没说。

我很庆幸那天只是和你出来喝个咖啡。我觉得自己承受不了更多了。心中的妒火让我害怕——它让我质疑自己和达伦的关系，而我不想这样。那时的我爱着他，而你爱着另一个人。

44

有一些问题会改变整个世界。不是指宏观的大世界，而是那些小小的、人的世界。而我认为，“嫁给我好吗”位列这些问题之首。

五月的最后一周，就在我和你见面不久之后，达伦叫我收拾行李，他正计划在阵亡将士纪念日的周末来一次周年旅行。这是一场为期四天的周末惊喜之旅，目的是为了庆祝我们同居，以及我们交往即将满两年。他仍然没意识到我并不想要这种未知的意外，但我还是努力配合。显然，他喜欢谋划一个大惊喜送给我，于是我决定忽略自己的感受，领受他的好意。但即便如此，我还是忍不住猜测目的地。我猜过我们要去科德角，或者缅因州沿海的某处，毕竟时间只有四天，而我们又都喜欢沙滩，而且也从未一起去过上述任何一个地方。但是当达伦交给我一张行李清单时，我注意到里面没有泳衣。

“你没漏掉什么吧?”我打包的时候问。

达伦正在铺床，听到我的问话后，穿着 T 恤和平角短裤的他走了过来，身上散发出洗脸皂和牙膏的味道。

他看着我手中的清单，逐条读下来。“没有,”他说，“什么都没漏，全在上面了。”

“不带泳衣吗?”我问。

“不带。”他又说，“你需要的一切都在上面了。”

我在脑海中重新预设了一下周末。也许我们要去的是波克夏，或者他大姐经常提到的康涅狄格州的温泉馆。无论哪个地方都挺有意思的。

“你明天下午五点能准时下班吗?”他问。

我点点头。“我跟菲尔说过，他答应了。”

达伦走到他的箱子前，也开始打点行李。“我去你公司接你。”他说，“然后我们就出发。”

“我可以去租车点找你。”我说。

“不，”他把一条裤子沿着折缝叠好，放进箱子里，“对我来说去接你才更合理。”

我停下手上的工作，看着他把袜子团成球塞进鞋子——每只帆布鞋里都放了三双袜子。他的脖子向前伸着，好看清楚袜子们都被塞到了底。

有时候，我就这样看着他，心里想着：我的。这是我的男朋友，他的身体由我来拥抱，他的手由我来紧握。我从来没感到自己像曾经——以及现在——拥有达伦那样拥有过你。你看起来总像是只属于你自己，只在你愿意的时候把自己借给我。我从没获得过彻底的拥有权。而对达伦，我有。他如此彻底地属于我，以至于我忽略了一些本不该忽略的事。

那天晚上，我悄悄来到他的身后，用手臂环绕住他的胸膛，吻着他的后颈。“好的，我明白了，这是你的惊喜之旅。我不会再企图改动你的计划了。”

他转过身回吻我。我感到他坚硬地抵住了我。

“嘿。”我扬起眉毛。

“嘿。”他也说，语气很温柔。

我掀起他的T恤，从他的身体一直吻到他内裤的松紧带，接着脱下他的内裤，跪下来吻得更低。

“哦，露西。”他把我拉起来，两人一起倒在床上。

我们直到深夜才睡去。

第二天我上班时一直晕乎乎的，最后跟达伦汇合时晚到了十分钟。

“你去哪儿了？”我最后出现在屋外时，他问。

他正在人行道上来回踱步，身后停着一辆豪华轿车。

“这可不是出租汽车。”我说。

他大笑起来，立刻忘掉了之前的焦虑。

“确实不是。我们要去机场。”

“机场？”我重复了一遍。

“我要带你去巴黎！”他说，“按照你遗愿清单上说的：去巴黎来一场说走就走的旅行。”

我感到自己的眼睛都瞪圆了。“你是认真的吗？”我彻底傻眼了。去巴黎过一个惊喜假期！这种事只出现在电影里，现实中怎么可能会有呢？可现在它真真切切地发生了，还发生在我身上！

那真是一种不可思议的、奢侈的浪漫，是多少女人的梦想。但当最初的惊讶褪去，我开始产生一种奇怪的感觉，就跟达伦买来安妮时一样的感觉。我也想有发言权。如果我想在某个区多留几天怎么办？或者我想去比亚里茨或者吉维尼看看，那怎么办？

“就跟全球变暖一样认真。”他说，“上车吧，我们要去机场了!”他为我打开车门。

“但我没带护照!”我上车的时候说。

“在这儿呢。”他说着在我身边坐下，拍了拍他的电脑包。

到了肯尼迪国际机场，我才发现他订的是商务舱。

“你疯了吗?”在美国航空的休息室候机时，我问他。

“里程数换的，”他说，“用的是信用卡积分。一分钱都没花。”

我狐疑地斜睨着他，于是他笑了。

“就算是我买的吧，”他说，“把钱花在你的第一次巴黎之旅上，也完全值得。”

我们享用了一顿我有史以来吃过的最美味的飞机餐，每人还配有一小瓶红酒。达伦给我倒了一杯，还用极其蹩脚的法国口音解说了一番，笑得我直抹眼泪。在这样的状况下，我终于打消了最后的一丝顾虑，不再去想他撇开我独自计划了这一切。我们手拉着手入睡，在空乘送上早餐时醒来。

一出机场，达伦就带我乘火车到了市区，接着我们又转乘地铁。

“我们要去哪儿?”我问。

“现在还保密。”

我们刚从地铁站冒出头来，就看到巴黎圣母院矗立在眼前。

“我的天哪!”我说。

“很美，对不对?”他说，“但这还不是给你的惊喜。我们就快到住处了，希望那里实际看起来跟照片上一样美。”

达伦是在网上找到的房子，租了三个晚上。在 Airbnb 还没诞生的时代，这简直不可思议。我们到那儿以后，发现跟照片上还是有些出入的，但仍不失为一个可爱的住所。那栋房子有个能俯视塞纳河的露台，屋里的布置就跟你想象中巴黎人的公寓一模一样：华丽的陈设，大胆的用色以及奇异的装修风格。屋里还有一张圆床。

“我以前还从来没见过这样的。”达伦说着走进卧室，“照片上肯定没有这个。”

我站在他身边，也盯着这张床看。“我都不知道还有圆形的床单，还有圆形的毯子。这莫非是什么法国特色?”

达伦搔了搔头，“我觉得这应该只是房子主人的特色。”

我笑了。

“希望这样没问题。”他说着用一只手拥住我的肩膀。

“当然没问题。”我对他说，“就当是场睡觉大冒险吧。”

那天晚上，我们睡觉的时候不得不靠得比平时更近，这样才能避免任何一方的脚伸到圆床之外。这其实挺好的，两人相拥着入睡，就像我和你曾经那样。你和她也是这样睡觉的吗?那个芮娜?或是艾琳娜?

或者是穿插其间的那些女人们?我知道她们一定存在，虽然你从没跟我提起过。

第二天是走马灯似的观光——圣母院、卢浮宫、埃菲尔铁塔、圣徒礼拜堂。我们坐在露天餐厅吃晚餐，从那儿能看到埃菲尔铁塔不停闪烁的灯光，仿佛它正向整座城市抖落点点仙尘。

“你开心吗？”在吃一道焦糖奶油和甜酒做成的甜点时，达伦问我。

“开心得不得了。”我说，“谢谢你带我来这儿。”我看着闪烁着繁星的夜空，巴黎风情的建筑，还有鹅卵石铺就的街道。我看着达伦，他正对我微笑。我感觉心被填满了。

但接着，我心中小小的一角，那个希望两人共同规划这次旅行的一角，开始想，他做这一切有多少是为了我，又有多少只是因为他想做一个为女朋友计划一次巴黎惊喜之旅的男人？达伦就是喜欢这样大费周章，一直如此。这么多年来，我仍旧不确定他做的这些事里有几分是为了我，又有几分是为了他自己。

就在我们出发去巴黎之前，他告诉我这场他计划的神秘纪念日之旅后，我给他买了一条手链。是那种上面有金属牌，可以刻字的款式。金属牌上的一面刻着他的名字，贴着他手腕的另一面上刻着：“我爱你。XO[1]，露西。”

吃完一勺奶油冰激凌，我从包里拿出小盒子。“我有东西要给你。”我说，“一个纪念日礼物。”

“我也有东西要给你。”他说。

“我还以为这场旅行就是你给我的礼物呢。”我说着摆弄着膝盖上包裹好的盒子。

---

1 XO：指亲吻和拥抱。

“那只是其中之一啦。”他说，“但我知道一个地方，比这儿更适合交换礼物。”他看了看表，“你介意跑几步吗?”

我低头看了看自己的脚，“我穿的是高跟鞋。”我说。

“只要跑几步。我会扶着你的。”

于是他付了账，我们开始跑，手拉着手穿过巴黎布满卵石的街道，一直来到新桥的中央。

“时间刚好!”达伦说着望向埃菲尔铁塔，铁塔此时再度闪烁起光芒。

接着，他单膝下跪，从裤子口袋里掏出一只小小的盒子，我还没反应过来怎么回事，“露西，”他说道，“你愿意嫁给我吗?”

我感到全身都烧了起来，胃里一阵翻滚。也许我早该料到这一步，但我没有。而在那一刻，我彻底忘记了你，也彻底忘记达伦撇下我独自策划了这场旅行。还忘记了他好像并不关心我的工作，觉得我的梦想很好玩而非很重要。我只想到他是那么好，那么爱我，为了这场求婚费了那么多心思，做了那么多计划。我只想到他完完全全彻彻底底地属于我是种多么好的感觉，以及我有多爱这一切。

“当然了，”我说，“愿意，我愿意。”

他站起身，试着把戒指套在我的手指上——随便哪一根手指——他抓着我的右手，直到我伸出左手，把手指伸进圆环。

接着我们吻了彼此。埃菲尔铁塔依旧闪耀着，这浪漫的一刻只属于书里或电影里，或者十五岁女孩的日记里。

我曾经想过，如果你也要这样大费周章地求婚，会怎么向艾琳娜开口?我不记得你告诉过我你们是如何订婚的，只说过你们是如何结束的。

45

我们回去几周后，达伦去蒙特利尔参加他朋友阿基特的单身派对。那天周五晚上，我接到了杰的电话。

“小露?”他说道，“你周日有空吗?”

趁着达伦不在，我已经计划周六早上和亚历克西斯一起喝着酒吃早午餐，下午跟凯特去一趟大都会艺术博物馆，晚上再和茱莉亚去韩国城约个晚饭，我们打算一边吃串烤肉，一边听她讲那一串乏善可陈的网友见面事迹。星期天我什么计划都没有。我只想待在家，窝在沙发里，有安妮陪我就够了；我想把麦圈直接从盒子里倒出来吃——达伦一直认为这行为不文明；我还要看《飞越比弗利 90210》的重播，不把睡衣穿到下午两点不罢休。

我叹了口气。“我有空。有什么事吗?”我问。

我能想象出杰正在电话那头搔着他乱糟糟的胡子。“那……你能帮我一个很重要的忙吗?”

杰不是那种喜欢求人帮忙的人，他几乎从没开过口。听他这么问，我有点紧张。

“是你的事吗，杰?”我说，“当然了，你需要我做什么?”

“你能不能来我的实验室参加家庭日? 凡妮莎当然也会来，

但是……那天会来很多小孩，我还没跟你提过这事，我们，我和凡妮莎，一直在试着要孩子。已经一年多了。我觉得如果你也在的话，她会好受一点。所以，你能来吗？”

我就是爱我哥哥这一点：就算他最终不得不向我求助，也不是为了自己，而是为了凡妮莎。

“当然了。”我说。

就这样，我去了新泽西，周日在杰的实验室里过了一下午，看着他和其他研究人员为孩子们表演实验。显然，家庭日其实就是“儿童日”，这大概算是培养孩子们科学兴趣的一种方法吧，也给他们一个参观父母工作场所的机会，毕竟这里平时是实验室重地。我本来不懂这有什么可紧张的，但到了这儿，才明白为什么想怀孕的人独自前来会那么艰难。

我也不确定自己该知道多少，所以对凡妮莎只字未提孩子的事。我们一起站在人群的最后，看着杰用时钟反应——就是他最喜爱的，能让试剂从透明变橙色的那个实验——让上小学的孩子们惊呼不断。就在这时，凡妮莎对我说：“我已经不去公园散步了。”

我转过头，“是吗？”

她点点头，“一看到婴儿车和游乐场，我心里就难受。”

“我能想象。”我说。这时混合溶剂变成了橙色，身前的孩子们都欢呼起来。“你们去看过医生吗？”

“几个星期前去了。”她说话时没有看我，眼睛盯着实验，“我现在在吃药。所以希望……”

我看了她一眼。“一定会怀上的。”我说，“借助一点点手段并没有错。很多人都试过这种方法，最后都成功怀孕了。”

时钟反应的结果是变成了黑色，凡妮莎看向了我。“我知道。”她说，“我只是从来没想过自己会成为他们中的一员。”

然后她打了声招呼去了洗手间。我随意走到一张桌子前，看上面的装置，应该是那种在家也能做的实验：几瓶过氧化氢，洗洁精，还有酵母。我没见过杰做这个实验，所以也不敢肯定把这些东西混合在一起会发生什么。

我盯着这些配方，想琢磨出个所以然来。

“泡沫反应。”一个声音响起。

我看向身旁，杰的一个同事正站在那里。这人我没见过，但他穿着实验室的工作服，还挂着名牌：克里斯多夫·摩根博士。他个子高高的，跟你一样；有一头卷发，也跟你一样。但你们的相似之处就仅限于此了。他有着深色的眼睛，深色的头发，鼻头很宽，在方正的下巴上显得四平八稳。

“嗨。”我对他说，“我是露西·卡特，杰森的妹妹。”

他眯着眼睛看我。“我看出来了，”他说，“你们的眉毛很像。”

接着他笑了，“别告诉你哥哥，这眉毛长在女孩子脸上更好看。对了，我是克里斯。”

我笑起来，“我不会告诉他的。”我说，“很高兴认识你。”

克里斯来到桌子的另一边，把过氧化氢的瓶盖拧紧。“看起来大家都对我的实验不感兴趣。我还以为向孩子们展示一些在家也能做的实验会很酷呢，但他们好像更喜欢那些不需要厨房用品的实验。看来我并不太了解小孩子。”

他看上去和我差不多大，可能比我大个一两岁。我觉得他多半没有孩子——说不定连侄子侄女都没有。

“我感兴趣，”我对他说，“我很想看看你的泡沫实验。”

他看着我。“真的吗？”他问，“你真的想看？”

“当然。”我答道。但是话说出口，我却开始想自己在挑逗他吗，还是我们只在普通地聊天？手指上的那颗钻石立刻沉重起来。

“那好，”他说着又拧开瓶盖，“泡沫，马上就出现。”

克里斯把几种配料倒进烧杯时问了我几个问题：我住在哪儿，做什么工作，怎么来的新泽西。我发现自己的回答里一次都没有提及达伦。我知道这样不好。

“你看，”他说，“我也经常会去纽约市区。也许我下次过去，我们可以出来喝一杯。”

“我……”我开口，接着举起了左手，“真抱歉，但我已经订婚了。”

“哦，”他说，“哦，对不起，我不是……”

“不不，”我打断他，“真的是我的错，是我给了你错误的印象。”

克里斯又看了看我的手，接着目光回到面前的实验配方中。“要加酵母吗？”他最后问道。

我笑了笑，我确实想加，最后我们做成了泡沫。但是那天晚些时候，当我跟凡妮莎和杰一起开车回他们家的时候，我忍不住想如果自己没订婚，会发生什么。

我会给克里斯留电话号码吗？我们会不会出来喝一杯？我能不能从他的吻中尝到一些不同而精彩的东西？

和你恋爱过之后，我又和达伦在一起这么久，都快忘了这个世界上还有其他男人，成千上万的男人。我的思绪又回到和凯特的那次谈话，我们聊的关于莉兹和她的火焰比喻。我是不是过早地切断了其他一切可能？我是不是也该试试去寻找一丛篝火、一簇烟火，或者莉兹跟凯特提到的其他类型？

我回到家，达伦已经等在那儿，还有他从蒙特利尔带给我的礼物。我们一起吃了奶油培根意面，带安妮出去散步，为单身派对上那些人干的蠢事哈哈大笑。接着我想：就是它了，这就是我想要的。但我有时还是会回想起那一天，也许那是我的直觉在告诉我一些事，一些我的大脑和内心都不想承认的事。

如果我听从了自己的直觉，我们如今会不会还在这里，像现在这样？

46

人们都说结婚的日子下雨是个好兆头。我觉得这一定是谁杜撰的，这样新娘们在婚礼那天醒来，看见阴沉沉灰惨惨的天空时，心情就不至于太坏。

而我们，达伦和我，结婚的那天就是这样。太阳铆足了劲想从云层里探出头，但始终没成功。我们是在达伦求婚的六个月后结婚的——在感恩节的周末。他说他迫不及待地想当我的老公，一分钟都不能多等了，而我被这份浪漫感动得忘乎所以，毫无保留地答应了他。那年我二十六岁，达伦三十一岁。除了达伦的三个姐姐和我的嫂子凡妮莎，我还有另外三个伴娘：凯特、亚历克西斯、茱莉亚。

我让所有的姑娘们都穿成黄色，因为黄色看起来很愉快，达伦和我希望我们婚礼上的一切都是快乐的，跟我们一样快乐。再没有谁能像达伦那样让我开怀大笑，再没有谁能够把狂风阴云的日子变成阳光和清澈的蓝天。所以，在我们结婚的日子碰上阴天其实还挺应景的——因为和他结婚让我感觉阳光灿烂，他让未来变得阳光灿烂。

我甚至手捧了一束向日葵——并不是低调的花，我知道。我把照片发到了脸书上——很多人都发了，所以我猜你也看到了向日葵。我没有邀请你参加我的婚礼，好像也不应该邀请你。而我当时已经一整年没见过你了。我发邮件告诉你订婚的事，结果石沉大海；你来了纽约也没让我知道，但我在亚当的脸书主页上看到了你。照片上，你、亚当、贾斯汀和斯科特站在一尊雕像下，附言上写着：帅哥们又回来了！看到那张照片，我仿佛被当头一棒，但我接着想，也许不见面更好，我们最好就这样默默地退出彼此的生活。

我和达伦的婚礼在纽约中央公园的船坞里举行。那是我们，我和你，一起生活过的区域，我知道。但预订场地的时候我并没有想到这一层。我妈妈一直主张在康涅狄格州办婚礼，达伦的父母则建议去新泽西，达伦自己觉得蒙塔克不错。但我就想在纽约市办婚礼，而且我认识到一个事实：新娘子总是能够得偿所愿的。当我们来到公园，看到紧邻着步道的船坞时，达伦立刻高兴起来。他甚至自己设计了请柬，上面印着我们俩的照片，我们的膝部以下穿着跑步鞋，上面还有一行字：无论你乘坐飞机、火车、汽车或是双脚步行而来，我们都迫切地等待着你来参加我们的婚礼！我知道，我明白，如果你收到这样一份请柬肯定会翻白眼。我觉得你和艾琳娜还没发展到要筹备婚礼准备请柬的地步，但就算到了那一步，我也能想象你会彻底无视这种套路。

婚礼的前一晚，我睡在康涅狄格的父母家。早上刚从那张童年时代的床上醒来，就听到了电话铃响。来电的一长串号码显然是从国外打来的，可能来电的有好几个人：凯特的姐姐莉兹，英国或者德国的同事——当时《一个星系的距离》在那些地方正和美国一样热播。但冥冥之中我知道那是你。我又等了一声铃响，接着又一声，然后决定接起来。我想也许你是要祝福我之类的。

但原来你不知道那天是什么日子，或者没有注意到。我一直怀疑你的意识深处是知道的。肯定有人告诉过你，或者你肯定在谁的脸书上看到了。但也可能没有，也许那就是一个巧合。

“露丝?”你说。

“加布?”我问道。

“是我。”你说，“对不起打扰你了。我知道我们好久没联系了，但是我……我需要你。”

我从劳拉·阿什利的床上坐起来，我的身体一如既往会对你的声音产生反射。我靠在枕头上。“怎么了?”我问，脑海中开始想象爆炸、伤口和残肢的画面。

“芮娜她不是帕加索斯。”你说。

我松了一口气。你没有受伤，你没有支离破碎，至少身体没有。我希望你的感情也没有。“出什么事了?”我问。

“她认识了一个急救人员。她更喜欢那个人，说他比我更体贴。我是个不体贴的人吗，露丝?”

我起先不知怎么回答，但接着觉得自己还是该实话实说。“我不知道，”我说，“我们一年多没有聊过了，我已经不了解你了。”

“不，你了解的。”你说，“我没变，你比任何人都了解我。我只是……我想知道，芮娜说的是真的吗?”

我简直不敢相信自己竟然要在婚礼当天早上帮前男友做心理分析。“我觉得呢，”我谨慎地选择着措辞，“要成为一个体贴的人，你就要把感情放在第一位。也不是说每次，但大多数时候要。这意味着你做决定时要为你们两个人着想，你得把你们看作一个整体，哪怕这意味着要牺牲一点点个人追求。你们要分享一切。我认识的加布并不喜欢这样。”

接下来是一阵长长的沉默。“我想我确实不喜欢。”你的声音好轻，我几乎听不出其中的失落。

“我还以为你会说些不一样的话。”

“对不起，”我说，“也许今天不适合聊这些。”

“你一切都好吗？”你问，“我应该早点问的。如果你想和我聊聊——”

“今天……今天是我的婚礼。”要说出这句话好难，对你说出口好难。

“露丝。”你的声音听上去像被我扇了一耳光，“你今天要结婚了？”

“我今天要结婚了。”我重复道。

“噢。”你说，“该死。”我还清清楚楚地记得你说这两个字时的语气和声调。仿佛每个字都是一句完整的宣判。

我有一会儿没出声。

你也沉默了下来。我感觉糟透了。“会好起来的，”我说，“你会找到下一个帕加索斯的。”

“那如果——”那句话你没说完，仿佛是害怕说出口，又或许是怕我听到。

“你会找到的。”我说，接着声音低了下去，“我得挂了。”

“嗯，”你说，“我……对不起，我不该打电话来的。”

“不会，”我说，“别放在心上，没关系的。”

“对不起。”你又说了一遍。

我们挂了电话，当然，接下来的一整个早上，我心里想的都是你。

47

要是没有防水睫毛膏，我想我根本撑不到婚礼结束。当我换婚纱的时候，当我的头发被盘起来的时候，当那个名叫杰姬的和善女人往我脸上抹遮瑕膏的时候，我都一直在想你说的那句“噢，该死”。我耳边不断回荡着你没能说完的“那如果——”我坚定地认为达伦就是我想要的人。我以为自己很坚定。直到那一刻之前，我都很坚定，但你让我动摇了。

我的眼里一直溢着泪水，杰姬最后终于放弃了给我画下眼线。这时，妈妈让所有人都离开房间。

“请让我们单独待一会儿。”她摸着脖子周围的珍珠，仿佛这件家传首饰中蕴含着一种力量。

等其他人都离开了，她斜倚在新婚套房的柜台前。“露西，”她说，“你怎么了？”

我并不想承认这个事实：我在自己的婚礼上想你，我在质疑自己的决定。

“我大概只是太感动了。”我说。

她紧紧盯着我，那双犀利的眼睛直接刺破了我的谎言，一如童年时代。“露西，”她说，“我是你妈妈。不管发生了什么，你都能跟我说的。”

于是我告诉了她一些事，这些事我已经顾虑了好几个月，却没有对任何人承认过。

“我觉得达伦爱我比我爱他更多。”我说。

她拥抱了我，但是很小心，以免我湿漉漉的妆蹭到她香槟色的真丝裙子上。

“唉，宝贝儿。”她说，“感情的事不总是平等的。无论是谁爱谁多一点，或是谁需要谁多一点，其中的平衡点总是在变。你和达伦的感情一年之后也会和现在不同。”

她扳过我的肩膀，好看着我的眼睛。“所以我觉得，眼下他对你的爱比你对他的要多那么一点，也不是什么可怕的事。你知道他会把你当成公主来对待。”

我笑着擦了擦眼睛。但她仍然用测谎般的表情看着我。“你还有别的心事。”她说。

我低头看自己的手指，看着那精心描绘过的法式指甲。“加布今早打电话来过。”

“加布·萨姆森?”妈妈问。

我点点头，眼泪又涌上了眼眶。“如果我真正应该嫁的人是他而不是达伦，该怎么办?”

妈妈又靠在了柜台上，摩挲着她的珍珠。她安静了一会儿，随即开口道:“我要你想想，好好想想你和达伦之间的感情，还有你和加布的，”她说，“你还要想想他们之中谁会是更好的伴侣——谁更能成为你们孩子的好爸爸。如果你觉得答案不是达伦，那你今天就不必嫁给他。哪怕加布也不是你要的答案。如果你觉得世界上还有一个男人比达伦更能让你快乐，你就可以离开。这不是件容易的事，但你可以这么做。只要你说出来，我就去告诉你爸爸，他会通知宾客们。但你说了就没有回头路了。如果你今天对达伦说了再见，那就是永别了。我见过你们有多在乎对方，也见过你们在一起有多快乐。但如果你感觉不对，那么没人能逼你嫁给他。”

我点点头。妈妈走到了窗边。然后我开始想你，加布。我想到你曾让我多幸福，又让我多痛苦；你只关心自己却很少为我们两个考虑；你最后把生活变成了一场“加布表演秀”，要想留住你，我只能在大明星身后扮演女二号。我知道你觉得这话很不中听，但我说的都是事实。这就是我那天心里想的。

我也想到达伦，他也有不完美的地方。他仍旧不把我的工作当回事。有时候，我甚至怀疑他也没有把我太当真。但我知道自己可以改变这一点，我可以更努力地工作，让他认识到这对我意义重大。我可以让他明白我想成为他的伴侣，和他平等的另一半。而且我爱他，我爱他的开怀大笑，他的风趣幽默，他乐呵呵的样子。他不是那种阴沉纠结的人——和他在一起既愉快又轻松。那是一种踏实而安全的感觉。他让我快乐——大部分时候都是这样。我们已经为美好未来打下了基础。我绝不能在我们婚礼的这一天，把他独自留在船坞。

我抹了抹眼睛。“谢谢，”我对妈妈说，“我现在没事了。我准备好了。”

妈妈长出一口气，给了我一个拥抱。“你知道，无论怎样我都会支持你的。”

“我知道。”我说，闻着她脖子上的一千零一夜淡香水味。

“要记住，”她补充道，“一时的激情和爱是不同的。”

我点点头。

我对你只是一时激情吗？我们对彼此只是激情吗？激情能持续那么久吗？还是说，我们之间的其实一直都是爱？我宁愿相信那是爱。

48

我参与《一个星系的距离》编剧已经有一段时间了。我不断地发掘现实生活中的故事，尽可能地从各个国家和各种文化中提炼冲突矛盾，好让编剧们在不同剧集中搭建基础。可尽管如此，我的旅行范围也始终没有踏出过欧洲。因此，达伦和我把蜜月地点定在了土耳其。我想听一听宣礼声，想走进这个我曾经研究过的国度，窥探其中一角。当我们抵达的时候，我不停地做着笔记。我看见裹着头巾的女人们从街上走来，和那些长发披肩的女人们说着话。我抽出一张票根，在上面草草记下一行，提醒自己在下一集建议展现这样一幕。当然了，角色得是外星人。

“不要再写啦！”达伦说，“我们是来度蜜月的，工作应该被留在纽约！我自从到了这儿可是一次都没联系过办公室，可你一路上写写画画嘀嘀咕咕就没停过。”

我停下来。“我的工作对我很重要。”我说。但接着，我想起自己在电话里对你说过的话。“但是你和我更重要。那我不写了。”于是我真的停了笔。

但我仍然忍不住想，如果一起旅行的是你和我会怎样。你不会阻止我的——你还会帮着出主意。我们会一起四处寻找拍照片的好机会，就像那次把鞋底磨穿的曼哈顿之旅一样。

达伦和我的旅程行进到了卡帕多奇亚。我们在那里饱览了月球一般的地貌，又在拂晓来临前乘热气球出发，升空时刚好能看到日出。那景色瑰丽极了——粉色、橙色和紫色在天空中纠缠——达伦用双臂环绕着我，温暖着我，让我在广袤的天空中也感到被爱着。但我脑中仍放不下那些女人。我想和她们聊聊，问问她们这里的生活是怎样的，她们想让美国孩子们了解哪些土耳其的事情。

后来，达伦和我来到一个叫作“迪夫里特峡谷”的地方。

达伦读着旅游指南，“‘迪夫里特’，或者说‘想象’峡谷中布满了形似人和动物的岩层。您可在此驻足，看看能从岩石中看到什么。”

我在他身边停下，看到了一头骆驼，一只海豚，还有一条戴着帽子的蛇。

“我觉得那个看起来像圣母玛利亚。”他说着指向一根石柱，“你觉得呢，麦克斯韦尔太太?”他一路上都管我叫“麦克斯韦尔太太”，一开始我还觉得挺甜蜜有趣的，但接着就开始恼火了。我告诉过他，自己在私人场合冠他的姓，但工作场合还是会用“露西・卡特”的名字。我在你的手机里是存成这个名字吗?还是你在我和达伦结婚时就把我的名字改了?你的老板称呼我“露西・卡特・麦克斯韦尔”。事实上，你也是这么称呼我的。我猜，你就是这么想我的吧。

我盯着达伦面对的那块岩石，寻找着母亲和孩子的形象，寻找着面纱。“我只看到一个拿着相机的男人。”我说。

49

我见过不少人花了好几年时间努力怀孕。凡妮莎和杰在服用促排卵药之后终于怀上了三胞胎。凯特后来尝试了试管婴儿，两次。达伦开玩笑说他只要朝我打个喷嚏就能让我怀孕。我听了只是笑笑，但并不觉得有趣。这让我想起高中时读过的《记忆传授人》里的“母亲”，她们的职责就是不停地怀孕，那也是她们唯一的社会价值。

我们结婚后不久，达伦就开始提要孩子的事。他认为我们正处在组建家庭的绝佳年龄，他的父母生他第一个姐姐时就跟我们一样大。而且那时候，凯特也刚刚告诉我她怀孕了。可即便如此，我也不太确定达伦的话就是对的。那对三胞胎刚出生一周，是早产儿，但状态还不错。凡妮莎和杰找了一个保姆和一个夜班护士，凡妮莎的妈妈也来了，在头六个月里都跟他们住在一起。但就算这样，杰打电话来时，声音听着还是像只僵尸。就在孩子出生的头一周，我还在工作时，接到了他从实验室打来的电话。

“你方便说话吗?”他问。

“我在办公室，”我把手机贴近耳朵，“你还好吗?”

“人类就不应该一次拥有三只幼崽。”他说，“如果我说不想回家去面对他们，会不会很人渣?”

“你不是人渣，杰，你只是太累了。”我告诉他，“这可以理解。再多给自己三十分钟吧，但时间一到你就得回去。孩子们需要你，凡妮莎也需要你。”

“我连他们谁是谁都分不清，”他说，“除非给他们穿上衣服。”

这话让我沉默了一下，但也没有太久。有时候我甚至怀疑如果不事先打招呼，自己的哥哥能不能在街上认出我。

“你就当自己在观测不同的病毒。”我开导他，“去近距离观察它们。把注意力放在他们的差异上，而不是相同处。”我希望这样能帮到他。我替杰感到无奈。三个孩子显然超出了他和凡妮莎原本的预期。

他深吸了一口气然后吐出来。“我就像氢气爱氧气一样爱你。”他说，“我可以放你去工作了。”

“我也爱你，杰。”我说完就挂了电话。

在见证过这些，见过了三胞胎的出世后，我并不太肯定自己想让一个孩子加入生活中。但达伦很肯定。他提醒我，“为人父母”可是我们两个遗愿清单里共同的心愿。

“而且，”他说，“依照凡妮莎和凯特的案例，我们很可能要花上一年才能怀上。”

结果我们只花了一个月。

一开始是好几周的疲乏感，让我每天九点之前就要去睡觉。接着是无数周的恶心，我不得不在会议中途夺门而出，否则肯定会把编剧办公室和他们正在修改剧本的现场吐得一塌糊涂。等这些反应总算过去了，接下来的数个月我都要每隔一小时去撒一次尿。

直到怀孕第四个月，我才算适应过来，开始接受孩子降生后生活将发生的改变。而一旦接受了这些，我就兴奋起来。我没想到自己会是这种反应，但我开始趁午餐时间在办公室看婴儿衣服和婴儿房家具。我读了一些有关母乳喂养和水下分娩的文章，还研究了把花生酱加入孩子食谱的理想时机。我变成了一个宝宝狂魔。

我甚至开始怀疑，拥有一份成功的事业是不是真的那么重要？也许当一个母亲才是首要职责？我开始犹豫哺乳假结束后是否还要回去工作。我知道，我曾对你说过不想被定义为别人的妻子或者母亲，我想通过自己的工作让世界有所改变——我抱怨达伦最多的也正在于他不理解这种想法。所以，我后来考虑辞职显得很疯狂。我好像是疯了——我仿佛变了一个人，变成一个壮志不再的露西。但这确实是我当时的感受，怀孕改变了我的想法。达伦也很想让我待在家里。他说，再没有人会比我更精心地照顾宝宝了，而我也开始认为他说得对。

达伦的工作干得风生水起。他做成的几笔交易让老板们刮目相看，升他当了经理，而他升职后的薪水让我瞠目结舌。他赚的是我的五倍多，何况我的收入本来也不差。算上所有的额外收入，他想去更大的住宅区买套大房子。

“我们搬到曼哈顿去吧。”一天早上他说。他的膝上摊着一份《纽约时报》，安妮在他的脚边，“也许可以去上东区。”

但曼哈顿是我们的地界，你和我的。距离你的来电已经过去五个月了，我却越来越忘不掉。虽然我和达伦是在曼哈顿结婚的，但我们从未把那儿划入自己的领域。布鲁克林才是我和他的地方。

“我喜欢布鲁克林。”我说，“公园坡怎么样？或者布鲁克林高地？”

身为一个即将为人母的已婚女人，我还是一直想着你。我做出的人生决定都是基于我们两个人的。但我真心觉得不会再这样下去了——你会再次从我的脑海中消失，就像曾经那样。后来这多多少少算是成真了。但回到那个时候，你依然存在，就在我大脑的前端，指引着我的想法。

“你确定吗？”他问，“公立第六小学倒是所好学校。”接着他耸了耸肩，“我看我们可以一直送孩子上私立学校。”

“那就定布鲁克林了？”我问他。

他已经在看布鲁克林高地的列表了。

“我找到一个！”几分钟后他说，“我读给你听：四间卧室，三间主浴室和一间副厕，位于爱之路上的两层褐砂石楼房。我们怎么可以不住在爱之路上呢？”

接着他把我拉过去，先吻了我的肚子，然后才吻了我的嘴唇。我也吻回他。“我们用得着四间卧室吗？”我问。

“将来说不定呢。”他笑着说。

我知道他想组建一个大家庭，就像他家那样。我也说不清自己什么感觉，但我并没有把这种可能排除在外。“那我们过去看看？”我说。

我们去看了房子。我从没在城市里见过这么大的房子。里面有一间正式餐厅，还有一间可以直接用餐的厨房——看我在说什么啊，这些你明明都知道的。当然了，因为你去过。

当我们买下那套房子，搬进去，开始布置婴儿房，当这一切成为现实时，我开始真正感觉到自己是个母亲了。我迫不及待地想见我的孩子。

50

我不知道为什么人们把“五”和“十”看得那么重：三十岁生日、第二十五个结婚周年纪念日、毕业五年校友聚会——我们的校友聚会发生在我第一次怀孕的那年夏天，就在我和达伦搬进布鲁克林高地新家的一周之后。达伦不停唠叨着要用孩子把所有卧室都填满，而我的全副精力都只在体内生长的这个小生命上。

你来了纽约却没让我知道。自从我结婚后，你再也没联系过我。也许这个选择是正确的。我想你想得够多了，哪怕现实中的你并不曾出现在我的世界里。

但我猜，你也不想在聚会上猝不及防地撞见我，又或者你想给自己一个心理准备，想趁我们还没亲眼见到彼此，先看看我是什么态度。那天下午，你给我发了条短信。

今晚见？你写道。

我盯着自己手机上的消息足足有两分钟。

你还不知道我怀孕了。我觉得应该在见面之前先告诉你。

穿着蓝色裙子的孕妇就是我了。半小时之后，我回复你。

也许这并不是最体面的通知方式。你没有再回我。

当然了，接下来的半天里我一直在猜你的心思，你是会难过，还是会为我高兴呢？你会在聚会上刻意避开我，还是会特别留意找我？

“你今天怎么了？”达伦扶着我的肩膀问，“我喊了你四遍，你就像丢了魂一样。要我帮你拉上裙子拉链吗？”

“对不起，”我说，“我只是在想大学里的事。帮我拉吧，谢谢。”

达伦格外执着于帮我拉上裙子拉链。他认为，为一个人穿上衣服是一种特别亲密的举动，比脱衣服更加亲密。他说，这体现了爱，而不仅仅是欲望。

“我帮你系领带？”我问。

他笑着说“好”。

你是怎么准备聚会的呢？你当时跟朋友在一起吗？在酒店的房间里？我一直没机会问。

那次校友聚会有点儿傻——你是不是也这样觉得？那些人神气活现地挽着自己的丈夫或妻子。我们之中还有几人穿着高档孕妇装。就像几年前我在布卢明代尔百货商店感受到别人看我们的那种嫉妒眼神，在聚会上，我也看到几个女人用艳羡的目光看着我。我钓了个金龟婿，我马上要生孩子了。虽然我们都读过常春藤学校，那里的女性都成为律师、医生、剧作家、银行家、咨询顾问或学者，但这些都没人关心——她们全来问我宝宝的事，还有结婚的事。没人问一句我在哪儿工作，毕业后在忙什么。没人关心我刚刚升任副制片人，正在策划一台自己的节目，那部剧叫《穿越时光的火箭》，会带领孩子们探索历史，展示历史如何影响着现在。所有人关心的只是“你什么时候生？”“知道宝宝性别了吗?”“你们结婚多久了?”“你在哪儿认识他的?”如果那天跟我聊过的女人一半都在夏天去了汉普顿租住，那我也一点都不惊讶。我开始觉得，我的大学室友们都没来参加这次聚会也许是正确的决定。

接着我看到了你。你在幔帐的另一头，有一个我不认识的女人把手搭在你的前臂上，你们正在聊天。她听到你说了什么就露出了笑容，然后回应了几句。你大笑起来。突然之间，我感到一阵恶心。

“我要去透透气。”我轻声对达伦说。他遇上了另一个投资银行家，正在聊工作的事。

“噢!”他说，“你不要紧吧?”

我点点头。“只是有点反胃，不要紧的。”

我几周前才刚刚度过孕吐阶段。达伦已经习惯看着我呕吐了，但这对我们两个而言都不是什么愉快的经验。

“你确定吗?”他问。

“没问题。”我答道，然后一头钻出了幔帐。

我深呼吸了几次，然后转过身去。室外没有隔墙，所以我一眼就能看见幔帐里面。你的身影已经不见了，但那个女人又在跟另一个人聊天，她的手也同样搭在那个人的手臂上。这对我而言比深呼吸的效果好多了。我的恶心感立刻烟消云散。

我正准备回去找达伦时，感到肩膀被人碰了一下。是你，当然了。

“露丝。”你说。

我转过身。“加布，”我答道，“嗨。”

我肩膀上，被你触碰过的皮肤立刻刺痛起来，冒出了一层鸡皮疙瘩。

“裙子真美。”你说。

达伦曾经告诉我，当一个男人这么说时，他真正的意思是“你穿着这条裙子真性感”。我一直都不知道这话是不是真的。我当时真应该问问你，你说这句话是什么意思。

“谢谢。”我说，“你的衬衫也不错。”

你的酒窝又露出来。“我都不敢认了。”你说，“你看起来一点都没变。”

于是我侧过身，抓住裙子让它贴紧身体。“现在呢？”我问。

你瞪大了眼睛，过了好一会儿才露出笑容。“这是……”

“没错，”我说，“是个宝宝。”当时我的肚子还不明显，只有四个月大的隆起。但我已经穿不下平时的衣服了，只好去买了条新裙子。

“恭喜你，露丝。”你说，“我真为你高兴。”

“谢谢。”我松开裙子，“你怎么样呢？”

你的笑容褪去，然后你耸了耸肩。“回到纽约总是感觉很陌生。我觉得自己就像在电影《回到未来》里一样，我回到了一个趁我不备就向前跳跃的世界里。”你的目光又落回到我的肚子上。

“可你自己的世界也改变了。”我说。

你摇摇头。“我解释不清。我的世界是改变了，但我总觉得纽约应该还停留在原地。每件事都应该和我离开时一样，就像回到童年时的小房间。”你突然停住了，“我没别的意思。”

“不，”我说，“你有。你的安全空间已经变了。”

“是啊。”你说。你的目光始终在我的肚子上游移。“是啊。”你又说了一遍，“我该走了……能见到你真好，露西。加油。我真的很为你高兴。”

你快步走向搭在日晷旁的吧台。

我真想大声叫你留下。我想再多问你一些问题，好明白你的感受，这样我就能听听你的世界是什么样子的。我想让你再碰碰我，让我再起一身鸡皮疙瘩。

但你离开是对的。再延长这场谈话对我们没有好处。于是，我回到了达伦身边。

“好点了吗，亲爱的？”他问。

“好多了。”我答道，接着把头靠在他的肩膀上。

他一边毫无耽搁地继续聊刚才的话题，一边用手臂拥住我，在我的头顶上落下一个吻。

这没让我起鸡皮疙瘩，但这感觉很好。

51

从工作中、从你身上、从我和达伦的生活中，我学到一个教训——就我自己而言，百分之九十九的意外都是应当极力避免的。当我能对一件事有所准备的时候，我就能更好地把握它。我总是忍不住想，如果我对你离开纽约能有个心理准备，如果我早知道你当时正和美联社谈工作的事，我一定能处理得更好些。但事实是，那个消息从天而降，这样……这让情况艰难了很多。正因为如此，我们决定去查宝宝的性别。我想要事先了解，这样才好提前准备。在校友聚会的几周之后，我们得知是个女孩。我没去费劲联络那些在聚会上向我打听的女士，反正她们要是真那么感兴趣，迟早也会在脸书上看到的。

出于对意外情况的厌恶，我读了好多书——数不清读了多少——都是各种人的分娩经历，告诉我可能会发生哪些情况，将会有哪些选择。我觉得，这样也许能帮我做好准备——也许我就不会再梦到自己要生在地铁上或者办公室里或者出租车里；也不会再梦到宝宝把我的身体撑破，就像《异形 2》里那样。我按照医生的建议做了个分娩计划，但与此同时，我知道宝宝可能也有她自己的出生计划，而且绝不会向我透露。

我是在晚上临产的，此前我刚刚去高地咖啡馆吃了晚餐。我吃了个汉堡——实际上只吃了半个，因为那时我的肚子里实在没有多少空间容纳食物了。宝宝的预产期在两天后，也就是 11 月 21 日，所以达伦说，我们要在她出生前尽量多约会几个晚上，哪怕只能在住处步行范围内的餐厅里吃半个汉堡。那时候，我们已经把能想的都想好了。我们要给她起名叫薇奥莱特，跟达伦的奶奶同名——老人家在达伦十六岁的时候就去世了。我很爱这个名字——爱它的发音，爱它花朵色彩的含义[1]，还有“小薇”的小名。我们连中间名也定好了——安妮——这是我姑奶奶的名字。薇奥莱特·安妮·麦克斯韦尔。我仍然爱着她的名字。

饭后，我们走路回家。我身上的衣服勉强能把肚子盖住，这时我开始感到内裤湿湿的。我是不是说得太多了？你真的关心薇奥莱特出生那天晚上是什么情况吗？如果你叫我打住，我就不说了。只要示意我一下就行。没意见？那好吧。

我记得自己当时想：真的假的？现在？在我诸多合理的怀孕计划里，其中一条就是全程不“犯错误”——“犯错误”是后来我们训练薇奥莱特上厕所时的说法。凯特在怀孕期间几乎每打一次喷嚏就得去换条内裤。我真心希望自己不会这样。然而，就在我们距离住处还有一个街区的时候，原本一点点的潮湿感已经不再只是涓涓细流了，于是我意识到，我要生了。

我转向达伦。“我觉得我的羊水破了。”我说。

他在半道上死死地站住。“真的？”他问，我能看见他眼中的

---

1 薇奥莱特：英文 Violet，也有紫罗兰之意。

激动，“等等，你是‘觉得’还是‘肯定’？”

“我觉得我很肯定。”我答道。

他大笑起来，对我又抱又亲，然后说：“你现在能走吗？你还好吗？我们要不要打电话叫医生？现在就叫？”

虽然我从那一刻起已经在担忧接下来该怎么办，虽然我的裤子开始又湿又凉，我还是告诉他，我能跟他一起穿过街区走回家，我们可以等到了家再叫医生。他一路上都握着我的手，用比平时快得多的语速报了一遍我们要打电话通知的人，以及去医院前要记得带上的东西。（手机充电器！他的笔记本电脑！他的iPod和扬声器！）他设置了一个音乐列表，是特意用来在阵痛和生产的各个阶段播放的。我怀疑自己根本一首都不想听，但这至少让他有事可干，也算是一种准备吧。

我们等在家里，试着看一部电视电影——我如今一点都想不起来了——直到我的宫缩如医生说的那样变成每五分钟一次。然后我们打车去了医院。十二个小时后，薇奥莱特降生了。她很美，毫无瑕疵，有着深色的头发和深色的眼睛，还有我在婴儿脸上见过的最长的睫毛。

达伦一直有个理论：他觉得他所有朋友的宝宝——包括杰和凡妮莎的三胞胎——出生时的样子不是像温斯顿·丘吉尔就是像马古先生[1]。直到现在，他还是会时不时举起电脑屏幕，给我看脸书上某个人的孩子，然后问：“丘吉尔还是马古？”而且说实

---

1 出自喜剧电影《马古先生》（又名《脱线先生》），主人公马古是个年事已高的糊涂富翁。

话，这些孩子确实长得都像两者之一。

等薇奥莱特被洗刷干净、穿上衣服、裹得像个玉米卷饼，脑袋上还戴了一顶条纹小帽子之后，护士把她交到了我的手上。我抬头看达伦。“丘吉尔还是马古？”我问他。

“我认为她是有史以来第一个谁都不像的宝宝。她长得像你。”他说，“幸运的小姑娘。”

接着他脱下鞋子，爬到床上，我们三个相拥在一起。那一刻，我升起了一种敬畏之心——我和达伦一起创造出了一个人，基因的力量让她有了我的容貌，生命的力量让这幸福的一刻成为可能。

“我爱你。”我对达伦说。

“我爱你们两个。”他答道。

我希望你明白，我说的都是真的，我是真的很爱他。

我跟他之间并非十全十美，但毫无疑问那就是爱。

52

就在我订婚的时候，我突然感觉自己加入了一个俱乐部，这里的成员可以追溯到几十年、几百年、几千年前——那就是“已订婚女子俱乐部”。结婚的时候我也生出过这种感觉：仿佛从我穿上白纱、走上红毯、说出“我愿意”的那一刻起，我在“已婚妇女俱乐部”中的会员身份就板上钉钉了。但真要说起来，没有什么比生孩子更让我感觉像加入了某个人群。女人之中有道分界线，划分出那些有孩子的女人和没孩子的女人。人母和非人母。

就算在这样一个俱乐部里，人们也有细分——有抓狂型母亲，也有高手型母亲。后者会在脸书上发她们孩子穿着一尘不染的衣服，睡在绸缎枕头上的照片，标题是“我梦到爸爸了”。

我就不属于这一类。直到今天我也没成为那种妈妈，我永远都不会成为那种人。

我加入了妈妈俱乐部——我只能加入，没有回旋余地——但对我来说，只要我和薇奥莱特一天下来都干干净净，吃饱了肚子，夜里睡眠总时长超过了五个小时，那这一天就算过得不错。我有三个月的产假，但才到第八周，我就感觉自己到了崩溃的边缘。做一个全职妈妈实在超出了我的想象。

凯特至少每天一个电话过来关心我的情况，虽然只能聊上一两分钟。她也有了自己的女儿——维多利亚是六个月前出生的，而凯特公司给的产假相当宽松，所以她才刚刚回去上班，正拼命工作，努力证明自己没有因为当妈而分心。“会好起来的。”她对我说，“我保证。”但我感觉并没有。

我那时是母乳喂养，而薇奥莱特一天到头都在吃，至少我的感觉是这样。有时候我甚至连衬衫都懒得穿。我还自己制定了一个“便便事件”等级：一级属于小状况；二级需要换尿布；三级意味着屎会从开裆裤的洞里漏下来；四级会沾在她的背上；五级是最糟糕的——那基本意味着屎从她的肩膀一直糊到了膝盖。那就要给她洗澡了，而且通常我自己也得换一身衣服。在三级、四级和五级事件中，我扔了不少连体宝宝衫，好在她不缺衣服穿。

然而有一天，薇奥莱特不知用什么手段把“便便事件”提升到了六级。那天早上我们相当顺利。她的身上干干净净，我也一样，我们都吃过了饭——虽然我已经好几天睡眠没超过三个钟头了——而且自从公寓暖气来了之后，她就一直只穿一条纸尿裤和一件 T 恤。她刚开始会笑，她每笑一次，我的心就融化一点。

这一天实在太顺，于是我决定做一顿像样的晚饭。过去这八周来，我大概只做过两顿像样的饭。我把薇奥莱特放进会震动的小婴儿座椅里，打开开关。然后我把鸡肉解冻，开始往上面撒面包屑。屋里开着广播——正在播放一档 60 年代歌曲节目，让我想起了爸爸——于是我开始跟着广播唱《我的姑娘》。我两只手沾满了鸡蛋液和面包屑，但感觉好极了。就在这时，薇奥莱特哭嚎起来。

我转过身，然后呆住了。历史上第一个六级便便事件诞生了。也许是因为震动椅的缘故，或者是她坐的角度不对，又或者因为只穿了T恤和纸尿裤，但不知怎么，屎漏到了她的大腿上，又沾到她手上，顺着抹到了头发里。我深吸一口气，飞快地擦了擦手，把她从座椅里抱出来。她的小手乱挥，这下我的脸上、衬衫上、手腕上也沾了屎。接着，她吐在了我的头发上。她还在尖叫，而我开始哭起来。

达伦就是在如此场面下看到了我们。

“露西？”我听到他在门口大喊，“这是怎么了？薇奥莱特怎么在……？”接着他来到了厨房，“噢，”他说，“噢天哪。”

他把公文包扔在地上，脱下西装外套。“我来管这个小喷屎机，”他说，“你去冲个澡吧。”

我看着他，颤巍巍地吸了口气，“先脱衣服，”我说，“当心别沾到衣服上。还有她不只是个小喷屎机，她还是个呕吐机。”

“呵！”他说着依次解开衬衫扣子，把衬衫脱下来丢在外套上面。“你觉得这标题该怎么起？《一赤裸男子拯救爱妻于小脏娃之手》？”

我轻轻笑了一下。“不如叫《一赤裸男子体验妻子照顾小脏娃的日常》。”我建议道。

“真的吗？”他问，“这种事经常有？”他已经把衣服脱光了，只穿了条平角短裤，然后抱起了薇奥莱特。“呃，好恶心。”他一夹起她的胳肢窝立刻说道。

“嗯，六级的情况不太有，”我告诉他，“但五级就不少了。”

“你说什么？”他问，我们三个一起朝主浴室走去。主浴室里同时装了浴缸和淋浴间，我们把薇奥莱特的小塑料婴儿澡盆放在了这间大浴室里。刚到楼上，安妮就加入了我们的行军队伍，疑惑地汪汪大叫着。

达伦开始给薇奥莱特的澡盆放水，我脱下衣服冲澡，安妮蜷缩在洗手池前的小毯子上。在热水的雾气中，我跟达伦解释了“便便事件”等级制是怎么回事。趁这个机会，我也告诉他等产假一结束，我就想回去工作。我需要回去工作。从怀孕后期我们就一直在说这件事，但我迟迟没有正式做决定，因为一切看起来有太多变数，太多未知。然而，我也知道达伦希望我怎么做。

“我以为我们已经谈过这事了。”他说。

“我们是谈过。”我边说边飞快地往沾了呕吐物的头发上抹洗发水，“现在我们得再谈谈。”

“但我以为你已经认可了这一点：薇奥莱特跟你在一起比跟陌生人在一起更好。没人会像你这样照顾她。”

我向后把头伸进莲蓬头的水流里。“说真心的，”我说，“我认为你说得不对。而且这只是问题之一。我一直在想我爷爷以前常说的一句话：‘能者多劳’。他把这当成一种职责。如果你能够帮助一个人，如果你能够把一件事做好，如果你能让世界改变，那你就应该去做。而我可以。我有能力对世界做出贡献，而且我做出的贡献会比我每天待在家照顾薇奥莱特所做得更多。‘9·11’的那天，我就对自己发誓，我的生活要对世界有所回报。我想要这样做，我需要这样做。”

“可你难道就不喜欢在家陪薇奥莱特吗?”达伦问。我刚才的那番话他好像一个字都没听进去。

我深吸了一口气。“乐趣也是有的，”我说，“但我也喜欢做副制片人啊。我喜欢制作电视节目。过去这五年来我一直埋头苦干，我的工作做得很好。可我做不来现在这些事。”

“你只是还需要一点时间，”他说着把薇奥莱特的T恤和脏尿布扔进垃圾桶，“你不能把你的工作看得比你的女儿还重。”

我已经想踹东西了，或者大哭，或者两个一起来。我最后拧了一把头发，关掉了淋浴头。

“我当然不会这么想，”我把自己裹进一件毛巾浴袍里，“但是我也很看重自己的幸福啊。如果我待在家里，如果这就是我的生活，我会恨它的。我也会恨薇奥莱特，还有你。”

“她是不是尿了？”他说着把女儿放进婴儿澡盆。

“常有的事。”我答道，一边蹲下来接手。

“多少女人挤破头都没这样的机会。”达伦说，“你可以不用工作，我挣的钱够花。我有现在这份工作，可以让你不用上班。”

“不对，”我边说边往薇奥莱特的头发上抹洗发水，“你有现在这份工作是因为你热爱它。你热爱赚到钱和受尊重的感觉。你热爱做成交易时候的那种成就感。”

“我不只是因为这个——”达伦说。

我打断了他。“而且你喜欢这种挣钱养家的感觉，我知道。你喜欢可以这样照顾我们。我很感激，真的。但不要假装你工作是为了让我可以不工作。你工作是因为你喜欢工作带给你的感觉。就像我也喜欢我的工作带给我的感觉。”

达伦不说话了。当我抬头看他时，他好像在评估我，衡量我的价值。

“你会愿意放弃工作吗?”我问，“就这样天天在家陪着她，一天到头，独自一个人？我知道她很可爱，我们都爱她。但你会愿意这样吗?”

“我们的经济条件可不允许。”他说。我正用一块小鸭子形状的毛巾给薇奥莱特清洗后背。

“我问的不是这个。”

“你这个问题很可笑。”他说，“我们单靠你的收入根本活不下去。”

“你就假设，”我一字一句地从牙齿里说出来，“假设我们的经济可以维持。假设我们单靠我的收入就能过得让你很满意。你会愿意这样做吗?”

“我那么多同事的老婆都——”他又开口道。

“我不是你同事们的老婆。”我说，“我就是我。而且你还没有回答我的问题：你愿意辞掉工作天天在家带孩子吗？就从理论上来说?”薇奥莱特现在看起来干净了，于是我把她拎出浴盆。直到我用一条桃粉色、兜帽上带着兔子耳朵、后面还有棉球尾巴的浴巾把她裹起来，她才止住了哭。

“我设想中的日子不是这样的，”达伦说，“这不是我想要的生活。”

我直直地盯着他的脸，把女儿贴近自己怀里。我感到眼泪往上涌了出来，却无力阻止，“这也不是我想要的生活。”

他张开嘴，但看起来无言以对。

我没有再看达伦一眼，也一句话没有多说。我把薇奥莱特擦干，抱她去了她自己的房间，在那儿给她换上新尿布，再给她穿上有条纹的睡裤。“好点了吗?”我问她。她咧开嘴对我咯咯笑起来，我用一条口水巾擦了擦脸颊上的眼泪。

我听到达伦跟在身后进了房间。

“不,”他说，“我不会，我不愿意辞掉工作天天和她待在家里。”

我点点头，把嘴唇印在薇奥莱特的头发上，感受着她传到我胸膛的温暖。我从她身上汲取着力量，也是在为她而汲取力量。她需要的是一个自主独立的母亲，一个不畏惧追求梦想的母亲。我应该为薇奥莱特树立一个好榜样。“那你现在懂了吧?”我对达伦说。

他走上前，用手臂揽住我的肩膀。

“我很抱歉自己不是那些女人,”我说，“我跟你同事们的太太不一样。我很抱歉待在家里不会让我快乐。但我就是这样的人。我需要工作。”

“别这么说,”他说道，“你不需要为坚持自我而道歉。该道歉的人是我。”

我真想问问他，*为什么?* 我想确认，他的道歉并不只是为了息事宁人。然而我只是说：“没关系。”虽然回过头看，我发现他并不是真心道歉。他只是认为自己应该让步。

第二天我们开始着手找保姆。大约一个月后，我回去工作了。我在公司时确实很想薇奥莱特——事实上比我预料中还要想。但我那时很感激达伦，感谢我们能有选择的余地，可以在需要的时候雇人来帮我们；也很感激他到头来还是希望我快乐的。

53

在我的生命中，有一些片段是我能清晰描绘出来的。仿佛我能潜入回忆，一字不差地把它们重现出来。然而生命中也有大段的时间——日子一天天、一周周地过去——看起来和别的日子没什么区别。在我刚回去工作的那几个月里，薇奥莱特还是个小婴儿，那段日子就是一团模糊。我睡得很少，手头在策划两部新剧，天天在自己的办公室里挤奶水，尽力保证和薇奥莱特在一起的时间。我基本不上脸书，难得上一次也是为了发那些“五个月、六个月、七个月”的惯例照片。因此，我没有看到你和艾琳娜的照片。我没有看到你们的关系进展。若不是那么忙，我可能会注意到我们自从校友聚会后就没有再说过话。但我连想都没想到这件事。我又回到了没有你的状态，回到了你打电话来的那个婚礼早上之前的日子。

然后，就在我发布薇奥莱特的“八个月”照片，并且给茱莉亚的阿姆斯特丹之行点赞时，那个小小的爱心图标跃入了我的动态消息，我看到了。加布里尔·萨姆森已和艾琳娜·亚历山德罗夫订婚。底下是一张你们的照片，你拥着一个漂亮的女人，她有一头红褐色的头发，大大的淡褐色眼睛，笑容很灿烂。我的胃翻滚了起来。这不该影响到你啊。我对自己说。你已经结婚了，你都有一个孩子了，你已经一年多没见过他，而他四年多之前就已经不属于你了。然而我错了，这还是影响到了我。从这张照片中，我看到了我的“可能”。我看到了自己没选择的那条路上的风景。

接下来，我花了一个小时看你们的照片，看到你们两个去了克罗地亚度假。我从来没去过克罗地亚。接着你们又去了中国，站在长城顶上。然后是埃及，你和艾琳娜在跳舞，她穿着一条亮红色的雪纺肚皮舞裙，上面还坠着一枚枚银币。我惊讶于自己竟如此羡慕这样的生活。我也想去中国爬长城，我也想在埃及跳肚皮舞。

你又去巴格达驻扎了，而且看样子她也在那儿，她是《卫报》的记者。我点进《卫报》的主页，读了她写的每一篇报道。然后我在谷歌上搜她的名字，看了她的维基百科页面。接着我发现你也有维基词条。你们两个的主页是互相关联的，而且近期被人更新过，提及了你们的婚约。

我又搜了自己的名字。我没有维基页面，达伦也没有。这时薇奥莱特又哭了起来，于是我关掉电脑。但那天晚些时候我还是给你发了封简短邮件，写着：“恭喜你！”

你没有回信。

54

那年九月，我仍然处在“薇奥莱特后遗症”之中，但日子开始步入了正轨。薇奥莱特终于可以睡整觉了，我们一家人在八月的最后一周去西安普敦海滩租了一栋房子。

薇奥莱特喜欢泳池，所以我们给她抹上厚厚的一层防晒霜，就把她丢进了一个内置式小池子，上面自带一个顶棚，可以给她挡着太阳。我们就任她像个小浮标一样在里面晃晃悠悠，然后自己去游泳池里漂着。这感觉简直像身处一个小小天堂。

“你喜欢这个地方。”达伦后来说道。薇奥莱特还在水池里上下扑腾，我们两人坐在泳池浅水区的台阶上，各喝着一杯凉夏敦埃酒。

“你也喜欢这儿。”我把头靠在他的肩上说。

“是喜欢。”他说，“我们应该在这里买个房子。”

“以后吧，”我说，“现在对我来说，每年夏天过来租住个一两周就很完美了。”

他点点头。“以后会有的。这件事也在我的遗愿清单上，还记得吗？”

我已经不记得了。“当然，”我说，“我们最近对遗愿清单有点马虎。”

他摇摇头。“并没有啊，”他说，“我们今年当了父母。这条也在我们的清单上。”

我笑起来。“没错，”我说，“我收回。我们把遗愿清单执行得好极了。”

“说得对。”他说着吻了我，薇奥莱特溅了我们一身水。

那天早晨的地铁上，我正在想这些事——在西安普敦度过的那一周，游泳池，还有那种放松的感觉。接着我抬起头，看到对面的那个男人正拿着份《纽约时报》。朝着我的那一面写着：“巴基斯坦酒店废墟中发现更多遗体”。我的思绪立刻直指向了你。你在巴基斯坦吗？我上一次得知你是在巴格达，但你会不会已经调走了？或者正在伊斯兰堡做什么报道？你会不会就住在那家酒店？

我甚至无法正常呼吸，直到我进了公司，登上脸书，看见你发的美联社关于酒店事件的报道。你有认识的人在爆炸中丧生了，但你本人没事。你还在伊拉克。

“噢，谢天谢地。”我小声说道。接着，我往下拉你的页面，想看看你近况如何。一个小小的爱心破裂的图标跃入眼帘，你和艾琳娜分手了。我很想知道是怎么回事，而且说实话，我感到很难过。我希望你过得快乐。我考虑了一会儿要不要联系你，但最后还是没有。

我的生活还在继续，一天天、一周周、一月月过去了，但你在我脑海中出现的次数甚至比薇奥莱特出生前还要多。我的眼睛四处搜寻着你拍的照片，我想知道你近期会不会回纽约，如果你要回来，会不会让我知道。

55

有时候，稀松平常的日子会在你最意想不到的时刻变得极其意外。那是一月的一个周五，我在家办公，一边听着薇奥莱特跟保姆说话一边回复公司的邮件。薇奥莱特那时才十四个月大，只会说寥寥几个词语，但这并不妨碍她试着对我们解释宇宙的奥秘——至少，当她一连几分钟咿咿呀呀对我们发出意味不明的声调时，我和达伦就会这么想象。

玛利亚，我们的保姆，在用西班牙语作答——这是达伦的主意，说是为了让薇奥莱特在双语环境下成长。我认为她会说一门语言就足够了，但是达伦坚持，于是我妥协了。可我还是让玛利亚用英语给她读书，并且带她去本地图书馆参加音乐班、游戏小组和讲故事活动。这样才像是公平协议。忘了说了，薇奥莱特真正学会的也不外乎西班牙语的“你好”“再见”“劳驾”和“谢谢”这几个词，直到她开始看《爱探险的朵拉》。这就是电视的力量！别的孩子能看的剧很有限，但薇奥莱特看过我所有的电视剧，还看过一些友台节目。她是我的一个小小焦点受众，观察她会被哪些内容吸引注意，又会追着哪些节目看是件很有意思的事。当我发现《穿越时间的火箭》让她全神贯注的时候，心里暗暗激动了一番。另外，电视一放《纪尧姆》她就会离开屋子，这也让我窃喜。我讨厌死那部剧了。凯特赌咒发誓说那剧让维多利亚学会了尖叫。她也许说得没错。

正当我在电脑上敲字回复《一个星系的距离》下一季预算问题时，我的Gmail提示音响了，有一封你的来信：

嗨，露丝，

我知道我们有一阵子没联系了。其实不止一阵子，感觉就像过了一个世纪。但是我明天会途径纽约，然后去华盛顿看就职典礼。这种时刻当然不能错过了。你能相信吗，我们要有第一任非裔美国人总统了？我们这里的每个人都狂喜不已。我觉得奥巴马的大选对我们国家来说一定意义非凡——这会带领我们走向一个崭新的、更美好、更宽和的局面。总之，我很想见见你。你明天下午有空出来喝杯咖啡吗？

加布

我简直不敢相信。我没有立刻回复。事实上，我直到那天晚上才回你，在那之前，我先是无意中跟达伦提了你要来的事。

“你还跟那家伙有联系？”他问道，难掩惊讶之情。

我摇摇头。“我自从哥伦比亚校友聚会之后就没和他说过话了。是他突然给我发了邮件。”

达伦解开领子衣扣。“你能为我做件事吗？”他问。

我坐直了身子。他是要我别去见你吗？

“什么事？”我反问道。

“你能不能把薇奥莱特也带去？”

我呆坐了一会儿，有些说不出话。“你不相信我？”我问。

达伦深吸了一口气。“我相信你。”他说，“但我不相信他。我不知道他为什么要见你，我觉得你应该带上薇奥莱特。”

我点点头。我知道，如果我拒绝，将会向达伦传递一个我不愿意传递的信息。“当然了，”我说，“我会带上薇奥莱特的。但我觉得他只是一个老朋友，想要叙叙旧而已。”

那天晚上，我给你写了回信：

> 真高兴收到你的消息。明天下午三点在布鲁克林高地如何？蒙塔克街上有一家星巴克。
>
> 我没有提薇奥莱特。

你很快回复了：听起来不错。

我们就这么决定了。

第二天，我给薇奥莱特套上小牛仔裤、小雪地靴，再穿上一件有粉色爱心贴花的灰毛衣，还在她的头发上系了个粉色的蝴蝶结。我自己也穿了一身母女装，只是毛衣是棕色的，上面没有贴花，头上也没有系蝴蝶结。

达伦还在健身房。我给自己和薇奥莱特拉上冬外套的拉链，出了门。

我透过星巴克的玻璃门向里张望，看到你坐在桌前，低着头，正在黑莓手机上看什么。达伦和我刚刚换了 iPhone，但不知怎么，我觉得你坚持用黑莓是情理之中的事。我把婴儿车停在外面，把薇奥莱特抱在腰间，然后推开门。你抬起了头。

“嗨，露西。”你说，“嗨，这是……”

“薇奥莱特。”我介绍道，“薇奥莱特，这是妈妈的朋友加布。加布，这是我女儿。”

“嗨嗨。”薇奥莱特说。这是她的习惯用语之一，她总是爱说叠字，我和达伦都弄不清原因。

“她和你好像。”你说着站起身来，“哇噢。”

你那时心里是怎么想的呢？我总是好奇。薇奥莱特长得像我而不像达伦，这会不会让她显得更加……让人眼前一亮？可以忍受？讨人喜欢？

薇奥莱特一定感受到了某种她喜欢的气息，因为她伸出了两条小胳膊，你把她抱了过去。“嗨嗨。”她一边说一边拍着你的两颊。

“嗨嗨。”你也这么回应她。

接着你用另一条手臂拥抱了我。“好久不见，真高兴你来了。”

我重新接过薇奥莱特，我们面对面坐了下来。

我在桌上放了几本绘本和一些积木，薇奥莱特开始摆弄起来。

“我看到你订婚了，”我说，“在脸书上。”

我不知道我们能聊多久，而我想弄清楚发生了什么事。因为达伦说得对，事隔那么久，我们并没有明确的见面动机。

你笑了。“你真是开门见山。”

我耸了耸肩，把薇奥莱特拍在地上的书捡起来。

“你想知道怎么回事。”你说。

“前提是你想告诉我。”我答道。

于是你告诉了我，艾琳娜得到一个在华盛顿工作的机会，而你们两人都意识到自己的事业比感情更重要。她想去华盛顿，你想待在海外，而你们谁都不肯退一步陪着对方。我不禁想起了我们，想起了你是如何因为同样的原因离开我的。

“明明两个人都很好，却无缘在一起。”你说。

我想你是不是也这么说过我。

“对不起。”我答道。

“对不起——”薇奥莱特抬起头来，有样学样。这也是她的常用语之一。

你笑了。“你是不是克隆了一个自己?”你问道，“做了个副本？她真棒。”

“你棒不棒?”我问薇奥莱特。

她笑着拍起了小手。

“你很快乐。”你对我说，“和达伦，和薇奥莱特在一起，你很快乐。”

“是的。”我说。那是实话。

“我很高兴我们之中有一个是快乐的。”你的语气里没有讽刺或者恶意，只是有些伤感。

“当时是你要走的。”我提醒你。

“我知道。”你说，“我对当时的选择想过很多。我为什么会这么选，如果我没选那条路，生活会是什么样子。”

你陷入了沉思，好像正在掂量、评判着自己的生活。

“如果当初留下来的话，”我壮着胆子问了一句，“你觉得自己会更开心一点吗？”

你叹了口气。“我不知道，”你说，“有时候，我觉得如果我从来没试过摄影这条路，应该会过得更开心。我确实为我的追求而自豪，为自己有所作为而自豪。但这条路真的好难，让我付出了好多代价。但是……我说不清。也许我本来就不是那种会真正开心的人。也许我并不是自己希望成为的那种人。”

“妈妈！”薇奥莱特喊。

“薇奥莱特！”我答应她，于是她又回到面前的一堆玩具里去。

“我想要的东西总是互相矛盾的。”你的目光落在我女儿身上，看着她翻书页，“我不知道它们到底有没有可能共存。”

“你只是眼下过得不太顺，”我说，“你会找到答案的。”

“目前为止还没有。”你盯着自己的咖啡杯说道，“而且我好怀念我们那时候，你，我们拥有的一切。”你抬起头来看着我，“每次我在飞机上找到你的节目，都会打开看。每次我感到害怕时，都会梦见你。每次我难过时，都希望自己没有离开你。”

我的心跳微微加速了。“别这么说。”我抓紧了薇奥莱特。

你用手指捋过头发。“对不起，”你说，“忘掉我的话吧。”

我把薇奥莱特转过来，好抱起她。“你看，”我说，“很高兴见到你，加布，但我和薇奥莱特该走了。”

你点点头。

“我希望你能找到自己追寻的一切。”

“谢谢。”你的声音有点沙哑，“我也是。”

“说‘再见’，薇奥莱特。”我教女儿。

“再见。”她说着又对你伸出了手。

你抱了抱她。然后你看着我，显然也想拥抱我。但最后，你只是低下头走远了。我给我们两人拉上外套拉链，系紧薇奥莱特的兜帽。虽然天气阴沉沉的，我还是从妈妈包里翻出了墨镜。我不想让任何人看见眼里的泪水，就像你也不想让我看到你眼中的泪。

56

那年夏天，我和达伦许久以来又穿上了正装，去参加加文的婚礼。薇奥莱特出生后我们就没怎么见过他，我对他的未婚妻更是一无所知。

当我穿着一条深 V 领的海军蓝裙子走进客厅时，达伦吹了声口哨。“辣妈。”他说。

我笑了笑，“走吧，帅哥。”

这次达伦是伴郎，所以我们要提前到达婚礼会场。一进门，加文就迎上来。“我终于也有自己的纸娃娃了。”他笑道。

我已经好几年没想起这回事了，我们第一次见面的时候，加文就管我叫“达伦的纸娃娃”。“所以这到底是什么意思?”我问。

“这不重要。”达伦说。接着他转向加文，“你要我做些什么，哥们?”

两个大男人走了，于是我朝其他伴郎的一堆太太和女友们走去，她们都站在香槟杯的托盘边。这一步考虑得非常周到，不愧是加文的风格。

后来，婚礼开始后，我在吧台前发现加文就在旁边，我们都喝了不少，婚礼上的每个人都喝了挺多。

“所以说真的，”我问，“纸娃娃到底是什么意思?”

他大笑起来，“我要是告诉你，达伦一定会杀了我的。其实那年夏天他列了张找女朋友的条件表。你的每一项条件都符合：深褐色的头发；常春藤学校毕业；家住布鲁克林区；身高 5.2 到 5.5 英尺[1]之间；在东海岸长大；身体好。其他的我不记得了，但总而言之，你通过了书面考核，所以我们叫你——”

“纸娃娃。”我替他说完。

“正确!”加文说着，拿他的尊尼获加威士忌跟我的伏特加马提尼碰了碰杯，然后喝了一小口。

列这么一张表确实像是达伦会做的事，这没什么可惊讶的，但还是显得他对我的爱少了几分真诚，多了几分算计。我感觉自己被简化成了一串条件，我不喜欢这种感觉。

达伦走了过来。“听说我通过了书面考核，”我对他说，“幸好我没再多长一英尺，不然就要被淘汰了。”

他大笑起来。“你永远不会知道自己想要什么，除非先弄明白自己在寻找什么。”他和其他伴郎们喝了些野格酒，这让他比平时放肆了一些，嗓门也更大了，“那年夏天我要找的人就是你。”

“或者另外某个和我差不多的人。”我答道。我也失去了一些平日的分寸。

“别说了，我要的就是你。”他的一条手臂滑向我的腰间，把我搂过去，“那张清单只是帮我把注意力放在配得上的女人

---

1 约 1.57 米～1.68 米。

身上。”

“配得上的女人？”我重复道。

“好啦，”他说着，又把加文递过来的一小杯酒一饮而尽，“我们去跳舞。”

我任由他把我带到舞池。我们俩一开始扭动——我们的舞姿都令人发指——两人立刻一起哈哈大笑起来，他的女友条件列表从我脑中散去了。但最近，我一直在想着那张列表。如果当时我也列出一张表来，恐怕你和达伦谁都没法把全部条件都勾上。而达伦要是现在再列一张表，我恐怕也不再会是他的纸娃娃了。

57

我曾经读到文章说，纽约人庆祝生日比全世界任何地方的人都要讲究。对此我既没有数据支撑，也没有研究可供引用——若是工作上有人发表这种观点，我肯定会要求对方出示这些论据。但是单从那些身边轶事来看，我倒不反对这种说法。

在我三十岁生日时，达伦请我和凯特、茱莉亚去做了布利斯水疗，又为我们两人订了一周的澳大利亚之旅。

“这件事也在你的遗愿清单上！”他说。

至少这次他先问了我的意见。我和达伦在遗愿清单的事上相当有执行力。他甚至在几个月前去迈阿密参加单身派对时真骑了一次赛格威平衡车，完成了清单上的第一件事。“可是薇奥莱特怎么办？”我问。她那时将近两岁半，虽然我们也把她留在各自父母家过过周末，但离开的时间从没有更久，距离范围也没有超出过加利福尼亚。

“我想，给薇奥莱特放个长假应该没问题。”他说。

薇奥莱特正在地板上，挨着安妮，手里握着一支婴儿蜡笔。她喜欢这些东西——可以涂涂画画一连好几个小时。我说得一点都不夸张。

“嘿，小薇。”他说。

“嘿，爸爸。”她答道。

“我有个好消息：你可以跟外公外婆一起住一整个礼拜，我和妈妈要去旅游啦！”

“外公！”薇奥莱特的眼睛瞪大了，“好的，我要去。”她说，接着又埋头涂起了颜色。

“我看她没问题的。”达伦说。

于是我们出发了。先乘飞机从纽约到旧金山，然后从旧金山到夏威夷，夏威夷到斐济，斐济到悉尼。我不喜欢坐飞机，我们说过这事吗？逼仄的机舱、循环的空气，还有被禁锢在舱内无法离开的感觉——只要长时间想着这些，我就紧张得要命。所以达伦提出我们可以分一段段短程飞行，这样我飞的时候，恐慌的时间就会短一些。我认为这个主意着实不错，因为每次我开始感到飞得太久、太压抑时，就马上可以着陆了。从那以后我每次都尽量采取这种飞行策略，虽然这次我直接从纽约飞来了特拉维夫。

这是赶过来的最快方式。

总之，我们在我生日的前一天到达了目的地，一辆豪华轿车在机场接我们，带我们去了四季酒店。

“我订了间套房。”我们在车后座放松的时候，达伦告诉我。

“你也太夸张了。”我说。

他耸耸肩。“我们自从蜜月之后就再也没去过什么好玩的地方。谁知道下一次机会要等到什么时候呢？”

我们到了房间，连上 wifi 后我就给父母打了个电话。“薇奥莱特挺好的。”妈妈说，“杰森和凡妮莎也带着他们家三胞胎来了。她正在你小时候玩的秋千上不肯下来呢。”

我也不确定这个时候跟她说话是好还是坏，既然她玩得正开心，我决定还是晚点再打过去。

“快来看!”达伦在卧室里喊。

“我过一会儿再打来，妈妈。”我说，“替我多亲薇奥莱特一个。”

“没问题。”妈妈说。

我走进卧室。化妆台上摆着蘸了巧克力的草莓和香槟。床上有只盒子，里面放着十几支细长的玫瑰。

“你跟他们说了什么?”我问达伦。

“就说我们要庆祝一下。”他说，“让他们把最好的都拿来。”

接着他吻了我，我软倒在他的臂膀里。和他在一起，感觉就像在一整天漫长的工作后踢掉高跟鞋。自然、放空、轻松。

“我爱你。”我对他说，他的手正滑进我的衬衫底下，解开我的胸罩。

午夜时分，我在一阵恐慌中醒来，感觉自己好像忘了什么事。我在脑海中理了一遍清单：手机充电器和电源适配器都打包带上了；胸罩、内裤和袜子也带了；化妆品；香体露；运动鞋。我给妈妈打过电话了，也跟薇奥莱特说过了话。这时，我意识到自己忘了什么。我把达伦推醒。

“我忘带避孕药了。”等他清醒过来能听到我说话时，我小声告诉他。

“那是好事啊，”他嘟囔了一句，“现在要第二个正好。”

说完他又睡了过去，但我没有。我一整晚都盯着天花板，心想如果我要达伦戴避孕套，他会有多不高兴。

答案是：非常。

利亚姆就是在澳大利亚怀上的。

58

我从怀孕中发现最有趣的事之一是：没有谁的体验是一成不变的。身体的症状可能一天一个变化。我之前还总听说，同一个女人在怀不同孩子的时候，症状也会不同，我当时觉得这特别荒谬。难道身体每次的反应不是一样的吗？但他们说的是真的。我每次怀孕时都会有微妙的差别——当然疲惫和恶心总是逃不掉的。但怀利亚姆的时候，我一边疲惫万分，一边却还在失眠。这样的结果就是达伦已经准备上床睡觉了，我却还一个人在客厅看《每日秀》。这也就是为什么我会看到你。插播完广告后，乔恩·斯图尔特出场说道："欢迎回来。今晚的嘉宾是一位美联社的摄影师，他刚刚出版他的第一本书《窥视》——一本讲述阿拉伯之春的图片叙事书。大家欢迎，加布里尔·萨姆森。"

于是，在我把你丢在蒙塔克那间星巴克的一年之后，你就在那儿，在我的卧室里。当乔恩·斯图尔特展示着你书中的内页，当你谈论着你的见闻，我忍不住感到一丝骄傲。你为自己的工作赢得了相当大的肯定——你获了奖，看样子还不少——通过别人对你的提问来看，你的书反响也相当热烈。显然下个周末的《纽约时报》上会刊登你的书评，你还接到了一些博物馆和画廊的邀请，希望展出你的摄影作品。

“看样子各地人民都很欢迎你呀，从伦敦到纽约，再到奥马哈，内布拉斯加。”乔恩·斯图尔特说，“我建议你去奥马哈，那儿的牛排好吃。”

你大笑起来，接着说：“虽然我也爱吃上好的牛排，但我考虑最多的还是在纽约办展览，这座城市对我的意义很重要。”

“纽约人的名声可不怎么样，”乔恩打趣道，“不过其实我们都是好人。而且说到底，不管什么时候让我选，我都觉得纽约的披萨比奥马哈的牛排强。”

“没错。”你说，“纽约的女人也一样。”

访谈环节就此结束了，但我仍然盯着电视屏幕。你看起来好极了，你看起来很快乐。我为你感到高兴。但我忍不住想，你提到“纽约的女人”时是在指谁？你是在说我吗？还是别人？或者只是在电视上抖个机灵？我努力把这些想法赶出脑海，但当你凌晨三点躺在床上瞪着天花板时，这真的很难做到。

59

孕期失眠已经很糟了，但更惨的是利亚姆从出生直到四个月大时，就从没睡过四个小时以上的整觉。我就如同一具行尸走肉。而要让他乖乖睡着，就必须给他喂奶，这就意味着我比平时有了更多的时间在手机上看新闻。

5 月 2 日的晚上九点四十五分，我正在给利亚姆喂奶，这时来了一条提示，说总统将在晚间发表全国演说。

“你觉得是什么事?”我问利亚姆。他唯一的回应就是继续嘬我的乳头。

十一点，我把利亚姆放回他的小床上，正从铺天盖地的新闻里挑文章看。十一点三十五分，我在客厅里，听着奥巴马总统说：晚上好。今晚，我可以向美国人民，向全世界人民宣布：美利坚执行了一项刺杀本·拉登的行动，本·拉登是基地组织的首脑，是一名恐怖分子，他要为上千名无辜男人、女人和孩子的遇害负责。

接着我打开推特，看到你发的照片——那些都是从你的同事那儿转发来的——白宫门前的人们正欢呼雀跃。我对本·拉登的死并没有感到多高兴，但松了一口气。我感到一种圆满，仿佛他的死终于为2001年遗留下来的拼图拼上了最后一块。我相信你也有这种感觉。那天晚上你自己写了一条推特：今天的世界成为一个比昨天更好的所在。#海神之矛行动#[1]

我看着你刷新更多的照片，更多的文章链接，还有来自政客和记者们的简讯。

我打开私信窗口，给你发了条消息。我真不敢相信。我写道。

我知道。你回复我。我感到世界的轴心都转移了。

我也有同感。

1 海神之矛行动（Operation Neptune Spear）：即刺杀本·拉登的行动代号。

60

两个月之后，我工作时接到了茱莉亚的电话。自从她离开电视行业转投图书出版之后，我们见面的次数就少了，但还是尽量保持联系，至少两个月碰一次头。而且我们还是会经常打电话。但她的生活已经与我大大不同了，她仍旧单身，仍旧不时出去约会，仍旧享受着纽约这座城市能给予的一些东西。而我已经好些年不这样了。

“你看了今天的《纽约生活志》吗?”她问。

“唉，小茱，”我说，“我都不记得我上次见着《纽约生活志》是什么时候了。”

我把椅子转了个方向，朝办公室的窗外看去。我搬进那间带窗子的办公室快一年了，总是乐此不疲地看着对面的大楼以及脚下的车流。

“你今天一定得来一份，”她说，“上面有一篇加布的文章——你那个前男友加布。他在切尔西的约瑟夫·兰蒂斯画廊办了场摄影展。我还没来得及看他们的评论采访，但标题和引文都非常好。”

我看着一辆出租车停下来，接上了两个乘客——一对带着行李箱的年迈夫妇。

“露西?”茱莉亚问道。

我在努力弄清楚自己想怎么做。

“你想去吗?”我最后问,“今天午饭时间?在那里碰头?”

“正好今天早上我的一个中午行程取消了,”茱莉亚说,“十二点半?”

我看了看自己的会议日程表。“一点行吗?”

“就一点。”

我们在画廊碰头。虽然一周才刚过一半,但现场远不止我们两个。鉴于你的书大卖,再加上《纽约生活志》对这场展出的评价,不少人都慕名而来。《光》,墙上印着一行字,加布里尔·萨姆森摄影回顾展。

我和茱莉亚在一幅幅照片之间漫步。前面有一群闲逛的阔太太,后面是几个纽约大学的学生。展览开头是一些阿拉伯之春的影像,其中有些乔恩·斯图尔特在节目上展示过,它们都来自你的书里。这些照片相当有吸引力,跟你其他的照片一样——可以让观众第一眼就被吸引过去,它们就像史蒂夫·麦凯瑞的作品,一如你当年的梦想。

“真是满满的希望啊,”前面的阔太太们几乎每看到一幅照片都要说一句,“看看他们眼睛里的希望。”

到后来,茱莉亚一路跟在后面用口型学她们说话,一边翻着白眼。

但尽管她白眼翻个没完,却也在说:“这些照片真震撼。”它们确实相当震撼。你捕捉的人物感情、你的人物构图、照片中的一切都仿佛浸透了色彩、感情和决心。

“我听说这小子可不省事，”一个纽约大学的孩子说，“他为了拍到这些照片，敢爬到碎瓦砾堆上，还躺在臭水沟和屎堆里。我听说他有一次在伊拉克挨了揍，就因为乱拍人家的老婆。”

听到这些话，我才意识到自己从未了解过你在伊拉克挨打的原因。我只知道你挨了打，只记得你事后给我打了电话。我当时是不是应该多问几句？你是不是因为这个原因，才一直没从亚利桑那打电话给我？

逛展的过程中，我注意到这些照片都是按时间倒序摆放的。你真的能够从中看出希望和决心的递增——早期的照片甚至比后来的更有张力。接着，墙上的说明写道，我们正回溯到过去的时间，在阿拉伯之春前，在你书中的照片之前，然后我们看到了阿富汗、巴基斯坦、伊拉克的照片。我没有看过展览的评价，但一直以为这次展出的只是《窥视》中的照片。能够看到其他国家之间的对比还是很有趣的。接着，我向右走了一步，看到自己在纽约认出的那张照片——那个窗户栏杆后面的小女孩，就是她启发了《一个星系的距离》中有关梦想的那一集。接着，我转过拐角，迎面而来的是一整面墙的我自己。

“哇。”茱莉亚晚一步转过拐角，说了一声。

那是我，二十四岁，仰着头大笑着，手里拿着一杯喝的；我在沙发上，微笑着，正向你伸出双臂；我在厨房，一脸开心的样子，手里端着一盘华夫饼；接着是我二十三岁，跌跌撞撞穿着双高跟鞋，我的头发披散下来，摆到了身体的一侧。展览上的最后一幅影像是我也从没见过的：我，在沙发上睡着了，一只手还搭在笔记本电脑上，另一只手里捏着一叠剧本。

墙上印着字：一个内心充满了光的女人，让她所触碰的一切都明亮了。露西，露丝，露兹，光。

我们走到展览的尽头，柜台上有一摞书，旁边的一张小纸片上写着：作者签名本。我停下脚步。

“你还好吧？”茱莉亚说，“我……”

“我不知道，”我说，“我觉得不太好。”

我甚至说不出自己内心是什么感受。你到底在想什么呢，把我的照片挂了一整墙，却没有告诉我？

“我去买本书。”我指着那一摞书说到。

负责收款的女人一直盯着我。接着她看了看我信用卡上的名字。

“就是你啊，”她说，“露西。”

我点点头。“就是我。”

她看起来还想说点什么，但最后只是把收据给我签字，然后从柜头上递过来一本书。

当我把收据还给她时，她说：“他非常有才华。”

“我知道。”我说，“他一直都很有才华。”

我回到办公室，把你的书放进书桌抽屉里。我的脑子里仍然翻江倒海，没法集中精力做任何事。于是我打开邮件，给你写了封信：

嗨，加布，

我今天去兰蒂斯画廊看了你的展览。我不知该说什么好。这种致敬方式很可爱，但我还是希望你能事先问我一下。或者至少告诉我一声。毕竟，转个弯就看到自己被挂在墙上还是有点吓人的。

露西

你的回复很快就来了。

露西！

我知道应该事先征求你同意的，但我害怕你会拒绝。而这场展览若是没有了你，就不完整了。我是在拍你的时候学会了如何去捕捉灵魂的光芒。你是我的缪斯女神，是我所有这些照片的灵感源泉。

很高兴你来看了展出。

加布

我后来没有再回信。和你保持联系感觉太危险了。而且我仍旧没能解开感情的结，没能揭穿当我看到墙上的自己时，心中的真实感受。

我在下班回家的路上看了《纽约生活志》的访谈。采访者问到了我。你说得不多，但你说我是你的缪斯女神，你的光。这些话被白纸黑字印了出来。你这样真是太放肆了，加布。所以……我说不清。是该用“自私”来形容吗？你有没有想过达伦会是什么反应？这对我又意味着什么？你应该没想过吧，我几乎可以肯定你没想过。我知道你想以真实面目对待自己的艺术，想用最忠实的方式去捕捉你世界中的一幕幕，或许也是想向我传达一个信息。我不知道。但是，天啊，你把我推到了一个尴尬境地，因为我很清楚自己必须告诉达伦，趁他还没从别人那儿听说。而且我知道，他听了不会高兴的。

我一直等到吃过晚饭，孩子们都上床睡了，连安妮也遛过喂过了。

"想喝一杯吗?"我问他。

"星期三晚上就喝酒。"他说，"你看看你!"

我对他苦笑了一下。

"工作那么累?"他问道，"行，给我也来一杯。"

我们在蜜月旅行时发现了拉克酒这种东西，都大为喜爱。我给两人都倒了一些，这是一个微妙的提示：我们是夫妻，是一体的，是有婚姻的。我想他也许需要这样的提示。

"那么，你又在为哪部剧犯愁了?"我把玻璃杯递给他然后坐在沙发上时，他问道。

那时他已经接受了我的工作。我在怀了利亚姆之后曾明确表示，就算带着两个孩子，我也是绝不会待在家的。从那时起，他终于开始问我工作上的事了。还有几次，我们经过商店，看到橱窗里《穿越时间的火箭》周边餐盒，或者在公交站看到《闪耀!》的海报——那是我制作的一部女孩向的电视剧，也是给自己有了女儿的致敬——我可以从他的笑容中察觉出一丝骄傲，这让我也露出了笑容。

我没有立刻回答他，而是说："我今天中午跟茱莉亚去看了个摄影展。"

“哦，是吗?”他抬起头来看着我，我确定他正在揣度我接下来要说什么，“她最近怎么样?”

“挺好的。”我小心翼翼地说，“那场展览是加布的，我的前男友，是他办的。茱莉亚今早在《纽约生活志》上看到了，所以我们就去看了看。”

达伦的身体绷直了。“我明白了。”他说。

我从咖啡桌上拿起杂志，摊开来递给他，“上面有我的照片，达伦。我发誓我先前不知道。”

“还真是啊。”他快速阅读着上面的字。

“是的，”我说，“我很意外，我……”我感到内疚，好像自己应该道歉，好像自己做错了什么。但我什么都没做，那是你的错，加布。

达伦从你的访谈文章中抬起头来，看起来大受打击。他的脸都白了。“你是在用这种方式告诉我你和他——”

“不是的!”我说，“我没有！我们之间什么都没发生。自从上次带着薇奥莱特跟他喝了次咖啡后我就再也没见过他。那时都还没有利亚姆。后来本·拉登死的那天晚上，我跟他在推特聊了两句。仅此而已了！真的，我发誓。”

达伦的脸上又恢复了血色。“你真的没见过他，他也是真的没告诉过你。”

“我用我们两个孩子的生命发誓。”我说。

然后达伦开始愤怒了。他把杂志揉成一团。

“这个混蛋，这个嚣张的混蛋。我们打电话给画廊吧。我们可以让他们把照片撤下来。”

“没关系的。”我说，“我们没必要这样，犯不着去挑起事端。”那一刻我的内心很矛盾。虽然对你也很生气，但我并不希望展览被叫停。我内心的一角其实是愿意自己被摆在那儿的，那让我感到自己很独特，是被选中的，是重要的。

他深吸了一口气。“你说得对。是我欠考虑了。我们没必要把事情搞得更大。”

我喝了一小口拉克酒，达伦也是。然后他一口干尽了，我也照做，心里庆幸事态没有恶化。我也不知道自己原以为会发生什么，以为他会怎么做，但现在这样就很好了。达伦和我都很好。

他摇晃着杯子里的冰块。“明天晚上我们下班以后出去吃饭吧。”他说，“我去订个好点的地方。然后我们一起去看看那展览。如果哪家画廊里挂着我老婆的照片，我当然也想去看看。”

我点点头。“当然了，”我说，“都听你的。”

第二天早上，我穿了一条黑色的紧身裙和一双高跟鞋去上班。我知道达伦喜欢我穿这身。有一次我穿着它去参加晚宴，喝了两杯红酒之后，他对我耳语道：“我的老婆是全场最惹火的人。”

我们如约吃了一顿大餐，之后便打车直接去了画廊。进门后，我挪到了人群队伍的最末，这样可以一个一个国家看过来，跟随着你的希望与光明之旅，追溯往昔的时间。但是达伦抓着我的手问：“你的在哪儿？”

“最后面。”我答道，指着画廊另一头的角落。

达伦拽着我穿过人群——那天晚上的人可真不少，远远超过了我和茱莉亚去时的人数——最后我们转过了拐角。接着他站住了，松开手，让我的手滑落下来。他目不转睛地看着，一言不发。

我看着墙上的自己。我正努力站在那个人的立场上想问题。那个人自认为比世界上任何人都更懂我，他看到的是一个截然不同的我。他眼中的是遇到达伦之前的露西，一个爱着别人的露西，一个分享着别人的秘密和梦想的露西，而这个露西正启发着那些梦想。我觉得我从没有启发过达伦什么。这对他来说一定不是件容易的事——透过你的眼睛来看我。

我朝他走近了一步，但他没有向我伸出手来。

当他终于移开目光时，我能看到他眼中闪烁的怒火，还有嫉妒和受伤。

那天晚上我们第一次，也是唯一一次因为你的事吵了起来。达伦要我发誓永远不再和你联系，而我虽然理解他的感受，却不肯答应他。最后，我那总是条理分明、运筹帷幄的达伦终于回心转意，收回了他的要求。但那是我见过他最缺乏安全感、最脆弱的一次。

“你爱我吗?”他问。

“我爱你。”我告诉他，“我爱。”

接着他的声音沙哑了。“你爱他吗?”

“不，”我说，“我只爱你。”那时我说的是实话，或者我以为那是实话。我向他保证，我对他的爱比曾经对你的更多，我跟他已经组建了一个家庭，你根本比不了。最后，他终于跟我和好如初。我们做了爱。我们在彼此的臂膀中睡去。

从那之后，我强迫自己把你赶出脑海。我专注感受着被你置于这种境地的愤怒，我还在因为你没有事先征求我同意而生气。我这样做是为了达伦，为了薇奥莱特和利亚姆，为了我们的家庭。但我就是没法对你继续生气。因为一想到你把我放进你的回顾展里，我是真心感到喜悦。我对你、对你的工作意义如此重要，这都让我喜悦。在这种复杂的情绪中，有小小一部分的我沉醉于你给我的“缪斯女神”的称呼。

61

有时候，生活貌似在缓缓前行，以冰川般的速度一天天向前移动，直到发生了一些事让你停下脚步去关注，这才发现，大把时间已经在你不经意间悄然流逝了。一次纪念日，一次生日，一次假期。2011 年 9 月 11 日那天，薇奥莱特已经快四岁了，利亚姆刚满八个月。我已经成为一名制片人，手头有四部儿童节目在制作中，同时还在策划另外两部新剧。我和达伦的婚姻已经快步入第五个年头，你离开纽约也超过了七年。而那场改变了你我的成年生活、导致我们两人的生命旅途不断交错离合的恐怖袭击，已经过去了整整十年。

薇奥莱特的幼儿园把 9 月 11 日定为了英雄日。他们在普罗斯佩克特公园组织了一场活动，教孩子们认识消防员、警察和救护员。从那之后，薇奥莱特每次见到消防车、警车或者救护车，都会停下来大喊："冲啊，英雄们，冲啊！冲啊，英雄们，冲啊！"她到现在都还会这样，利亚姆也是。这总是让我笑起来。

全城都在举行纪念活动。圣帕特里克大教堂和三一教堂都举行了祷告仪式，纽约历史协会举办了一场摄影展。两道蓝色的灯光从世贸大厦遗址打上来，照得甚至比双子塔本身还要高，从几英里之外都能看到。这时你打了电话来。其实那时我正在想要不要打给你，即使知道自己不应该这样。

我知道你一定还记得。

你那时人在喀布尔。“我一整天都在想你。”你在电话里说。

“我也是。”我坦白，一边钻进薇奥莱特的卧室，关上房门。

“我不知道你会不会接电话。”你说。

我回想起过去你每次主动联系我的光景。“我有哪次不接的吗?”我问。

“没有。”你温柔地说。

我在薇奥莱特的床上坐下，跟你说了英雄日的事，还有纽约发生的一切。你说你真希望自己也在这儿。

“我总觉得你应该在这儿。”我说，“总觉得我们应该爬到维也纳楼的屋顶上，好好看一看这座城市。”

“我也希望能这样。”

接着，我们谁都不知再说什么，但又都不想挂电话。我们就这么静静地坐着，把听筒贴在耳朵上。

“就想象我们现在在那儿吧。”我说。

“那里没有滚滚浓烟，只有美丽的天际线。”你说。

我闭上眼睛。“还有鸟儿，还有蓝色的一望无际的天空，人们在街上来来往往。”我补充道，“楼下的游乐园里飘上来孩子们的笑声。没有人担心自己下一次呼吸会是生命中最后一口气。”

“还有什么呢?”你问。

“帝国大厦，”我说，“我们也看得见。”

“傲然屹立着。”你说。

“对，傲然屹立着。”我睁开了眼睛。

“我喜欢这样。”你说，“谢谢你，露西。”

“不用谢。”我答道，虽然并不确定你究竟想谢我什么。

“我要去睡了，这里已经是半夜了。”你打着呵欠说。

“好的，”我说，“晚安，睡个好觉。”

你又打了个呵欠。“我很高兴你接电话了。”你说。

“我很高兴你打来了。”我答道。

然后我们挂了电话，接着我才意识到，在那一天能跟你聊聊，对我来说有多么重要。否则的话，我会感到多么失落。

你是不是也有同感呢?

62

有时候，一些词语、短语，或者人名好像会钻进我的脑袋，让我感觉走到哪儿都能听到它们。我不知道这些词是真的无处不在，还是因为我高度关注着它们，才会更多地注意到。

那次你打电话来之后，“喀布尔”就成了这些词语之一。“阿富汗”成了其中之二。

三天后，我在国家公共电台上听到了这两个词：美国驻喀布尔大使馆发生了爆炸。我的意识直接指向了你。我没来得及思考就先抓起了手机。

“你还好吧?”我发出了消息。

我盯着屏幕，直到上面显示出三个点，意味着你正在输入。

“我还活着，没受伤。我不在现场，但是我的朋友们在。”你写道。

接着又是几个点。

“我不好。”

我不知道该说什么，所以我什么都没说。

我很抱歉。

63

我时常想，在我们的一生中，都是怎样建立人脉的。也许这里的“人”应该是大写，是指发生紧急情况时，我们会求助的那些人——那些在我们心中占有一席之地的人。幸运的话，我们的父母会是头号人选。接着是我们的兄弟姐妹；童年好友；配偶。

也许因为你总是漂泊不定，又或者只是性格使然，你似乎并没有像我们这样建立人际关系。你妈妈算一个。我从脸书上的照片里看出你经常去看她。我猜我也算一个。但从另一方面来看，你也有一张熟人和朋友组成的人际关系网，比如你的大学室友，你会时不时去见见他们，但好像并没有放心依赖他们。至少我们在一起的日子里没有，我猜我们分手之后也没有，因为那次你打给了我。

那是一个周六的下午，你的号码突然出现在我的手机屏幕上。我正在柯萨奇公园推着薇奥莱特荡秋千。其实那公园不叫这名字，只是前一年的夏天，有一个叫薇薇安娜的女人，她的儿子马特奥和另外四个孩子在公园游乐场玩耍后感染了柯萨奇病毒并且病倒了，从那之后，这个女人就开始管这儿叫“柯萨奇公园”。病毒在孩子们之间传染，消息也在街坊父母之间流传。好几个月里，那个公园都无人光顾。但按照常识，一个冬天之后病毒肯定都死光了，所以那一天，我也不是唯一一个蹲在秋千架旁的家长。

达伦带着利亚姆去了父子游泳课。

我用力推了薇奥莱特一把，然后点击了手机上的绿色接听键。对面传来你的啜泣声。我看着薇奥莱特朝我荡回来，于是又推了她一把。

“加布？”我说，“怎么啦？你受伤了？你在哪儿？”

你深吸了一口气。“肯尼迪机场。”你说，“我妈妈走了，露西。她过世了。”

接着我听到你的抽泣和呜咽声。我的心揪成了一团，就像听到薇奥莱特、利亚姆或者达伦哭，还有听到杰森哭时一样。

“你在哪个航站楼？”我问，“你可以停多久？”

“美联航，”等终于说得出话时，你答道，“我要等四个小时再转机。”

“我过去，”我说，“四十分钟后到。”

我挂掉电话，把薇奥莱特的秋千停稳，整个人进入了工作时的危机应对模式。立即行动，迅速制定计划，改善情况。至少人要到场。

“不玩了吗？”薇奥莱特问道，一边蹬着小腿，想再荡起来。

“小薇，”我说，“我们有件很重要的工作要做：我们要去机场见妈妈的朋友。他现在有点伤心，因为他的妈妈要离开很久很久了，所以他可能在哭。但我们要想办法让他好一点。”

她举起双臂，让我把她抱下秋千。“我有时候也会伤心，然后我就哭。”

“是啊，”我说着抱起她，“我也是。”

把薇奥莱特安顿进她的小推车里，我看了看时间。达伦的游泳课已经结束了，但他一般下课后会和其他爸爸和宝宝们一起去游泳馆边的咖啡店坐坐。我定了定神，拨了他的电话。这场仗不好打。

“我要去一趟肯尼迪国际机场。”我在电话里说。我可以听到利亚姆在旁边咿咿呀呀地说话。

“什么?”达伦显然有些心不在焉，“为啥?”

自从那晚看过你的展览之后，我们就没再提过你。我知道他不可能心平气和地接受这件事，但我也不能把你扔在 7 号航站楼，任你独自在那儿抽泣。又像那几粒石榴籽。我被绊住了，一如珀塞福涅。

“我刚才接到加布的电话——加布·萨姆森。”我说，“他母亲去世了，他现在在肯尼迪机场。他整个人都垮了。”

达伦在那一头沉默了。我听到利亚姆在旁边一遍又一遍地说着“面包圈”这个词。“所以你要去把他重新拼凑起来?”达伦反问，“不行。”

“他身边没别人了。”我说。

“他身边也没有你。”达伦告诉我。“我马上去给你买面包圈。”他对利亚姆说。

“他当然没有，”我答道，“我在你身边，在利亚姆身边，在薇奥莱特身边。但他母亲去世了，所以才打电话来。他现在不应该孤身一人。如果换作是你，你也不希望自己一个人。”

“但我不会打电话找别人的老婆。”达伦说。我可以听出他声音里的强硬。

“我对他来说不是别人的老婆，我只是一个老朋友，一个受伤时可以联系的人。”

“他管你叫他的什么狗屁光!”达伦说。

“可我管你叫丈夫啊。他怎么称呼我不重要。求你了，我们别在电话里吵架好吗，你的朋友和孩子们都看着呢。”

我想象他咬紧牙关，闭上眼睛再缓缓睁开的样子。“你会带着薇奥莱特吧?”他问，“你知道我不相信他。”

“我会带上薇奥莱特的。”我说。主要是在这紧急关头，我也不知道还能把她托付给谁，达伦显然正在布鲁克林的另一头。

“好吧，”他说，“但我不喜欢这样。”

我知道，这事结束后肯定得好好安抚他，而且得花很大力气，但眼下，我要先去机场。我要去见你。

我拦了辆车，经过家门口时匆匆进屋放下婴儿车，然后径直驶向 7 号航站楼，下车走进了机场。你出了安检区，因为我们没机票进不去。你就等在门口，瘫坐在长椅上，整个人都崩溃了。你的胳臂肘支在膝盖上，脸颊埋进了手心里。一看到我，你又哭了。我抱着薇奥莱特朝你奔去，然后坐下来，把女儿放在我的腿上。如今我很想知道她的小脑瓜里在想什么——你心里又是怎么想的。现在看来，我当时作为一个母亲是失职的。没有任何理由把薇奥莱特卷进这件事，让她看着一个人情绪失控。如果我头脑更清楚一点，就会打电话找街区附近的妈妈们帮忙，然后告诉达伦我不会带薇奥莱特去，哪怕这会让他更生气。也许这样将会改变很多事情。

你从薇奥莱特的头顶伸过双臂抱住了我。我也拥抱了你，薇奥莱特也是。她拼命伸出两只小手，搂着你的两肋。

“你没事呀，”薇奥莱特对你说，“既没有流血，也没有别的。”

等你稍微平静了一点，我从包里找出笔和便笺纸让薇奥莱特在地上玩之后，你对我说了你妈妈得脑动脉瘤的事。你痛悔自己这近一年都没去亚利桑那看望她；说你感到自己就像一艘起锚的船，再也没有人把你和大地相连了，就算你随波而逝，也不会再有人关心了。

“我会关心你啊。”我对你说。

在你说话的时候，薇奥莱特一直用左臂勾着你的小腿，一边涂涂画画一边半拥抱着你。

“我想她也会关心的。”我说。

你笑了笑，笑容很浅，很苦涩。

我们来到餐厅，你拿了杯水，我让你点个三明治，或者至少吃根香蕉，但你说你吃不下。

我和薇奥莱特离开的时候，你看上去比刚见面时平静了一些，但我不停地在想你说的话，关于起锚的船。我自己有那么多人维系着，无法想象那是一种什么感觉。但我觉得自己不会喜欢那种感觉。

64

孩子们都是珍宝，这是真的。他们开阔、贴心、充满了爱，四岁半的孩子尤为如此。

在机场看到你那么悲伤，我的心都被撕扯着。但不难看出，薇奥莱特也在揪心，而且这对她造成了更强大的影响。

“妈咪的朋友加布在哭。”第二天，她对着自己的洋娃娃说，“他真的好伤心啊。”

“我可以把这张画给加布吗?”她问我，“上面有一颗爱心，一个太阳和一根棒棒糖。还有一张笑脸贴纸。因为它们都很快乐。”

“我来拍张照片，我们把它发到加布的手机上怎么样?”我问她。

她郑重其事地点点头，递过她的画给我拍照。“别忘了给你的手机充电，这样它才能工作。”她嘱咐我。我想这更多是暴露了我的生活状态吧。也许你能从中看出我们每个人的生活。

我拍下照片，通过邮箱发给了你，并且加了一行解释。你还记得吗？你几分钟后就回复了：替我谢谢薇奥莱特。

“很好，”她说，“告诉他不用客气。”

接着晚饭的时候，薇奥莱特把这件事告诉了达伦。让我惊讶的是，她还补充道：“我要再多鼓励鼓励他。所以我认为他应该来我们家玩。我要教他烤饼干。”

那时我们刚开始一起做烘焙，薇奥莱特认为这是世界上最奇幻的体验之一。她会一直一直盯着烤箱的小窗，看着里面托盘上的一团面糊膨胀成蛋糕，嘴上还伴随着实时解说。

达伦对我挑了挑眉毛。

“我也是第一次听她这么说。”我说。

“他好伤心呀，爸爸。”薇奥莱特对他说，“他明明是个大人，但是哭得像个小朋友一样。别人哭的时候，我们就应该鼓励他们。梅丽莎小姐在学校里说的。”

我咬住了嘴唇。我明白达伦的感受，但也知道自己正和薇奥莱特一样担心着你，我不会介意在你重回海外之前多见你一次。

“她说得对。梅丽莎小姐是这么说的……”我对达伦耸耸肩，有点不知所措。我不想主动推进这件事，我准备让他来决定。因为你确实把别的男人的妻子放进了自己的摄影回顾展，加布。就算没有这件事，我也能理解他的拒绝。达伦有充分的理由不想让我的前男友进我们家门。说实话，也许当时应该由我来说“不”。我应该考虑得更透彻一点，好好想想请你过来会意味着什么，但是我没有。我的婚姻看起来太稳固了，我根本没想过让你进入我的世界会让婚姻出现裂痕，会让它变脆弱，会改变我对达伦的看法。但这些都发生了。我当时没有意识到，即使在那几个月之后也浑然不觉。现在回头看，我想这就是我们面临道路分叉口的时刻之一，那个决定将我们引向了后来的道路。

达伦想了想，双眼中又露出那种老谋深算的表情。“好吧。”在薇奥莱特可怜巴巴的眼神下，在我低头盯着自己的盘子，把三文鱼切成一小块一小块之后，他终于说道：“你说得对，小薇，我们确实应该在别人伤心的时候鼓励他们。”那时，我还以为他已经不再把你视作威胁——出于我或者薇奥莱特说的某些话。也可能他觉得等你到了我们家，在全家人照片的包围下，会不再觉得我那么有吸引力。又或许他和我一样，只是简单认为我们的婚姻已经足够牢固，没什么可担心的。我从没问过他当时为什么会点头，只是接受了这个结果。但我敢肯定这其中是有理由的，达伦做事总是有一个理由。

结果，你就样接到了来我家陪我女儿烤饼干的邀请。必须得承认，当听到你说“好”的时候，我心里着实惊讶了一下。

我们在邮件里定了日子——那天是周五，照理我可以在家办公，但我还是请了一天假。你计划在纽约停留四十八个小时，因此打算直接从机场来我家。薇奥莱特坚持要在家里挂上气球来欢迎你，还要在每个气球上画笑脸。于是我们照做了，有些笑脸上画了舌头，有些没有；有些还有眼睫毛，另外一些有眉毛。

“你要一个吗?”她问利亚姆。利亚姆才十八个月大，玛利亚正准备带他去交通博物馆——他就喜欢在火车上爬上爬下。

“绿的。”他说。薇奥莱特点点头，给了他一个绿气球，然后利亚姆就跟玛利亚出门了。

我打开孩子们专用的洗衣机，然后和薇奥莱特准备所有烤饼干需要的材料。就在我们往外拿搅拌碗时，大门口的门铃响了。

女儿一溜小跑过去，安妮汪汪叫着追在她身后。

“哪位？”我朝着对讲机说。

“是我。”你答道。

“是他！”薇奥莱特说。

我按下按钮打开门放你进来。几分钟后，你来到了我家客厅。我注意到的第一件事是你把头发剃了。薇奥莱特也发现了。

“你的……你的头发到哪儿去啦？”她问，小小的眉毛皱了起来。这个表情让她看起来更像达伦。

你的眼睛飞快地瞟向我，接着又回到她身上。“它在……在洗衣机里呢。”你回答她。

“洗衣机？”她重复道。

你耸耸肩，微微露出了一点酒窝。“你头发脏的时候，难道不洗吗？”

薇奥莱特点点头。“但是我在浴缸里洗呀！”

你把手上的几只包放在地上。“我觉得丢洗衣机里更方便。”

薇奥莱特抬头看着我。“我也可以在洗衣机里洗头发吗？”她问。

“这个我们回头再说。”我告诉她。

她一溜烟跑进厨房，以为你会跟上来，嘴上还在念叨烤饼干的步骤。但你却在我身边停下。我伸出双臂，你跌落进来。我能感到你的眼泪落在我的脖子上。“为什么把头发剪了？”我轻声问。

你站直身体，用一只手擦了擦眼睛。“算是个哀悼仪式，”你说，“只是觉得应该这样做。我看起来变化那么大吗？”

“是变化很大，但还是你的样子。”我说，“你确定现在有心情烤饼干吗?”

“当然，”你说，“谢谢你，生了个这么乖的女儿，还愿意满足她鼓励一个悲伤老家伙的心愿。谢谢你赶去见我。这可能听起来很可笑，但我能在亚利桑那撑下来，有一部分原因是期盼着今天。”

我们把面糊打匀，倒进各种形状的饼干模里，然后把饼干模放进烤箱。薇奥莱特拿出一只意面锅。

“我们要这样做，才不会烫到自己。”她告诉你。接着打开烤箱的灯，把锅子放在烤箱门前面，自己在后面坐下。“我们现在不能去摸门。”她说着，拍了拍身边地板上的位置。

你过去和她一起坐下，整整十二分钟，你们两个都望着烘烤中的饼干，谁都没有说话。我很想知道你在想什么，她又在想什么。但我没有问。我看着你们两个，希望这一天可以帮到你，希望薇奥莱特的心意没有白费，能让你感到这世上仍旧有人关心着你，即便你的妈妈已经不在了。我不希望你孤单无依。

定时器响了，薇奥莱特把挂在水斗边抽屉上的微波炉手套拿给我。“饼干好啦!”她说，“接下来我们可以一边玩城堡捉迷藏一边等它们晾凉。”

“城堡捉迷藏?”你边问边站起身，手上拿着那只意面锅。

我打开烤箱的门，薇奥莱特转向你。“我们要穿成城堡里的人的样子，然后玩捉迷藏。你可以当国王。”

她这话让我差点把手上的烤盘掉在地上。她从来都只肯让达伦来扮演国王。杰来家里的时候，薇奥莱特让他当巫师；我爸爸和达伦的爸爸永远只有当弄臣的份。

“你是我的王后吗?”你问薇奥莱特，她正拉着你的手往她装戏服的箱子那儿走。

“才不是呢!”她说，好像这是世界上最荒谬的想法，“我是仙女！妈妈才是王后。”

我关掉烤箱朝你们走来时，你看着我。

薇奥莱特给我们两人都戴上皇冠，她穿上自己的仙女翅膀之后，说:“好啦，国王和王后，我要在你们的城堡里躲起来了!你们数到二十三然后来找我吧!”

二十三?你用口型问我。

我耸耸肩。薇奥莱特跑开了，然后我们开始数数。

“响一点!”走廊上传来她的声音。

当我们数到十三，突然听到她说：“嘿！这座城堡还有条壕沟!”

我不数了。“一条假装的壕沟吗?”我喊道。

“是真的沟!”她喊回来。接着，我真真切切地听到一只小脚在水洼里乱蹦的声音。

我冲出客厅跑到走廊上。“你在哪儿?”我问。

“我们在玩城堡捉迷藏呢!”薇奥莱特说，“我不能告诉你!”

可是她没把通往洗衣房的门关上，因此那摊水正向走廊上扩散。“噢，天哪。”我说着朝那摊水冲过去。

你从我身边超过，先跑到薇奥莱特面前。“找到你啦!”你对她说，“依我看，现在轮到国王逮着小仙女，然后让她飞啦!”你把薇奥莱特从水洼里拎起来。

“高一点！”她笑着大喊道，“仙女们都是飞得更高的。”

我站在洗衣房门口，干瞪着眼睛。惨了。我心想。惨了，惨了，惨了。水还在不断地从洗衣机背后漏下来。我从口袋里掏出手机，拨了达伦的号码。

“你还好吧？”铃响了一声他就接起来。

“我还好。”我说，“洗衣房不好。漏了一大摊水下来。我觉得是洗衣机坏了。我们的水管工是谁？”

“噢，可恶。”他说，“我邮件发你电话号码。还是你想让我来打？”

“不不，”我说，“我来就行。我要把洗衣机关掉吗？把插头拔了？”

“我也不知道，”达伦说，“你问水管工吧，我刚发你邮箱了。有进展就告诉我。”

我挂了电话，点开邮箱。你跟薇奥莱特一阵风似地过来。“你家的保险闸在哪儿？”你说，“你得先把连着洗衣机的电路切断。”

“你确定吗？”我边问边看达伦的邮件，“我正打算问水管工呢。”

“我确定，”你边说边举着薇奥莱特飞舞转圈，“你得把洗衣机关了，让水别往外流。还有你站在水洼里的时候千万别碰任何带电的东西。”

“噢。”我说，“有道理。保险闸在厨房。”

你又拎着薇奥莱特飞去了厨房，接着说：“小仙女要在这儿降落了！”一边把她放在了桌台上。

“还要飞！”她说。

“国王要修点家伙。”你告诉她。你的脑袋上还戴着皇冠，只是有点歪了。

我和薇奥莱特一起看着你扶了扶皇冠，轻轻关掉了标着“洗衣房”的保险闸。

“我现在要叫水管工了吗?”我问。

你已经在脱鞋袜了。“让我先看看。”你说着又卷起了裤脚管。

我把薇奥莱特从桌子上抱下来，带她一起去了洗衣间，我们一起看着你把洗衣机从墙边拖出来，又把橡胶管上一个松掉的接口拧紧。水已经不往外冒了，地上那摊水也在慢慢变小——多亏了洗衣房中间的地漏。

“这里要当心一点。”你说，“你可以找水管工来确认一下。但你也可以试试再开一次洗衣机，看看还会不会漏水。”

你站起身，脑袋上还戴着那顶滑稽的皇冠。*如果那时走了另一条路，这就是我现在的生活。*我心想。

“你怎么啦?”你问，奇怪地看着我。

我笑了。“多亏了你，”我说，“我觉得你不像国王，倒更像穿着闪亮铠甲的骑士。谢谢你拯救了我的洗衣房。”

你笑了。“虽然我也不想拿皇冠来换，但我以前确实很喜欢兰斯洛特。”你那时是故意引起我的联想吗？想到兰斯洛特和桂妮维亚[1]？我只能认为你是故意的。

---

1 兰斯洛特（Lancelot）是亚瑟王传说中最著名的圆桌骑士之一。桂妮维亚（Guinevere）是亚瑟王的妻子，与兰斯洛特发生了恋情。

我咽了下口水，暗自希望你不会像以前那样看穿我的心思。然后我对还在怀里的薇奥莱特说：“好了，我的仙女小公主，我们的饼干应该已经凉下来可以吃了。你要不要一块？”

她挣开我跳下地，跑向厨房一路喊着：“要！”

“那你要不要饼干呢，我的王后？”你说着把我的皇冠扶正。我望进你的眼睛，看到了其中的悲伤，虽然你正在努力掩饰。经历了洗衣间的这场水灾，我都忘记了你来的理由。“你怎么样了？”我问。

“好点了。”你说，“今天谢谢你。”

“我很高……你不用客气。”我想要伸手去拥抱你，就像你进门时那样，但我忍住了。毕竟，桂妮维亚已经嫁给了亚瑟。于是我只是说：“我们先去厨房吧，再晚点薇奥莱特就要去爬碗柜了。”

于是，我们和薇奥莱特一起坐下，吃着我们一起烤的饼干。

我始终没告诉达伦，自那以后我跟你保持过一段时间的邮件联络。再后来我就抓不住你的行踪了，你不断地东奔西走：菲律宾、俄罗斯、朝鲜、南非。我们的信件往来间隔越来越长，最后我意识到，我们已经好几个月没有说过话了。薇奥莱特在大部分时间里都好像已经把你忘了，但每过一阵子，她就会问我能不能把她的头发放在洗衣机里洗，而我就会停下手上的事，向天空许个愿，希望你平安、快乐。

65

就在你帮我修洗衣机的那年秋天——你真的修好了，我告诉过你的，对不？——凯特给我打了个电话，那通电话引起了我的不安。那天达伦在看高尔夫球赛，孩子们在客厅里玩，安妮在沙发底下嗅来嗅去，多半在搜寻利亚姆到处乱撒的麦圈。我正试图清理一大摞《纽约客》杂志，并忖度着是不是该取消订阅，毕竟看着它们每周摞高一点让我很闹心。它们还会提醒我，属于我自己的时间——那些不必耗在工作和家庭上的时间——是如此之少。

“你对开裆内裤怎么看？”凯特一上来就问。

“呃，”我确认了一下利亚姆和薇奥莱特还在那儿搭高楼，然后走进了厨房，“其实我没怎么想过这个问题，但好像对我没什么用？就像没镜片的眼镜或者没罩杯的胸罩一样。”

“还有这种东西？”凯特问，“没罩杯的胸罩？”

“我也不知道，”我说，“反正就是那个意思呗。你问开裆内裤干吗？”

凯特在电话那头叹了口气。“你有没有觉得……我说不清。你有没有想过要搞点情趣？”

“你是说床上吗?”我问。这一点也不像凯特。这么久以来，我从来没听她说出过“开裆内裤”这种词，也没听她提过什么情趣。她结婚前的单身夜是在水疗馆庆祝的，一切带把儿的都不准进去。

“我跟莉兹说，我和汤姆的那事简直是……腻味透了。她就叫我去买几条开裆内裤。”

我有点明白过来了。莉兹是那种会把开裆内裤当日常内裤穿的人。她可能还会戴无罩杯胸罩，如果真有那种东西的话。“你们的房事真有那么无聊吗?”我又问了一遍。

凯特叹气。“每件事都无聊。”她说，“我每天早上坐同一班火车去上班，晚上再坐同一班车回家。汤姆坐的火车比我晚两班，每天回来都问我一模一样的问题。他刷牙的时候我洗脸，我刷牙的时候他尿尿。每晚都是这样。有一天我在洗脸前先刷了牙，然后他好像就不知道该干吗了。我们是不是就永远这样了?”

我并没有认真考虑过生活变乏味这回事，但如果要我说真心话，有时候确实是有点……死板，一成不变。

“我懂你的意思。”我说，“达伦每天五点零二分准时打电话来问我几点回家，我的助理都笑话我。自从我们在一起，就连厕纸都买同一个牌子的——查米恩超韧型。上个月我突然想要是买超柔型的会怎样，但还是没买。”

“你应该买的。”凯特说。

“你也该换一班火车坐坐。”我告诉她，“去剪个头发，或者出去走走，就你和汤姆两个。你们可以周末把女儿留在我家。”

“你真的肯照看她们一个周末?”她问。

“当然，”我说，“去吧，去订个行程。”

“那你呢?”她问。

“我去买点新厕纸。”我说。

我们两个一起大笑起来。汤姆和凯特真的把女儿托给了我们，然后出去玩了一个周末。而我也真的买了查米恩超柔型厕纸。可每天还是有这么多工作要做，有那么多事情要打理，而当一切有章法可循时，人就能省力一些，因为不需要思考。即使多花那么一点小心思选厕纸，也会把事态从“可控”变为“失控”。

但凯特还是让我想到：我和达伦的生活其实也很乏味。而乏味的生活如果不多加小心，则会导致更坏的结果。

66

那年冬天，利亚姆满两岁的几个月后，我们全家都病了。那是一种很可怕的流感，薇奥莱特几周都没去幼儿园。她病得迷迷糊糊，离不开人，而且每咳嗽一次，小小的胸腔深处就会发出呼哧呼哧的声音，我的心都碎了。你要是听到也会心碎的，加布。她可怜兮兮的，心情也不好。安妮寸步不离地守着她。达伦感觉也不好，而且最糟糕的是他手头上的一个项目不像预期中那么顺利，所以他的脾气也很暴躁——无论对孩子们还是对我。

四天之后，我和薇奥莱特正一起蜷在沙发上，安妮在看《闪耀!》，利亚姆在地上玩他最喜欢的木头小火车。达伦在屋里走来走去，手上攥着一份公司的财务报告，一边走一边看。当他在客厅里走到第三圈时，对我说："利亚姆流鼻涕了。"

"厨房的桌上有宝宝湿巾。"我对他说。

他停下来，看着我。"我在工作，"他说，"你才是他们的妈妈。"

"你说什么?"我说，这时薇奥莱特把鼻涕哈拉的鼻子往我的毛衣上蹭了蹭。

"我在工作。"他又说了一遍。

我瞪着他。有时候，他说出来的话会让我不由想：这真是我嫁的那个男人吗？这种想法不常有，但确实会出现。通常都是因为照顾孩子，因为我在家里作为妻子和母亲的身份而引起的。

我一言不发地从沙发上起来，手上抱着薇奥莱特，去厨房拿了宝宝湿巾，然后给利亚姆擦了鼻子。

那天夜里，我在利亚姆的哭声中醒来。

我们不久前才把他从婴儿床挪到床上睡，但他还没明白自己是可以半夜从床上下来的。我扭头看了看达伦，他也迷迷糊糊地醒了。

“利亚姆在哭。”他说，连眼睛都没睁。

“我听到了。”我感觉脑袋里塞了一团棉花。

“你去？”

这其实不是句疑问。“嗯。”我从床上起来。

我来到利亚姆的房间，薇奥莱特正站在门框那儿。“我被他吵醒了，妈妈。”她说着跟在我身后进来。

“我也是。”我告诉她，然后把利亚姆从床上抱起来，“你怎么不回去睡觉？”

“我能待在这儿吗？”她问。

我实在累得无力反驳。“好吧。”我说，然后看着利亚姆。“你怎么啦，宝贝？”

我把利亚姆竖着抱在怀里，他的哭声渐渐变成小声的抽噎。我给他擦了擦脸蛋，他的脸上糊满了鼻涕。“我热。”他说。

他的呼吸还是发颤的。

我把嘴唇贴在他的额头上，就像多年前那个圣诞对达伦那样。但我也病了，嘴唇的感触并不可靠。我给他量了量体温，101.4度[1]。我叹了口气。

“好吧，小家伙。”我说，“你也不喜欢这样，但是这能让你好受点。”

在薇奥莱特的注目下，我用喂药器把泰诺灌进他的口腔深处，然后把他的吸水杯塞在他的双唇之间。他可能是病得没力气或者太累了，总之没挣扎几下就把药咽了下去，然后咳嗽起来。“我知道，宝贝，”我说，“生病可不好玩。”

“生病不好玩。”他学着我的话，下嘴唇微微发颤。薇奥莱特咳嗽起来，然后用胳臂肘挡住了嘴，这是她在幼儿园学的。

他们的样子就跟我感觉的一样可怜。“我们今晚一起睡怎么样？”

她点点头，爬到了利亚姆的床上。我在薇奥莱特身边躺下，把利亚姆的脑袋搁在自己肩上，希望这样枕着能让他的呼吸顺畅些。

“爱你，妈妈。”他说着闭上了眼。

“我也爱你。”薇奥莱特偎在我的另一边。

“我爱你们两个。”我告诉他们，“爱到天长地久。”

接着我想起了你，加布。我已经有一阵子没想起你了，但是躺在那儿的时候，我回忆起了不到一年前的那一天，我们烤了饼干，你帮我修好了洗衣机。我想起自己当时的设想。如果是你，会怎么对待两个生病的孩子呢？你会不会起来，让我继续睡，然

---

1 约为38.6摄氏度。

后自己去安抚一个哭泣的孩子？你会不会让孩子们和我们睡在一起，一家子人一起发烧流鼻涕？你绝不会希望这一切重担都落到我一个人头上，让我独自给孩子擦脸、喂感冒药。我敢肯定。

那天晚上，我怀里搂着两个孩子，梦到你取代了达伦的位置。我们一起给薇奥莱特和利亚姆做华夫饼，你戴着那顶滑稽的皇冠。我们四个穿着圣诞亲子睡衣。

醒来后，我把这个梦归咎为自己烧昏了头。但其实，事实不止如此。

67

那一年是 2013 年。有时候想想，那似乎是幻想破灭的一年。我做出的种种决定好像不断地让达伦失望；而他给出的回应，以及他的期待，也在让我失望。起因都是些小事：薇奥莱特上一年级了，达伦认为我应该晚点去上班，这样早上可以亲自送女儿上学而不是由玛利亚代劳。我受邀去洛杉矶的一个会议上发言，但达伦想让我推掉邀请，因为那意味着我得离家六天，而他认为这会让孩子们离开妈妈太久。他仍在试图把我变成他想象中的女人，一个符合他那张愚蠢的太太条件列表的女人。但他并不是我的皮格马利翁，我也不是他的加拉提亚。[1]

当然，我这么说也并不公平。我们在一起还是有快乐的时候的。我们那年八月在东汉普顿的一座漂亮房子里过了两周，还邀请凡妮莎和杰带着三胞胎来待了一周。孩子们开心极了，他们游泳、堆沙堡、在沙滩上挖出足够一个人站进去的深坑。达伦和我

1 两个人物出自希腊神话故事。皮格马利翁（Pygmalion）雕刻了一尊美丽的象牙少女像，取名为加拉提亚（Galatea）。最终加拉提亚变成了血肉之躯，两人结为夫妻。

放下工作一起出来的时候，心情也好多了。九月，我们带着薇奥莱特和利亚姆看了他们人生中第一场扬基队比赛，我们的座位就在本垒板的正后方。奥斯汀·罗迈给两个孩子的球上都签了字，他俩好几周之后还在谈论。我们第一次主持了感恩节，把我和达伦两家人全请了过来，每个人都高高兴兴的。平心而论，我们过得还不错，但谈不上美满。

或许就是因为这样，在那年圣诞和元旦之间，我们两个都放假在家时，当我看到一个女人的名字“琳达”出现在达伦的手机上，才会立刻想到外遇。人们对情境的解读总是更多地反映出人的状态，而非情境本身。就像我们毕业五年校友聚会那次，当我看到那个女人把手搭在你的手臂上时，我就默认了她是你的女友，或者至少也是你愿意晚上带回家的人。我们眼中所见，都被我们自己的欲望、悔恨、希望和恐惧加上了一层滤镜。

当看到那个没有姓氏的“琳达”，我的身体一下子感到冷热交织。我从没想过达伦会背叛我。他看起来太稳重、太坚实、太忠诚了。于是我开始着手证实自己的想法是错误的。我在脑内梳理了一遍人际关系网，搜索所有叫“琳达”的人——他的公司、他的大学、他去的健身房——但一无所获。接着我点进他的脸书主页搜“琳达”这个名字。我只找到两个人，一个是住在墨西哥的表妹，一个是大学熟人的太太，住在费城。我深吸了一口气，认定这两个人都不对。但我还是应该先给他无罪推定，虽然在联系人列表里隐去一个人的姓氏很像是蓄意为之，好像要遮掩什么。

“你最近跟你的表亲们联络过吗？”一天晚上，我们在和孩子们一起吃奶油鸡丁通心面的时候，我问道。不知为什么，利亚姆就爱吃切成小方块的肉，所以肉丁变成了我们的默认形式。大概聪明人都有点怪脾气吧，他让我想起我哥哥的很多特点。

达伦摇摇头，“我应该给他们打个电话的，问候一下新年。”

“是啊，”我说，“我也该打个电话。”

所以那并不是表妹琳达。

“这周带孩子们去费城玩一天怎么样？”我问，“你在那儿有没有什么大学同学还有联系的？我们好久没见他们了。”达伦耸耸肩，“太远了，而且去年春天参加完乔西的婚礼后我就再也没联系过他们。我们已经到了要把朋友都折旧换新的地步了吗？”

我喝了一小口墨尔乐红葡萄酒，那是我给两个人一起倒上的，尽管这酒跟通心面和奶油与鸡肉都不搭。我从来都不喜欢在冬天喝白葡萄酒。“什么意思？”

利亚姆正把他的鸡肉叠成高塔，薇奥莱特正一次只吸进去一根奶油面条。

“我们大部分时间都在跟附近邻居打交道，而且都是有孩子，年龄和我们家孩子差不多大的邻居。我都不记得最后一次见凯特和汤姆还有他们女儿是什么时候了，他们家到威切斯特只有一个小时的路。也许我们这周应该计划跟他们聚聚。”

“好主意。”我说，“我会给她打电话的。”

“凯特阿姨？”薇奥莱特问，“她会有新衣服给我和萨曼莎还有维多利亚一起穿吗？”

萨曼莎比薇奥莱特小一岁半，维多利亚则比她大六个月，但女孩们小时候的年龄差距并不像长大后那么分明。“我觉得很有可能哦。”我对她说。

她点点头，又低头吃她的面条。

我终于放弃了套出琳达的事。

然而就在两周后，达伦去健身房时把手机落在了家里。我盯了十五分钟，终于把它拿起来，准备查清楚琳达究竟是谁。我在屏幕上输入解锁密码——我们的结婚纪念日——他的 iPhone 震动了一下，几个密码小圆点对我晃了晃。第一次见到琳达的名字时那种又冷又热的感觉再一次席卷了我的身体。我又试了薇奥莱特和利亚姆的生日，然后是达伦的生日，然后是我自己的。结果都失败了，这时我知道自己要是输错第六次密码，这部手机就会被锁死。但说实话，我也想不出第六个密码了。是琳达的生日吗？我把手机放回咖啡桌上，它就是在那儿被发现的。

我想把自己的怀疑告诉凯特，但又觉得这样太蠢了。我连真凭实据都没有。再说，她和汤姆还有自己的问题要解决，这种时候绝不能再去添乱。但就算我手上的证据不足以打电话给凯特诉苦，我也还是不敢问达伦他为什么改了手机密码，以及琳达是谁，为什么手机里没存她的姓。因为一旦我发现他真的出了轨，事情就再也没有回转余地了——那种伤害、背叛、争吵、眼泪。

一想到要过上那种日子，一想到这对孩子、对我、对我们生活带来的伤害，我就打了个寒战。装傻反倒更容易些。

接下来的几个月，我都竖着耳朵，然后发现他有三四次下班回来站在门廊上打电话，但进屋前都会跟对方说“再见”。那会是琳达吗？

三月，他有两个周六都去加班了。是琳达吗？

周末，他跟几个公司的朋友去打高尔夫球了。

是真的吗？

那六个月，我几乎没怎么睡好。我躺在他身边，心想他这样背叛了我，心里藏着这样一个可怕的秘密，怎么还能睡得如此香甜。我想象着他躺在另一个女人的怀里，根本没法把这个画面赶出脑海。有时候，我会把她想象成一个金发女郎，有时候是红发，有时候又是一个年轻版的自己。不管我如何描绘都很可怕。我吃得很少，酒却喝得多了。我不知道他为什么就这样放弃了我们。是什么原因让他这样做的。

有时候，我会想以牙还牙地狠狠伤害他——在肉体上、精神上，只要能让他知道自己对一个承诺过爱到生命尽头的人做了多么残忍的事；可有时候，我只想让他向我道个歉，说他已经离开那个女人了，说他仍然爱我，而且会永远爱我；还有的时候，我觉得自己需要用尽所有的力量来原谅他所作的一切。我的心就像一颗溜溜球，或者也许像个乒乓球，从桌子的一头弹到另一头。然而在这所有的思绪中，有种感觉压倒一切向我袭来：我是个失败者。我不够体贴，不够聪明，不是一个足够好的妻子。他这么做都是我的错。我被这种失败感击垮了。

我想，也许这才是我没有告诉任何人的真正原因。一旦我说出口，它就成了事实。那样我们的婚姻就完了。我们就完了。我就完了。

我和达伦的性生活次数也少了——大概一个月才一到两次——自从利亚姆出生后，这就成了常态。我甚至都不用再费力气去避孕。其实每次在他的电话上看到琳达的名字，我的心情都很矛盾，一方面，对达伦的失望让我压根就不想碰他，但同时，我又不想给他一个投入别人怀抱的理由。我在疑心中纠结的那几个月里，有一天我睁眼瞪着天花板，想象着达伦为另一个女人拉上裙子拉链、整理好领口、为她穿上鞋子的画面，用这些幻象折磨着自己。我把手伸到了他那一边的床上，向下滑进了他的平角内裤里。他已经睡着了。

“现在不要。”他嘟囔着翻了个身，离我远了一些。

我感觉胸口就像被踹了一脚，那种被拒绝的伤痛反应在了肉体上。他怎么可以要一个陌生人却不要我？

我在脑海中质疑着他所做所说的每一件事，我的伤痛和不信任在扩大，但始终没有任何明面上的表现。坚信达伦出轨带来的唯一好处就是当我再度在焦躁中睡去并梦见你时，我再也没有负罪感。

那年春天，我开始更多地浏览你的脸书页面。我给你更多的照片点了赞，甚至在你发表的一篇文章下面留了言。你注意到了吗？你想过这是为什么吗？

68

时机决定了一切。这是我从工作中，从朋友中，从恋爱中——尤其是从我们之间，学到的一件事。

六月中旬，你一整个周末都在纽约。此前哈马斯刚刚绑架了三名以色列青少年，美联社要派你去耶路撒冷。你告诉他们，你想先回美国喘口气，然后才能投入到新的国家和新的冲突中去。他们同意了。那时你已经是个知名摄影记者，所以我猜，美联社对你也有求必应。此前你去了乌克兰，接着是莫斯科。我不知道你是怎么办到的——每几个月就前往一个新国家，有时候甚至是几周换一个地方。难道那样四处漂泊可以帮到你，让你少想到你妈妈，少想到那些自己不能够拥有的东西？

当你发邮件说在 13 号航站楼着陆，问我能不能出来聚聚时，我回复说可以，甚至没跟达伦报备。我认定他不配发表意见。他有事瞒着我，所以我也大可以瞒着他。

达伦一直说要带孩子们去新泽西看看他的父母，于是我建议他周六去，我就不去了——我可以借机放松一天，去做做指甲，跟朋友吃个午饭，反正他妈妈可以帮忙带孩子。

“听着挺美，”他说，“那看来我下个礼拜天可以去打高尔夫了?”

“成交。”我说，心想着莫非高尔夫就是琳达。我原本还在为自己撒谎而有罪恶感，至少我把和你见面的计划隐去没提。但当他一说到高尔夫，我的罪恶感立刻被抛诸脑后。我的隐瞒行为也显得名正言顺起来。

那天早上我给你发消息：我们在曼哈顿见面怎样？达伦要带孩子们去新泽西一天。毕竟，曼哈顿才是我们的地界。

好啊，你回复道。就在 Faces & Names 怎么样？那家店还在吗？我搜一下。

我等你进一步回复的时候笑出了声。

还在。我们在那儿吃午饭？下午？

我没问题。我写道。然后我去做了手脚的美甲，这样对达伦就不完全算是撒谎了。我以前从没骗过他——没像这样骗过。我并不喜欢这样。如果让这谎言的一部分成真，我的良心会安稳一点。

我花了半个小时才决定穿什么衣服去见你。那是个晴天，大概七十度[1]上下——天气正好——所以我穿成什么风格都没问题：长裙、短裙、短裤、紧身裤。我决定走简约路线。牛仔裤，黑T恤，平底鞋，戴点珠宝首饰。我按照我们恋爱时的习惯化了妆，在上眼睫毛的根部描了一条黑色的眼线。你注意到了吗?

我走进 Faces & Names，你已经到了，正坐在壁炉边的长沙发上。

---

1 约21摄氏度。

“他们不肯给我们开壁炉，”你告诉我，“说六月份没火。”

我在你身边坐下，“他们说得也对。”

我拥抱了你。你的头发又长长了，脸上的酒窝还在，但你的双眼看上去那么沧桑、疲惫，好像它们已经见过了太多。

“你过得好吗?”我问。

“可能我现在年纪大了，不适合再做这个工作了。”你说，“我刚才正在想这个。我对这次的任务并不太期待，这是我第一次有这种念头。”接着你近距离端详着我，“那你过得还好吗?”你问。

我那几个月一直对所有人守口如瓶，但和你在一起给我一种安全感。而且你并不在我的日常生活圈子里，你没有别人可告诉。我和达伦不会因此变成家长送孩子上学时的谈资。

“我觉得达伦出轨了。”我轻轻地说。我努力想忍住眼泪，但还是办不到。你把我揽进你的胸膛，一句话都没说，只是抱着我。然后你吻了吻我的额头。

“如果这是真的，那他就是个蠢蛋。”你说，“而且他配不上你。你是我认识的最聪明最性感最了不起的女人。”

你一直用手臂搂着我，我就这样点了杯苹果马提尼，你点了杯威士忌——向往昔时光致敬。我们喝酒的时候，我倚靠在你身上。然后我们又点了一轮酒。你的身体紧挨着我的感觉是那么好。我还记得自己发烧时做的那个梦：我们穿着圣诞睡衣一起做华夫饼。我开始想象，如果每天回家见到的人是你会怎样，你的关怀，你的力量，你的理解。

我的脑子开始不清楚了。

“我想吃点东西。”我对你说，“我不习惯喝这么多，这酒劲好大。”

我们点了炸芝士条，还有一盘迷你古巴三明治。我已经好多年没碰过这些东西了，狼吞虎咽地吃光了它们，企图吸收掉一点酒精。可当我起身去洗手间的时候，还是撑了一下你的头顶才站稳。

“你还好吗?”你在那个下午第二次问了我这个问题，用一只手扶着我的背。

“我这几个月里就现在最好。”我答道。

在洗手间里，我一直想着你拥抱我时的感觉，想着达伦离我有多遥远，这几个月里我心里又压抑着多少委屈。我渴求在你怀抱中的那种亲密。我闭上眼睛，想着你的嘴唇贴着我的嘴唇，那种温暖和力量，那种滋味。我想象着把自己全身心地交付与你，一如曾经，放弃所有的控制，让你成为主宰。我想要那样。我需要那样。一直以来，我都拼命地想维系住身边的一切，想维系住自己，但现在我不行了。我需要有个人帮我。我需要你来帮我。

等我回到沙发前，你已经把账结了。

“想去公园里走走吗?”你问，“我们可以去那儿的酒铺里弄点水。”

“好啊。”我说着伸出手去。你抓住我的手，然后站住了。那种肌肤相接的感觉让人一触即发。你看着我，我们的目光被彼此锁定。我的呼吸慢了下来，下意识地与你同步。你朝我走近了一步。

“加布……”我说。

你松开了我的手。“对不起，”你低下了头，“我失态了。”

“加布。”我又叫了一声，想把一整句话的含义倾注在那一个词里。

你望着我，这一次，我们两个都无法再打断那种连结。我伸出手，用指尖碰了碰你的嘴唇。

“我们不能。”你用双手握着我的手说道。

接着，我不知道是哪一方先前倾了身体，不知道是你还是我，又或许我们在同一时间发动了，但我的嘴唇已经贴住你的，在那一瞬间，这世界上的所有谬误好像都成了真理。

你把我拉近一些，这样我们的身体就紧紧相依，大腿抵着大腿，腹部挨着腹部，胸膛贴着胸膛。

“你的酒店在哪儿?”我轻声问。

“我住在第六大道上的华威酒店。但是……露丝。”

“可以的。”我说。那一刻，我对你的渴求前所未有。

我又一次吻了你，你低吟了一声，把手滑进我的牛仔裤后口袋里，一如当初。

我们来到你的酒店房间时，我记得你问了我四次是不是真的想这样做。每一次我的回答都是肯定的。我是醉了，但并没有糊涂。我知道自己想要什么，需要什么。

“你想做吗?”我最后问道。

“当然!”你说，“但我不希望你后悔。”

我更加用力地吻你，用心去品尝你的味道。

加布加上威士忌，那是一种我熟悉的味道。

“露西，露西，露西。”你低声呼唤着，好像不敢相信自己还能有机会再次喊我的名字。

你抓住了我的T恤边缘，这时我突然别扭起来，用手按住了你的双手。

“我的身体已经不一样了。”我轻轻说。

你把T恤掀过我的头顶。

“你的身体美极了。”你也轻声应道。

我们纠缠着脱掉彼此的衣服，你把我抱起来扔在床上。那是你十一年前对我常做的动作。我伸手把你一起拉下来，双手在你背部的肌肉间游走，感受着它们在我的指尖下收缩。E. E. 肯明斯的诗句不断掠过我的脑海：*我喜欢我的身体，当它和你的身体在一起时。*是真的，加布。和你在一起时，我更加喜欢自己的身体，也更加喜欢我自己。

“没有人能与你相比，”你滑进我的身体时轻声说道，“也没有事能与此相比。”

我的背部弯成一个弧度，同时发出一声呻吟，“没有人。”我呼出一口气，“没有事。”

事后，我们赤身裸体地躺在毯子上，你的身体蜷缩着拥抱住我，一如当年。你的手放在我的腹部。我想起了我们第一次去Faces & Names，然后到你住处的那一次，你在黑暗中的告白。

“真希望你能跟我一起走，”你说，“去耶路撒冷。”

“真希望我们能沿着彩虹高速公路前行，然后在月亮上跳舞。”我说。

“我是认真的。”你说着吻了吻我的脖子。

“这一幕好熟悉，”我答道，“虽然现在我可能有办法解决工作的问题了。我可以远程办公，弄个外派办事处。他们不会想放我走的。”

你用牙齿轻轻咬我的耳垂。“美极了。”你说。

我翻过身朝向你。“我不能，”我告诉你，“你知道我不能。我的孩子们在这儿，我不能丢下他们，达伦也绝对不可能让我带他们去以色列，更别说这意味着我会把他们交到你手上。”我用双手握着你的双手。“但如果只有我一个人，我会立刻就过去。”

我至今都不敢相信自己会说出这样的话，我竟然只跟你在床上待了一个下午，就真的考虑起你的建议来。虽然那并不只是一个下午，对不对？那是一个下午外加整整十三年。而且那时的我以为自己和达伦已经完了，我以为他又找到了另一个女人，一个符合他所有期许的女人，不管他在新列表中又添上了哪些鬼要求。

你没有再说什么，只是低下头，舌头在我的乳头周围打转。我感觉到了你，坚硬地抵着我的大腿。

“要再来吗？”我问。

你把嘴唇离开我的胸口。“你让我觉得自己还在二十三岁。”

“那再来。”我说。

你的回应就是一路吻向我的腹部。

我们好像又成为了那一对双子星，绕着对方的轨道，周围几光年内再没有其他的大小行星。我当时应该想想自己的孩子和丈夫的，但我能想到的只有你，以及你带给我的感觉。我们经过了这么多年，彼此间的羁绊竟然比二十四岁时更深。我们都变了，但这种变化让我们相互之间更加和谐。我们聊着彼此，说好要保持联系，讨论着我是否能去耶路撒冷看你。你在我的手机里输入了你的新住址。

“我想再见到你，就像这样。”你说着用手抚过我赤裸的身体。

我的皮肤起了一层鸡皮疙瘩，从肩膀直到脚踝。我的乳头硬了起来。我翻过身，双臂环绕着你的胸膛。“我也是，”我说，“但我不知怎么才能做到。”

“如果他背叛你，你就该离开他。”你把脸颊贴在我的头顶，说道，“你应该跟我在一起。”

我亲了亲你的脖子，叹了口气。躺在你身边的感觉令人迷醉——我能感到你带来的加布式精神高潮；那种上瘾的感觉又回来了。我不得不回到原点，重头开始戒掉对你的瘾。只是我并不想。“没有那么容易的，”我说，“但我可以看看能不能找个理由去耶路撒冷出差……或者可以去伦敦？这样听起来比较可信。你可以在那儿见面吗？”

“露西，”你的臂膀把我的后背拥紧了一点，“我可以去任何地方见你，我不会失约的。你是我的光，一直都是。”

“我知道，”我轻轻地说道，把你的话听进心里，“但我现在已经不是自由身了。这也是我没跟达伦提那个女人的原因之一。他是薇奥莱特和利亚姆的爸爸，如果我离开他，孩子们怎么办呢？你爸爸走的时候，你和你妈妈受了那么深的伤害。”

你沉默了一会儿，接着说道：“可你要是继续跟他在一起，你会怎么样呢？”

我凑近了你，“我的事不如孩子们重要，”我说，“但也许达伦会先采取行动吧。我们就看看接下来到底会怎样。”

“顺水行舟？”你说。

我听到这个典故就笑了。“我们说来说去总会回到莎士比亚身上。对不对？”

“‘当我传唤对已往事物的记忆；出庭于那馨香的默想的公堂。’[1]”你说，“我有一本他的十四行诗，大小正好可以塞进背包里。我不管到了这世界的哪一个鬼地方都会读莎士比亚，这是我最喜欢的一句诗。它总让我想起你，无论我身在哪里。”

我再次沦为了你的奴隶，加布，即使你身上发生了那么多变化，但也有同样多的地方没变。那样的你——一有机会就引用莎士比亚的你——让我感到年轻而充满希望，拥有无限的可能。我考虑了一会儿要不要求你留下。也许你的答案会和十年前的不一样。但我又怕希望落空，这样我的问题还会毁了这个美好的下午。

“我会让你自己去解决的，”你说，“我可以给你空间。”

“这样大概是最好的。”我说，暗自希望还有别的解决办法。

你抓住了我的手，“但要记住我会一直想你的。”你说。

“我也是。”我轻声道。

我们分享了最后一个吻，然后我就乘地铁回家了，可我的意识仍旧在围绕着你的轨道盘旋。

1　译文引用自梁宗岱译莎士比亚《十四行诗》。

69

这世上有各种各样的秘密。有的甜美得让你像糖果一般细细品尝；有些仿佛榴弹，可能摧毁你的整个世界；还有一些刺激的秘密，你告诉的人越多，就能获得越多乐趣。我们之间的秘密虽然是颗榴弹，却也让我甘之如饴。我回到家冲了个澡，想着你的碰触，你的话语，你紧贴着我的身体。我穿上了一件我们同居时穿过的旧哥伦比亚运动衫，还有一条紧身裤。我没急着去电脑前回复邮件，而是翻出了一本旧版的《查特莱夫人的情人》。大学之后我就没再读过这本书，我甚至奇怪它这么多年竟然没被卖到史传德二手书店去，但我很庆幸它还在。我直接翻到了第十五章——约翰·托马斯和简夫人。你还记得吗？就是在那一章里，查特莱夫人与米尔斯一起逃进了花园小屋，把花朵编进彼此的阴毛。大学时，我发现这一幕是如此性感，我至今仍这么认为。

接下来的一小时，我读了康妮和米尔斯，以及希尔达和威尼斯的故事。在我心里，我们共度的这个下午跟康妮去意大利之前和米尔斯共度的夜晚何其相似。

接着，我听到达伦的钥匙插进门锁的声音。

“妈妈！”薇奥莱特跑进屋来。

"妈妈！妈妈！"利亚姆跟在她身后冲进来。

两人一起蹦上沙发坐在我身边，我吻了吻他们的头发。

"爸爸告诉了我们一个秘密。"利亚姆向我宣布。

"嘘——！"薇奥莱特说，"秘密的意思就是我们不能说出来，利亚姆。记得吗？这个秘密都藏了好久了，本来连我们都不该知道。"

"琳达"这个名字再次闯进我的脑海。他不可能把她的事告诉孩子们吧，他会吗？

达伦把装着孩子们用品的包放在客厅门口。"嗯，他们只闭嘴了三十秒。"

"我们没说，爸爸。"薇奥莱特说，"我们都拉钩了，对吗，利亚姆？"

利亚姆伸出他的小指头。

达伦呻吟了一下，然后消失在楼梯尽头。

"喂，等等！"我在他身后喊，"我到底能不能知道这个秘密？"

"能！"他说，"我就是要先给你看个东西。"

"你们玩得怎么样？"我强迫自己问孩子们。

"奶奶和爷爷带我们去他们的公园了。"薇奥莱特说，"你记得吗？它比我们的公园小点儿，但是有高高的墙围起来的迷宫。"

"记得，"我告诉她，"还有跷跷板。"

她点点头。

"我们玩了跷跷板。"利亚姆说。

"但他还太小，所以爸爸得帮忙扶着，我才不会沉到底下去。”薇奥莱特从沙发上跳下来，“我要去看看我的娃娃们。”

“还有我的乐高。”利亚姆跟着她跳下去。

我跟着他们上楼去找达伦。达伦在书房——他时常提醒我，如果我们再要个孩子，这里就是老三的卧室——打开了他的笔记本电脑。

“这两个小坏蛋，”他说着点开了几个窗口，“我本来打算等全搞定了再告诉你，但我和爸爸说话被他们听到了。我原本想等到我们的纪念日再说的。你能相信已经十年了吗?”

“八年，”我说，“到十一月，我们才结婚八年。”

达伦笑了。“从我们第一次见面算起，就是十年。”接着他把电脑屏幕转向我，“我把那栋房子买下来了。”

我的大脑一时解析不出他的话。

“你什么?”

“这就是我的秘密!”他说，“薇奥莱特出生的那年夏天，我就盯上这房子了。我想把我们见面的地方买下来，今年一月我终于说服他们卖给我了。”

我仍然挣扎着想搞清楚情况。达伦站起来，握住了我的手。

“我知道我们过去这一年多老是磕磕绊绊的，”他说，“但我们去年夏天在东汉普顿多开心啊，所以我就想，有了这栋房子……”

眼泪湿润了我的眼眶。“噢，达伦。”我攥紧了他的手。他还是爱我的，他仍然希望和我好好在一起。直到那一刻我才明白。但这样我就更弄不懂他的出轨了。他怎么能在计划这种事的同时，又做出那种事来?

他也抓紧了我的手。“从秋天开始我就一直在偷偷联系房地产经纪人，那是个很可爱的老太太，叫琳达。三月份那个周末，我说要和朋友去打高尔夫，其实是去办交房手续的。”

房产经纪人？我感到一阵恶心。

这整整几个月里，我让自己相信他在出轨。我自己捏造出了一个达伦的真实面目，他的欲望，他对我的背叛。我以为自己很清楚发生了什么。我以为自己看透了他，而他绝对不会料到我还有这一面。但其实我并没有懂他，完全没有。

“我们说话这会儿，那房子正在翻新呢。”他说，“我看到的时候那里已经荒废得够呛了。所以我有给到你惊喜吗？你有没有起过疑心？”

我想起自己最初爱上的那个达伦——那个让我笑到脸疼的男人，那个能把暴风雨变成晴天的男人。虽然我已经不记得我们上一次笑出眼泪是什么时候了，但其实达伦一直都在，是我忽视了他。我选择只盯着出错的一面，而不是正确的一面。而自始至终，他都在努力买下我们初遇的那栋房子。他想要弥补我们的关系，但他所做的全是我一再要求他不要做的事。他再一次把我排除在了重大决定之外。

这信息量太大了。我开始哭起来。

“你喜欢吗？”他问，“这是幸福的泪水吗？”

“它太美了。”我说着擦了擦眼睛。罪恶感几乎要把我整个吞噬掉，那种羞耻感。

达伦用双臂搂住了我。“只给你最好的。”他在我的发间低声说道。接着他把门踢合上，开始用一种我许久没从他身上感受到的激情吻我。

我也吻了他。然后在五个小时内，我第二次被一个男人脱下衣服，第二次被一个男人的嘴唇贴着胸部，也是第二次，我感到一个男人正坚硬地顶着我的大腿。但这一次，即使身体给了回应，我仍然感到麻木。

“我真的不想瞒着你。”事后，达伦一边给我重新穿上运动衫一边说，“不过看你的反应，这次是完全值得的。我们下个周末也许可以过去重新认识一下那栋房子。”

“好主意。”我说着，一边确认自己的眼睛已经干了，脸上是微笑的表情，“我同意。”

他又吻了吻我，然后打开门，对着孩子们欢呼。“妈妈知道我们的秘密新家啦！谁想晚饭吃披萨庆祝？”

我想我一口都吃不下去。

70

周一的早上，我在公司，努力想把所有的事赶出脑海——你，那间酒店的房间，达伦，那间沙滩小屋——把注意力集中在策划的新剧上。这部剧的名字还没定，但思路是邀请著名音乐人们来写一些歌曲，向孩子们介绍政府的各种形式。我们打算在试播集时介绍君主制度，因此正和艾尔顿·约翰商谈为那集写一首歌。这个想法其实源于上次大选日上薇奥莱特对我说的一句话——她问打算投票选谁当公主。

可我既没法集中精神给艾尔顿·约翰的经纪人打电话，也不知该怎么写剧本方案。我需要找个人来倾诉发生的一切——我和你的事，以及我和达伦的事——但我又觉得太羞愧了。我知道我哥哥还是会爱我的，凯特也会继续当我最好的朋友，但我不希望他们在听过我干出的事之后对我改观，哪怕只有一丝一毫。而我认为他们会的。如果换位思考，我也许就会对他们有看法。

可是茱莉亚也许会懂。自从跟我一起看了你的画廊展览后，她时不时会问起你。而且她还未婚，也许不存在我想象中凯特和杰森会有的那些顾虑。我给她的办公室打去了电话。

“嘿！”她接起来，“我今天正想打给你呢。我有件事要说。”

我扯了扯听筒线，看向窗外。

“好消息？”

“大好的消息。”她说，“我今天早上交了辞职信。”

“你找到新工作了？”我问。茱莉亚已经物色好几个月了，但美术总监的职位少之又少，不同领域之间跨度也很大，而她又不想离开童书领域。

“没错。”我能听出她在电话那头的笑意，“你现在正跟兰登书屋金色童书的最新美术总监说话呢。我再过三周就上任啦！”

“恭喜！”我说，“太棒了。薇奥莱特就喜欢金色童书系列。我们家有差不多二十本呢。”

“她要是还想要别的书，只管和我说。我入职后可以从书库里多领一些出来。”茱莉亚每次见到两个孩子都会发礼物。他们书架上一半的书几乎都被茱莉亚承包了。

“谢了，”我说，“薇奥莱特肯定会喜欢的。”

“但你打过来是有事要说吧。”茱莉亚说，“看我把话题都带跑了。”

“你什么都没带跑。”我说，“我就是打过来问个好。”

我做不到。就算对茱莉亚，我也说不出自己都干了什么，我让自己相信了什么，我对你说了什么，我错得有多离谱。而我最最不能承认的是，哪怕事到如今，在我内心深处，还是想离开达伦去找你。

你——你让我感到自己活得那么真实，加布。我甚至都不知道自己能否把这种感觉化为语言。有你在身边，世界好像都变大了，充满了各种可能。我好像更聪明、更性感、更美丽了。你看我的那种眼神，别人谁都学不来。你能理解我内心的本质，而且你并不想改变我。你想要我的全部，而达伦想要的只是我剔除瑕疵的部分。我想这就是最适合的描述吧。为了克制住给你打电话、和你在一起的欲望，我耗尽了每一分自控能力。但如果我伤害了孩子们，我永远都不会原谅自己，哪怕这意味着要永远放弃这种感觉。

71

我们见面的一周后，我还在努力地不去想你，但是以色列和加沙之间的新闻充斥了报纸和网络。*他在那里！*整个宇宙都在重复着这句话。*想想他吧！*我搜寻着每张照片上的署名，想找到你的名字。在一张特别有冲击力的图像上，我终于找到了。那是五个女人，全都裹着头巾。其中一个正向前伸出手，好像要阻止画面外的某件事发生。我读到那是一场葬礼，死者是一名巴勒斯坦男孩。于是我明白了——你离开了耶路撒冷，去了加沙。

几周之后，新闻媒体开始将这场冲突称作"一场事实上的战争"。我在电视机前挪不动步子，为眼前爆发的战争惊惧不已。那里有那么多孩子，有些看起来也就跟薇奥莱特一样上小学一年级，还有的跟利亚姆一样刚到学前班年纪。我看到记者采访了一个女人，她说自己晚上从不让三个孩子睡同一间屋，这样就算炸弹炸毁了房子的哪个角，她也不至于一下子三个孩子都没了。

接着我又看到那些连房子都没有的家庭。

"要不要看《犯罪现场调查》?"我正看新闻时，达伦一屁股坐在我旁边的沙发上问道。

“好。”我说着换了台。但是我完全跟不上剧情。我的思绪以及我的心仍留在加沙。

72

那天你打电话来时，我正在工作。

“加布？”我问。

“我再也受不了了。”你说，“我要回家。”

我的心脏在胸腔里加速起来。“出什么事了？”我问。

“我从来没见过这样的场景。”你对我说，“那些女人，孩子。”你的声音沙哑下去，“我一直在想你，想着华威酒店的事。我当时不该叫你来耶路撒冷的。我应该主动留在纽约。达伦还在跟那个琳达鬼混吗？你跟他谈过这事了吗？”

我屏住了呼吸。这是我一直期盼的事——是我期待已久的请求。但如今已经没有意义了。我沉默了一会儿。

“加布，你在那儿做的是有意义的工作。我在《纽约时报》的头版上看到你的照片了。你向人们展示了世界上正在发生的事。你正在做你梦想中的事情啊。”

我听到你急促地呼了口气，“我以为我能够带来真正的变化，但是……那只是一些照片而已，露丝。它们什么都改变不了。这世界仍旧是污糟一团。而且现在……我感觉已经付出太多代价了。我想你。我一直都想着你。”

“我也想你。”我说，“但是，加布，如果你回来……我不敢保证……别为我回来，加布。别逼我做选择。达伦没有出轨。他……他给我买了一栋房子。我们就是在那栋房子里认识的。琳达其实只是房地产经纪人。”说出这些话让我心碎，但我知道这才是正确的做法——为了我的孩子，我的人生。我必须要负责，要专注我的婚姻，要维系我的家庭。

我听着你大口地吸气，呼气，吸气，等待着你的反应。

“这就是你想要的吗，露西?”你温柔地问，“这样就能挽回一切吗?”

我闭上眼睛。“不是的，”我说，“我不想要，也挽回不了。但这是个开始。我说过不会抛下我的孩子，我不会破坏我的家庭。”

我想象着你的痛苦，我知道它已经浮现在你的脸上。我努力狠下心来面对。

“我想我还是得回去。”你的声音里充满了感情，“我觉得，为了我自己也要回去。我会交辞职信的。希望我到夏末的时候就能回家了。而且……我不会期望你做什么的。但人生苦短，露西。我希望你快乐。我希望我们都能快乐。”

我不知该怎么回答，因为我也希望我们都能快乐，只是我找不到一条实现它的出路。“好吧，”我说，“在那儿要注意安全。我们……等你回来再聊。”

“我爱你，露西。”你说。

我不能让你的话悬在那里得不到回应，尤其当我的感受和你一样时。

“我也是。”我含着眼泪轻轻地说，“我也爱你，加布。”我那时是真的爱你，现在也是，我永远都爱你。那时我意识到，我确实也爱达伦，但我和你之间的感情不一样。如果我后来再也没见过你，那也许有达伦就足够了。但我咬了一口禁果。我吃了知识之树的果实，我见识到了更多。

我那时知道自己应该忘掉这一切，无视这种种可能。因为如果用“我更喜欢加布”作为理由来毁灭和一个优秀、慷慨的男人的婚姻，那看起来是不可接受的。对我的孩子们来说更不可接受。

我那天剩余的时间里请了假，回到家，在沙发上沉沉睡去，手里还抓着《查特莱夫人的情人》。

73

有些事情，我们在无知无觉之间就收到了信号。

我早就应该察觉的，当我晚上八点半给利亚姆读着《如果你给小老鼠一片饼干》，读到一半就在他的小床上睡着了。

我早就该察觉的，当我的生理期晚来了五天，接着是十天。

但我始终没有察觉，直到那天我突然醒来，还没来得及冲向厕所就知道自己要吐了。我伸手去抓床头柜边上的垃圾桶。

“噢，老天，”达伦从床上蹦起来，“你是不是想吐？”

我用手擦了擦嘴，同时大脑飞快地拼凑信息。“我要验个孕。”我呻吟道，“我们柜子里还有没有验孕棒？”

我把垃圾桶里的塑料袋扎了个死结，同时把剩余的信息在脑中过了一遍。我在算日子。和你在一起的那天，我很肯定自己不在排卵期，那天后来我还和达伦亲热过。但我当时肯定算错了。一瞬间，我的整个身体烧了起来，意识被一个问题吞没：这是谁的孩子？

“等等，你是说真的？”达伦问。

“跟布拉格之掷[1]一样真。”我说，拼命克制住自己不露出震惊以及恐惧的表情。

达伦从床上跳下来，给了我一个结结实实的拥抱。“太棒了！”他说，“我们要用小小人填满这个家了！你知道我一直想再要个孩子。我们的新房子肯定带来了好运。”

“一定是的。”我说，但心里想的完全相反。我的脑子飞转着。

我要告诉他吗？不告诉他？如果我说出来了，他会离开我吗？把我踢出家门？我们家会不会就这样付之一炬？我不能告诉他。但如果孩子真是你的怎么办？我怎么可以让他养你的孩子？

“我还想吐。”我对达伦说完就跑回了洗手间。

我不敢相信这就是我的人生，活像一出肥皂剧。

我知道你正计划近期回纽约。我决定先等一等。现在还没必要告诉你，至少不能在电话里说，至少现在不能说。

我真希望自己当时选了另一条路。如果早知道我们的时间有限，如果早知道我们会在这里结束，以这种方式，我会在那天就行动。我真希望能拨回时间的指针，打出那通电话。也许此时你就已经到家了，也许你身上就不会发生这样的事。

---

1 布拉格之掷（Defenestrations of Prague）：又名布拉格掷出窗外事件。1618年，在布拉格参加捷克新教代表会议的代表冲进城堡，将两个哈布斯王朝的高官连同一个文书从布拉格城堡三层的窗户扔了出去。该事件成为欧洲三十年战争的发端。

74

一个人的世界总会因为某些时刻被彻底改变。有时是因为一个决定，而还有些时候，我觉得，是因为整个宇宙，命运，上帝，某种更高级别的力量，不论你怎么称呼它。我不知道。我纠结于这个问题已经三十年了。

那个星期二，我正乘出租车去上班。也许是出于不确定感，也许是因为负罪感，或许是因为我还没告诉你实话，总之自从我发觉自己怀孕后，那几周的恶心感简直糟糕透了，所以我不想冒险坐地铁，免得吐在陌生人身边。于是我只好打车。达伦提过要请个司机接送我上下班，但那又未免夸张了点。于是我就每天早上打车上班，有时候下班也一样。我不知道“晨吐”这个词是谁叫起来的，但那个人肯定太乐观了。我身边随时备足至少两个塑料袋，虽然目前为止还没有真吐在出租车上过。可在办公室里就是另一回事了，我那可怜的助理好像已经被吓得准备单身一辈子了。

就在我慢慢地呼吸，用鼻子吸气，嘴巴吐气，试着让身体平静下来时，手机铃响了。上面是个陌生号码，但我还是接了，以防薇奥莱特或者利亚姆出了什么事。自从当了妈妈，我就改变了接电话的习惯。我最怕的就是在孩子们需要我时错过来电。

“喂?”我说。

“是露西·卡特·麦克斯韦尔吗?”

“是。”我答道，可是我只在脸书上用这个名字。

“我是埃里克·卫斯。”对方说道，“我是联合通讯社的责任编辑，是加布里尔·萨姆森的同事。”

“嗯?”

“我打电话来是想通知您，加布受伤了。”

他打住了话头。我止住了呼吸。

“受伤，可是他没事吧?”

“他在耶路撒冷的一家医院。”

到这时，我大脑的运转速度才跟上我的心跳。

“等等，”我说，“为什么是您来通知我这件事?”

我听到埃里克在电话那头深吸了一口气。“我查看了加布的个人档案，你在他的紧急联系人和医疗代理人列表上。上面写你是他的好友?我们需要你来做一些决定。”

“决定?”我重复道，“关于什么的?出什么事了?”

“很抱歉，”埃里克说，“让我从头说起吧。”

然后他告诉了我事情的经过。你在加沙，那里的舒加艾耶社区爆发了冲突。有个地方发生了爆炸，而你离得太近，没来得及跑。一名以色列医护人员在那里照顾你，然后美联社的同事送你去了耶路撒冷的医院。但你对任何外界刺激都没了反应，也无法自主呼吸了。他告诉我，你恐怕无法恢复了。你签过放弃抢救协议，但他们是直到给你连上生命支持设备之后才发现的。所以现在，他们需要我的许可才能帮你移除设备。

“不，”我不停地对着电话说，“不，不，不，不，不。”

“女士?”出租车司机问道，“你还好吗?”

“麻烦你掉头，”我气若游丝地说，“我要回家。”

我回到家，爬回床上，哭了出来。我哭了好几个小时，然后打电话给凯特，把你的事大致告诉了她。

“我觉得我应该去耶路撒冷。”我对她说，“我不能连见都不见一面就让他们拔掉加布的氧气管。我不能让他在只有陌生人的地方孤零零地死掉——或者醒过来，不能让他一个人迷茫受伤。”

“那里在打仗啊。”凯特脱口而出，好像根本没经过思考，“但我有一家合作的公司在特拉维夫设了总部，他们好像还正常上班。所以那里大概没有传说中那么危险？至少在以色列那边还好。”

“还有，我怀孕了。”我对她说了出来。

“你怀孕了?”这突然跳转的话题让她有点不知所措，“你什么时……我还以为你不想再要孩子了。等等，我先——”

我听到她办公室门关上的声音。

“好了。到底怎么回事?”

“孩子可能是加布的。”我轻轻说，“我不知道。”我还没跟她说过我们的事，包括华威酒店的事，也是因为这个原因我才没有告诉她我怀孕了。我实在说不出口，我太担心她会对我有什么看法。但那时我已经不在乎这些了。我需要她。我需要有个人能依靠。

“噢，露西，”她说，“露西啊。”她安静了一会儿。

接着她说："你怎么不早告诉我呢？算了，这个以后再说。先说现在：你要我跟你一起去耶路撒冷吗？"

我发出了一声哽咽，还混合着安慰的叹息。"我爱你。"我对她说，"对不起我没有……你是世界上最好的朋友。"

"你以后可别忘了。"她说。

"但就算我怀孕了，就算那里在打仗，我觉得还是得自己去耶路撒冷。"

我知道，要对达伦解释清楚情况——但又要略过华威酒店的事不说——是何其困难。也许我根本试都不该试。如果我真想认真对待自己的婚姻，就该在纽约把该签的字签了，然后告诉埃里克·威斯，让医生认为怎么妥当就怎么办吧。但就算懂得这些道理，我也做不到，更何况我身体里可能还孕育着我们的孩子。我该如何向孩子解释，我在父亲最需要的时候抛弃了他？

"你在逗我吗？"达伦下班回家被我拽进卧室后，一脸难以置信地问，"你希望我允许我怀孕的老婆飞去战争地带，好坐在她老相好的床边？"

他说话的语气让我更坚定了想法。"那里没有传闻中那么危险。"我说，"而且，达伦，我不是在求你允许我做什么。"

"所以你是在告诉我你要去？我没得商量？"他在我们的床前来回踱步，"那个混蛋为什么就他妈非要写你是他的医疗代理人？"

我震惊地睁大了眼睛。达伦几乎从来不说脏话，而且他的话语里夹带着那样的怨毒。

“我是在告诉你我想去。”我说，“我是在告诉你，我需要去，否则我会后悔一辈子。”说出这些话的时候，我的声音颤抖了。我心想：我的婚姻会就此破灭了吗？我曾叫你不要为了我回纽约，不要逼我选择，但真到了这一天，我也许还是会选择你。

“你到底明不明白那里在打仗？我看连航班都停了吧？”

我在他回家之前就查过了。“以色列航空还有航班。”我顿了顿，让声音不再发颤，“而且他们还有‘铁穹’[1] 呢。这又不是去加沙，我不会有事的。”

“那要是孩子出了什么事呢？”

“他们的医疗急救比我们还强。”我说，“我在网上看过了。”当下还不是时候告诉他孩子可能是你的。可我想，真的存在告诉他的合适时机吗？

我看出达伦正冷静下来。我能看见他在脑袋里预演着脚本，并且意识到自己在这场争执中无法轻易获胜。

“求你相信我。”我说，“我需要去做这件事。”

他揉了一会儿额头。

“老天啊，露西。”他最后说道，“我不知道你跟那个男的到底是怎么回事，为什么他不停地把你拉回到他的轨道上。他十年前抛弃了你，我以为你不会连这种事都不记得。如果你非要去那就去吧。但我希望你越快回来越好。最晚不能超过周日。那里不安全。”

“好吧。”我说。如果我次日出发，就只能在耶路撒冷待三

---

1 铁穹（Iron Dome）：以色列“铁穹”反火箭弹系统。

天。我也想要多一点时间，但如果我还想回到我的婚姻中，不让它在重返大气层时解体，我知道自己必须妥协。而且达伦真的是个好人——即使在如此不悦的情况下，他还是同意了。也正是因为如此，境况才会这么艰难。如果他是个混蛋倒还好些。

于是我订好了航班，包括周日早上的回程。我收拾好行李，打电话给凯特告诉她我的打算。

我和你之间经历了那么多，真的无法相信，人生会把我们带到这一步。

75

我跟着其他头等舱的乘客们一起登机，发现自己的座位旁边是一个年长的犹太教正统派女人。她头上裹了一条带图案的方丝巾，系在脖子后面。我坐下的时候，她朝我微笑了一下。

我也以微笑回礼，但其实已经在专心慢慢呼吸，试图用意志压住恶心感，试图忽略喉咙里的咸涩味。可那些都无所谓了。当其余旅客登机时，我跪在飞机的洗手间里呕吐。“千万不要一路上都这样啊。”我趁冲水的时候大声说，接着擦了擦嘴。

“还好吗?”等我回到座位上，那个女人用口音浓重的英语问道。我的脸色一定很苍白。

“怀孕了。”我告诉她，一边把手放在下腹部，接着补充道，“有宝宝了。”我不知道她听得懂多少英语单词。

她点点头，然后在小提包里搜罗着什么，接着递过来一包糖果，上面写着希伯来文。“这个有用。”她说，“我在飞机上吃。”

我捏起一颗放到鼻端闻了闻。“是姜糖吗?”我问。

她耸耸肩。她听不懂这个词。“有用的。”

反正事已至此，我干脆剥开糖纸，把糖丢进了嘴里。我含着糖果，竟然真的感到好些了。“谢谢你。”我对她说。

“我有五个。”她说着指指自己的肚子，“我老是恶心。”

“这是我第三个。”我告诉她。

“你是犹太人?”她问。我猜她在琢磨为什么我怀着孩子还要去正在打仗的以色列。

“不是。”我说。

“你的……”她搜寻着词，最后找着了一个，“……男人在以色列?”

我庆幸她用的词是“男人”而不是“丈夫”。

“是的。”我说，“他是个记者。现在在医院。他在加沙受了重伤。”

我说这些话的时候，感到眼泪涌了上来。除了凯特和达伦，我还没有对任何人说过你，以及你身上发生的事。

接下来，我发现女人的双臂搂住了我，用希伯来或是意第绪语低声说着什么——我听不懂，但仍旧感到安慰。说起来有点丢脸，我在她的肩头哭了一场，让她抚摸着我的头发。当我最后终于平静下来时，她就握着我的手。飞机送完餐后，她一直轻拍着我的手臂，好像在无声地说：没事的。

我睡了好几个小时。当我醒过来时，发现自己身上盖着一条飞机毯。

“谢谢你。”我对她说。

“上帝自有安排。”她说，“孩子总是受神赐福的。”

我对她说的这两点都难以尽信。我不喜欢上帝对你的这种安排，而且我也能想出好几个得不到福佑的孩子的例子。但是她的信仰和那种安静的力量确实起了作用。当我们相信自己只是舞台上的演员，正按照某人的安排演绎着自己的故事时，自会感到一种平和。

这真是上帝的安排吗，加布？这世上真的有上帝吗？

76

我们准时降落在特拉维夫。我向达伦报了平安，然后打车直奔医院。我有种怪怪的感觉，因为我既没发消息通知你我到了，也没有打电话问你住在哪个房间，该怎么找你。但我没人可以打电话，也没人可以说。只有我——和孩子。

“有你在真好。”我对着自己的腹部喃喃道。知道还有另一个小生命在身边和我共同经历这一切，这多少让我感觉不再那么孤单了。

医院门口有两个保安在检查每个人的包。“我要找一个病人的房间。”我把自己的包递过去时诚恳地说。我甚至不确定他们懂不懂英语。

“询问处在那边。她能帮你。”在我通过了金属探测器并拿回包之后，一名保安说道。他指着他身后的一张桌子。

我拖着身后的箱子，用最快的速度跑向问询台。

“麻烦你，”我一到台前就说，“我要找一个病人的房间。加布里尔·萨姆森。”桌子后的女人一定注意了到我心急如焚的样子。十个半小时的飞行和时差也没能消减我的焦虑。我知道我的眼睛肯定布满了血丝，头发和衣着也乱糟糟的。她第一时间在电脑上找到了你的名字。

“八楼，”她说，“重症监护室。802 房间。”接着给我指了电梯的方向。

我按下八楼的键，试着回想你在华威酒店的房间号。我闭上眼，想象着你的手指按下按钮。是六楼，或者五楼？一颗眼泪顺着我的脸颊滚落。我到那时才意识到，如果你死了，我就成了我们回忆的守护者。我将成为地球上唯一一个经历过这些事的人。我得更努力回忆。我不能忘记那些细节。

电梯“叮”地响了一声，门开了。我走向桌子后的女人，告诉她我是来看你的。她点点头，说我可以先坐会儿，医生马上就来。然后她拿起电话，开始用希伯来语飞快地说话。

“等一下，”我说，“可是我想见见加布。我现在能见他吗？”

她用手捂住了话筒。“马上，”她说，“但几位医生想先跟你谈谈。”

我还拖着飞机上带下来的行李箱和超大号的手包。我带着它们来到一张灰色的中规中矩的椅子前坐下，闭上眼，试着回忆第一次见你的样子。你当时穿着件白 T 恤吗，还是灰色？它有口袋吗？左边有个图案？它的领子有点 V 字形，这我还记得。

这时有人在我面前清了清嗓子。我睁开眼。“麦克斯韦尔太太？”一个男人问道。他穿着白大褂，让我联想到杰森那件实验室袍。

我点点头，站起来。“我是露西·麦克斯韦尔。”我说着伸出手来。

男人和我握了握手。“我是阿夫·沙米尔，”他说，“萨姆森先生的神经科医生。”他的英语听起来几乎毫无瑕疵，只是发“r”音的时候有点吞音。

“谢谢您照顾他。”我说。

有两个女人站在沙米尔医生身后一点的地方。她们走上前来。

“我是达夫娜·米兹拉希。”高一些的女人说道。她的口音更重一些，“我是重症监护医生。”

我也和她握了手。“您好。”我呆呆地说。

然后第三个女人也作了自我介绍。她穿的不是白大褂而是色彩明亮的夏装，肩膀上披着一条围巾。“我是休夏娜。休夏娜·本-阿米。”她说，“我是这里的社工。我已经预约了一个房间——我们去那儿说话?”她听起来像是英国人。我不知道她是在英国长大，近期才搬来以色列的，还是双亲中有一方是赴以色列的英国人，所以才从小学会了两种语言。

“好的。”我跟在他们三个后面。出于长途飞行、时差以及目前境况的不真实感，我觉得自己好像飘在空中，好像这一切都发生在梦中世界，所有的声音都像穿透了一层绵羊毛才传到我的耳中。

“你知道发生了什么事吗?”等我们都坐在了小小的、安静的房间里，米兹拉希医生问我。屋里有一张桌子、几把椅子和一部电话。

“知道一点。”我答道，把手袋放在脚边。

“你想再多了解一些情况吗?”她问道，“我把病历本带来了。”

通常情况下，我会想了解所有的情况。通常我掌握的信息越多就越有把握。但这次我拒绝了。“我只想见见他。”我说。

她点点头。“你会见到他的，马上。但我们想先让你知道几件事。”

沙米尔医生坐在我的对面。“你也知道了，”他说，“你的朋友受了非常严重的大脑外伤。你要我讲一遍测试结果吗？”

我深吸了一口气。“您就告诉我一件事，”我说，“他伤愈的概率有多高？需要多久？”

两位医生交换了一下眼神。“他大脑的下半部分感染了。”沙米尔医生说，“那里是控制基本生活能力的区域。”

“比如吞咽、呼吸。”米兹拉希医生解释道。

“但他可以重新习得这些能力吧？”我问。希望，它栖息在我的灵魂中。它唱着无词的曲调。你在哥伦比亚上过那节课吗？在讲艾米莉·狄金森的课上？我不记得了。我真希望自己记得。

他们又对视了一眼。这次，米兹拉希医生先说话了。“我和沙米尔医生都做过了脑死亡测试。”她说，“你的朋友的大脑……已经停止工作了。”

“但它会再恢复吧？”我问，“就像断了腿，或者嗓子痛。他会好起来吧？”我坐进特拉维夫的出租车时，想象过你听到我声音后醒来的样子。我想象你在我的怀里完好无损、快快乐乐。

沙米尔医生直视着我，他那双棕色的眼睛被镜片放大了。“萨姆森先生已经脑死亡了。”他说，“也就是说他将永远无法再自主呼吸，也永远无法再吞咽、说话、走路。我很抱歉。”

萨姆森先生已经脑死亡了。一阵剧烈的恶心席卷过我的身体。我疯狂地环视房间寻找垃圾桶，接着干呕着冲向一个角落。脑死亡。大脑已死亡。死亡。你走了。永远地走了。我的身体拒绝接受这个信息，拒绝接受一切。

我的胃一阵又一阵地痉挛，想把身体里所有的东西都挤压出来。

米兹拉希医生跟过来，在我身边蹲下。“深呼吸。”她说，“用鼻子吸气。”

我照做，终于不再窒息了。

“再来一次。”她扶我站起来坐回到椅子上。我在哭。我已经麻木了。我感到自己的意识被撕裂成两半，感知事物的那部分已经从我身上脱离出去，盘旋在屋顶，俯视着这场会议。

休夏娜离开了房间，然后拿着一杯水回来。“你要不要先缓一缓？”她问。

我摇摇头。我感到自己像个机器人，身体和嘴都在机械地运动。“对不起。”我对在场的人说道。

“你不必道歉。”休夏娜说道，用手轻轻拍着我的手。

“我怀孕了。”我试着解释，“我本来就在犯恶心。我想——”

“多久了？”米兹拉希医生问。

“刚过八周。”我说。

她点点头，坐在我身边的空位上。

“你可以让他继续使用生命支持设备。”米兹拉希医生告诉我，“我们可以谈谈使用时限以及相关风险。但我总是对我的亲朋好友说，要考虑到他们所爱的人究竟想要什么。他希望怎样度过生命剩余的时间？”她伸手拿过桌子另一端的材料，然后翻出其中的一页纸，“这份放弃抢救协议书是美联社发给我们的。”

我接过纸，看着你的签名。这笔迹如此熟悉——所有该是弧线的地方都写出了弧度。签署日期是 2004 年 11 月 3 日。我开始看上面的表格，但是顿住了。我明白了这意味着什么。我仍旧感到麻木、机械，仿佛灵魂的一部分飘到了别处。我不知道接下来该说什么。真希望自己不是孤身一人，真希望你在我身边。

“我什么时候可以见他？”我问。

“米兹拉希医生现在就能带我们过去。”休夏娜说，“你也可以跟我留在这儿，我们聊聊，你想聊什么都行。”她递给我一个塑料袋，“我这里有萨姆森先生留给你的相机，还有他的手机和钱包。他家的钥匙和酒店钥匙也在。这些是他身上的全部东西。”我朝袋子里看了看。你的手机已经四分五裂了，相机却意外地完好无损。但我可以看到镜头上有一些干掉的泥点——也可能是血。

我颤抖着吸了口气。这太过沉重了。我一团乱的思绪直接跳跃到了你所有的遗物上。那些东西也全要由我来处理吗？有那么一刻我希望达伦在我身边，他会知道该怎么办。或者凯特在也好。我决定待会儿要打电话给凯特。但我要先去见你。这才是我来的目的，这才是我不远万里赶来的目的。

“谢谢你。”我对社工说，“但我现在只想见他。我现在可以见他吗？”

“当然。”她说着站起身，帮我拿起了行李箱。

“我们得坚强点。”我对着宝宝轻声说，也许是对着自己说。我跟着休夏娜和米兹拉希医生走出了房间。沙米尔医生去了另一个方向，他说如果我想进一步谈谈可以去找他。

我点点头，于是他走了。

接着我又站住了。“还有一件事。”我在走廊上说道。

休夏娜停下来看着我，“什么事?”

我又深吸了一口气，不敢相信自己要问的话。“你们做亲子鉴定需要孕期多久?”

米兹拉希医生也站住了。她的目光直接落在我的腹部，然后才回到我的脸上。“有一种血液测试，怀孕八周就可以做了。”她说，“同时也能测出胎儿的性别。”

我攥紧了手中的塑料袋，那些都是你留下来的东西。“谢谢。”我说。

然后米兹拉希医生带着我们去见你。

77

我走进你的房间，不得不扶着门框才站稳。那种恶心的感觉又来了，我拼命把它压抑下去。

一根呼吸管插进你的喉咙。你的嘴唇干得四周都开裂了。你的头上缠着绷带，紧闭的双眼下方的软组织青紫一片。从手肘到腕骨，你的左臂都被夹板固定起来。到处都是管子和滴滴作响的机器。但那就是你，你就在那儿。你的胸膛还在起伏，你还活着。我明白刚才医生说的话，但我视若无睹。

“加布。”我轻声说。房间里有一股金属和药水的味道，就像防腐剂味混合着汗味和血腥味。我跪在你的床边拉住了你的手。让我欣慰的是，你的手指还是温暖的。我把它们贴在我的脸上，希望你还会用大拇指摸索我的嘴唇，希望还能听到你的声音。

我想起我们最后一次说话，我们说爱着彼此，我叫你留在耶路撒冷，不要逼我选择。“我收回那句话。”我对你说，“我不是故意的。回来吧，回来啊，加布。求你了，别离开我。”

什么反应也没有。你纹丝不动，甚至连微微的抽搐、眼皮的颤动都没有。

一声呜咽钻出我的胸口，接着我再也忍不住了。我的喉咙缩紧了，我的肋骨在作痛，我的身体在颤抖。我瘫坐在地上。

我不知道休夏娜是什么时候进屋的，但她坐在我边上，把手搭在我的肩头。“麦克斯韦尔太太，”她说，“露西。”

我不再看你，而是望向她。我试着止住这地动山摇的抽泣。她扶着我从地上站起来。

“我们出去走走吧。”她说，“还有别人能过来陪你吗？”

我摇摇头。“没人。”我哽咽着说。我想到了凯特，想问她能否搭乘当晚的飞机过来。如果我叫她她一定会来的。我发颤着吸了口气。

“会好的。”休夏娜说着扶我离开了你的房间，回到大厅里。“探视时间马上要结束了。要不你先休息一下？你不用在今天做任何决定。”

“好。”我的声音抖得一塌糊涂。

“你要不要叫辆车去酒店？或者去萨姆森先生的住处？”休夏娜问道。

我已经订好了酒店，但我想起塑料袋里还有你住处的钥匙。我的联系人列表里有你的地址，那是我们一起在床上时你输入进去的。我觉得自己应该去那儿。“要辆车。”我说，“那样最好了。”

休夏娜点点头，几分钟后带着我的行李箱回来了。“我带你出去见司机吧。”她递给我一张卡片，“我一般不这样做，这是我的私人座机。如果你有任何需要就打给我。我把我的手机号码写在反面了。”

“谢谢你。”我把卡片放进手袋里。

她拿起我的行李箱，然后我跟着她走过旋转门来到了停车场。一个想法突然闪过我的脑海，随后转瞬即逝：如果命运是在用这种方式达成我的愿望，让我不必再在你和达伦之间选择，那么，我也不想活在这个世界上了。

你觉得呢，加布？在加沙做报道是你的选择吗？你选择用照片记录下你工作的时间、地点和方式？指引你走到这一步的是你的选择吗？还是天意？你的命运？我们的命运？我已经有了自己的答案，但我多想听听你的。

78

出租车司机载着我驶过七弯八绕的街道，试着让我一路多看看风景。这是我第一次来以色列，我知道自己应该多留心一些，好好看看身处的美景，但我的脑子仍旧一片混乱。你躺在医院床上的画面在我的脑袋里熊熊燃烧着。还有沙米尔医生的那句话："萨姆森先生已经脑死亡了。"*别去想它*。我对自己说。*专注眼前的事*。*坚强点*。*想想他的住处*。那儿会不会看起来很熟悉？会不会感觉像家一样？我会不会在那儿找到些什么，暴露出我所不知道的你的某些方面——而我现在却不想知道的？一时间，我觉得也许自己还是该去酒店，但我们已经在半路上了。而且说实话，我还是想看看你住的地方。我想把自己沉浸在有你的地方。

"啊，里哈维亚社区。"当我把你的住址给司机看时，他说，"好地方。"

他说得没错。你的邻居们都很好，他们热情而平和。我把注意力放在一路经过的建筑上，不去想刚才在医院的所见所闻。我想象着如果当时说"好的，我跟你去耶路撒冷"，我会不会已经在那家超市购过物？在那间小店里喝过咖啡？我们会不会就一直高高兴兴地在一起，还是所有事都会被扭曲玷污？在混沌和麻木之中，我突然想到了薇奥莱特和利亚姆。离开才不到一天，我就已经在想他们了。真想抱抱他们，感受他们小小身体依偎在我怀里的温度，他们的小手搂着我脖子的感觉。我根本离不开他们。

我们停在你的楼前，我拿下行李，站在门口。铁门后面有一扇木门，两扇门都安装在漂亮的石头拱廊上。换成是我，也会选这样的楼。它看起来结实、温馨，好像几个世纪以来都在保卫着一个个家庭，守护他们的安全。我从塑料袋里找出你的钥匙串，然后试了几次才找到打开大门和房门的那两把。我爬楼梯上了三楼，然后又试了一通钥匙。

走进屋里，只有我一个人，突然感觉自己像个入侵者。我都忘了你在去加沙之前才刚到耶路撒冷，而且你待在这儿的时间里也在拼命工作，都不曾好好收拾过屋子。里面有几箱拆开的书还没有整理好，几张放在相框里的照片靠墙摆着，但没有挂上墙。几块用色大胆的带花纹的地毯，很像我在土耳其的街市上见过的那种。一张棕色的沙发。一张堆着电子设备和电线的木桌。一张椅子。我想象你坐在那张椅子上工作，对着你的电脑，剪裁构图，调整色彩饱和度，增加对比度，做着我们一起生活时做的那些事。我用尽全力去想象你在这里，而不是在医院。你还是活生生的，做着自己所爱的事情，脸上带着微笑。至少在我的心里是这样的。

我推开你卧室的门往里看，你的床脚上叠着一条毯子，就是你告诉我你要走时，我丢向你的那条毯子。我把它拾起来，贴在脸颊上。上面仍残存着一丝你的味道。床头柜上放着一本《所有我们看不见的光》。我在你的床上坐下，发现书里夹着一张当书签用的纸。第 254 页，这是你最后读到的地方。你再也没能读完。你的生命被拦腰斩断，戛然而止。就像一部电影的胶片在卷轴上断开，再也放不到结局。你留下了那么多空白，有那么多事情你再也无法完成、无法看见、无法知道。

“我来看完这本书。”我大声说，“我帮你读完它，加布。”

接着我看着你的那张书签。那是我们那天下午在 Faces & Names 的收据。我用指尖摩挲着上面的日期。即便知道那是最后一次见你，如果时间重来，我恐怕也只能做一样的事。在吧台上，我还是会把自己的身体紧贴着你的身体。在酒店房间里，我还是会和你一遍又一遍地做爱。我也还是会告诉你，我不能跟你去耶路撒冷。

但我还是忍不住想，如果我答应了你，还会发生这样的事吗？如果有我等在家里，你会不会更小心一点？如果你知道有一个孩子可能是我们两个的，你会不会更小心一点？

我摸了摸自己的肚子。我们那天下午，会不会有了一个孩子？

我像行尸走肉般游荡进你的客厅，然后是厨房。冰箱几乎是空的——芥末酱，几瓶啤酒。柜子里有一袋咖啡豆和半盒茶，还有两袋椒盐卷饼，其中一袋还没拆开，另一袋用长尾夹封住了。我都不知道你那么爱吃椒盐卷饼，我怎么会不知道呢？

回到客厅，我在你的桌子上发现一根 iPhone 数据线，把它插进我的手机里充电。那里还有两台相机和一台 iPad。我想在加沙时你的笔记本电脑一定是随身带的，不知能否想办法把它拿回来。也许美联社能帮上忙，我想。我应该给他们打电话。我应该给凯特打电话。其实我也应该打给达伦。

我的手机电量刚够重新开机，就立刻叮叮当当连收到好几条短信和语音留言。我的妈妈、哥哥、凯特、达伦、茱莉亚、办公室。我拉开你桌子的抽屉想找纸笔列个备忘清单，却只在里面找到一个信封，那是抽屉里唯一的东西，上面写着“加布里尔·萨姆森的遗愿及遗嘱”。

我咬住嘴唇拆开了信封。满纸都是你尖尖的笔迹。那封信我现在就带在身上。

本人，加布里尔·文森特·萨姆森，在身体与心智健全的条件下，申明此文为本人遗愿及遗嘱，此前本人所写的一切遗嘱皆无效。

本人指定亚当·格林伯格为我的遗嘱执行人。若他无力执行或无此意愿，则指定贾斯汀·吉姆。

他们知道发生了什么吗？你的老板有没有也给他们打电话？我应该打给他们，我应该去找亚当。

我指定我的遗嘱执行人，通过我的账户支付任何因我的死亡及丧葬所产生的税务及费用，并偿还任何大额账单和我的债务。

我将我一切创作作品的权利赠与露西·卡特·麦克斯韦尔——我所拍摄的任何照片，我的著作《藐视》，以及我目前正在撰写的新书。新书文稿保存在我的笔记本电脑中名为

"新的开始"的文件夹里。我同意她全权处理并拥有我的版权。

我读到这部分的时候很惊讶，加布。我想，那也许是作为你擅自把我的照片放在纽约画廊展上的道歉吧。我也意识到，我的余生都要和你绑在一起了。你的版权在我有生之年里都不会过期。你在写遗嘱的时候是不是也想到了这一点？你是不是想尽可能长久地把我们两个维系在一起？

> 我的遗产在扣除所有税务、费用及账务之后，剩余部分应平均分为两份用作慈善：分别捐给"9·11"国家纪念馆与博物馆和"星期二的孩子"。
>
> 如果露西·卡特·麦克斯韦尔有意获得我所拥有的任何物品，我都同意赠与她。如无，则希望由我的遗嘱执行人妥善捐赠它们。
>
> 本人于 2014 年 7 月 8 日证明以上内容真实有效。

你就是在那天出发去加沙的吗？是不是你每次前往一个新的冲突地区，都会写一份新的遗嘱？还是这次有所不同？

我还有那么多话想和你说，有那么多问题想问你，我真希望能早些问出口。还有好多事希望能早些告诉你。于是，在第一次读完你的遗嘱之后，我下定了决心。还有一件事，我要在你死之前告诉你。即使你无法回应，即使我都不确定你能否听见。

我抽出休夏娜·本-阿米给我的卡片，拨通了她的号码。

"你们医院，"我问，"做亲子测试需要多久？"

79

第二天早上，我和休夏娜在医院碰了头。她帮我在医院预约了一位产科医生，医生给我做了检查，然后同意做亲子鉴定。米兹拉希医生则有权决定对你进行采血。

我们打电话的时候，休夏娜也不知道测试需要多久。“我去帮你查查。”她说，“但我估计最少也要几天时间。明晚开始就是安息日了。”

我都已经忘了安息日的事。但我觉得只要能在周日早上拿到结果就足够了。医疗机械可以帮助你呼吸到那个时候，我可以陪你到那时。

但上苍却另有安排。米兹拉希医生在抽血室见了我们。

“萨姆森先生目前还可以，但他昨晚遇到了一些小状况。”她打了声招呼就说道。

“请叫他加布里尔吧。”我对她和休夏娜说。她们已经知道了我们的秘密，再这么正式地称呼你让我觉得怪怪的，“出什么事了？”

“他有点发烧，”我跟她进屋时，她说，“当值的住院医生认为他可能有脓毒症，但他们给他增加了抗生素剂量，又打了退烧针。现在烧退了，他的状况稳定了。”

“脓毒症?”我反问，对这个词一点概念也没有。

“很不幸，这种病经常出现在使用生命维持设备的病人身上。这是一种很严重的感染。但是加布里尔看样子挺过来了，至少目前是这样。”我们一进实验室，米兹拉希医生就停下了脚步。我也在她身边停下。

“他随时可能会死吗?”我问，“因为脓毒症?”

“使用生命维持设备会产生很多风险。”她答道。

我想让她一一罗列出来，但最后只是说：“有没有办法今天就拿到鉴定结果呢？或者明天？我不想他毫不知情地就走了。”我感到喉咙发紧，有一刻我想，也许让你因为别的原因而死去会更容易点，这样我就不用亲自做决定了。但是一想到你的身体一点点化脓，由内而外被脓毒感染，我就不寒而栗。我不能让这样的事发生。我不能让任何这样的事发生。

“我会想想办法。”米兹拉希医生说。

接下来，一个目光和善、把卷发扎成马尾的男人给我抽了血，并保证一拿到鉴定报告就发给我。然后，我们就来了，来看你。

于是我们现在在这里，加布。今天早上我走进你房间时表现比昨天好些了。我没有崩溃，我稳住了自己。我在努力坚强，为了你，也为了孩子。我把这当做是一件必须完成的工作，要为之负责。我在尽我最大的努力。

我进来的时候，病房里的护士说你可以听见我说话。我记得沙米尔医生是怎么解释你的大脑状况的，但护士还是让我跟你说说话，于是我就说吧。我现在正对你说呢。

我已经把我们的故事告诉你了。我问了好多你再也回答不了的问题。我告诉了你孩子的事。这个孩子可能是我们的，也可能不是。

我也不知道哪种更糟——是，或者不是。

我现在正握着你的手。你能感觉到我的手指交织着你的手指吗？

医院本来不应该给你上生命维持设备的，但谁都不知道这件事，所以现在你躺在这里，他们必须有我点头答应才能给你撤掉设备。我只能拼命不让自己生你的气。但说真的，加布，你怎么能置我于这种境地呢？你怎么能让我来杀死你呢？你有没有想过，做这种决定对我的伤害有多大？我的余生都会活在这种痛苦里了，加布。我知道，现在就已经知道，我以后会在梦里重温这一幕，一遍又一遍。我会感受到这浆洗过的床单，会听到你那平稳的机械呼吸声。

你觉得我可以上床挨着你吗？我会小心点的。我不会碰到你的任何一根管子。我不会伤到你的断臂。我只是……我想再抱抱你。把头靠在你胸口的感觉太好了，太幸福了。一直都是。

是你造就了我。你知道吗？你，还有“9·11”事件。我之所以是我，我所作的决定。这些都因你而起，都因那一天而起。

我可以亲亲你的脸吗？我只想再感受一次你的肌肤贴在我嘴唇上的感觉。我做什么都没法再让你回来了，对不对？

我必须接受这事实。

80

我的儿子，

我不知道什么时候才会把这封信交给你，如果我真的会给你——是在你十八岁的时候吗？等你大学毕业了？我会不会把它留在保险箱里，等我死后你才会打开？又或许你长大时自然就明白了。这个秘密也许太难以保守了。

我需要找个人来倾诉过去这两天发生的事情——这是我有生以来最艰难的两天——而我如此感激有你的陪伴，作为我身体的一部分的你。我怀着你姐姐的时候，曾经读到一篇关于胎儿意识的文章。其实在你的意识深处，很可能已经记下了这一切，形成了自己的记忆。但也可能并没有，所以我还是要把我的回忆告诉你。因为这最后两天应该被铭记。

昨天我查验出了你的生父，今天早上我杀死了他。他死的时候我就坐在旁边，他的头靠在我的肩上，我的嘴唇吻着他的头发。

他的大夫，米兹拉希医生走进来，问我准备好了没有。

我想回答她，却说不出话来。最后我只是点点头。

“你做的是该做的事。”她告诉我。

你的父亲已经脑死亡了。他在加沙遭遇了爆炸，再也无法治愈了。我和医生讨论过他的伤情，讨论了一遍又一遍。他已经没有好转的可能。

我又点了点头。即使知道自己应该这么做，但还是好难。难到几乎无法完成。

她看了我一会儿，我能看到她眼中的体谅。我很庆幸来做这件事的人是她而不是别人——她对我、对你爸爸一直都是那么好。“你可以抱着他。”她说。

听到她的话，我才把他抱过来，用手臂搂着他，把我的头靠着他的头。“这样可以吗?”我问她。

她点点头。

我闭上眼睛，把嘴唇贴在他的头发上。我不敢睁眼去看医生拔掉呼吸管。身边仪器的“滴滴”声越来越急促，我的心跳也一样。警报声最后变成了一声长长的哀鸣。我睁开眼睛，看到米兹拉希医生关掉了仪器，屏幕上变成了一条直线。接着传来一声悠长、嘶哑的吐气声，就再也没声音了。

一片死寂。

你的父亲离开了。

泪水模糊了我的视线。我对他道歉，一遍又一遍地说。我憎恨自己不得不做的这些事。“对不起，”我轻轻说，“对不起，对不起，对不起。”

许多年里，我和你父亲一直在探讨有关命运和自由意志、天意和抉择的话题。我想我现在已有了答案。这是我的选择，一直都是我的选择，还有他的选择。是我们选择了彼此。

现在你和我一起在你爸爸的屋子里。虽然他已经离开了，却仍旧环绕着我们。到处都能看见他的影子：日出时从卧室窗口透进来的金色光线，地板上绛红色和午夜蓝组成的波斯地毯，他屯在厨房里的咖啡豆散发的香味——他再也不会喝这些咖啡了，但我们会帮他喝完的，你和我。

如果你读到这封信时我已不在人世，那么看看你父亲的名字吧：加布里尔·萨姆森。去看看他的作品。看看他 2011 年在切尔西约瑟夫·兰蒂斯画廊的展览。从他的照片中，我希望你能看到他对这个世界的感情有多深，以及我和他对彼此的感情有多深。你的父亲，他是个艺术家，一个伟大、敏感、美丽的艺术家，一直努力用自己拍下的每一张照片把世界变得更好。他希望分享一个个故事，打破地缘，打破边界，跨越种族和宗教。而他做到了，只是以自己的生命作为代价。

他不是个完美的人，你要知道这一点。我也不是。他有时候很自私、很自我、很自负。他认为牺牲是件崇高的事。

他始终不知道你来到了这个世界上。我应该早些告诉他的。也许那样一切就会不一样了。我只能想象，如果他知道有了你，他的思维倾向就会改变，他不会再那样义无反顾地走入冲突，投身战争之中。我无法想象他会甘心牺牲陪伴你的时间，但也有可能这改变不了什么，也许什么都改变不了。

你是因爱而生的——我希望你明白这一点。无论接下来要面对什么，无论我写下这封信后会发生什么，无论你读到这封信时我们的生活是什么样，无论你在成长中叫谁“爸爸”——我都要你知道我有多爱你父亲。那是一股穿透了时间、空间和逻辑的激情。我希望你也能找到这样的一份爱——一份让你全心投入、无比强大、让你感到自己有些疯狂的爱。如果你真的找到了这样的感情，那么拥抱它吧。抓牢它。当你把自己彻底投入这样一份爱中，你的心会受伤，会破碎，但你也会感到无敌、感到永恒。

现在他已经走了，我不知道自己能否再感受到那种心情，还会不会有另一个人能像他那样让我感到自己那么独特、那么受垂青、那么被需要、那样被注目。但我觉得自己已经很幸运了，人生中能有一次这样的体验，能有你。

你还没有来到这个世上，但我已经在爱你了，我的儿子。而且我知道，无论你的父亲在哪里，他都同样爱着你。

致谢

《我们失去的光》第一稿故事大纲是我在2012年写完的，那时我刚结束一段恋情，我原以为它会是一辈子的。在其后的四年里，我在赶其他书的截稿的间隙写完了这部小说。而那四年成为了我人生中最动荡的几年。在那段时间里，我思考了很多关于爱、失落、命运、决定、志向以及后悔的事——而很多次我都感激，当自己的世界纷乱难安时，我还能创造出一个露西的世界。

我要感谢在那四年里支持我的朋友和家人们，他们伴随我度过了那些喜悦和悲伤。但是在我向生命中这些伟大的人们一一致谢时，我要特别感谢帮助我把故事大纲写成长篇小说的人。感谢艾米·尤因，是她读了前二十八页后让我继续写下去；感谢玛丽安娜·贝尔、安妮·赫尔侧耳、玛丽·鲁特科斯基，以及艾略特·沙弗，他们是地球上最好的写作团队，他们一如既往地将这故事反复读了多遍，恰到好处地指出了它的优缺点；感谢塔利亚·本阿米和丽莎·卡普兰·蒙塔尼诺，他们的反馈以及无数次后续讨论都有着无法估量的价值；感谢莎拉·福格曼和金伯利·格兰特·格里克，两位是我的焦点小组读者，他们对露西母亲和妻子的身份给出了深刻的意见，这些意见也体现在了这本书的终稿里。谢谢我的姐妹们，艾莉森·梅和苏西·桑托波罗，她们对书中涉及医院和医疗的部分给出了专业意见；感谢我的姨妈艾伦·富兰克林·希尔福，她为我提供了电视节目制作人的信息；谢谢阿提亚和康纳·鲍威尔，他们回答了在加沙做报道的问题；谢谢巴里·卢里·韦斯特博格，他给我讲了杰夫把头发放进洗衣机的故事，并同意我把这个故事借用到书中；还要感谢尼克·谢福林一百万次，他在一张鸡尾酒餐巾上和我一起构思完了剧情，他确认了加布的记者职业，帮我补习了耶路撒冷的知识，和我一起探索里哈维亚社区，并且阅读完书中的几乎每一幕并和我讨论了至少三次——他不断地鞭策我写得更深入，并在我想不出剧情发展时亲自给出建议。尼克，区区一张《汉密尔顿》的票根本不足以表达我对你的帮助有多感激。

然而，若是缺少两位了不起的女性，这本书将仍然只是我电脑里的一份手稿。她们就是我的经纪人米莉亚姆·阿尔舒乐，以及我的编辑塔拉·辛格·卡尔森。米莉亚姆，真的很感谢你为我以及为我的作品所做的一切，我如此感激人生的道路把我带向了你。塔拉，你的直觉和视野改变了露西、加布、达伦，让他们的故事变得更好。谢谢你一直帮我推书，谢谢你提出完美的编辑意见。还要谢谢你们，伊万·黑尔德、萨利·吉姆、海伦·理查德、艾米·施耐德、安德里亚·皮波尔斯、凯里·拜尔德、克莱尔·苏利文，以及普特南和企鹅出版社的全体团队，尤其要谢谢利·布特勒、汤姆·杜赛尔和哈尔·费森登，是你们给了我机会向全世界分享《我们失去的光》这本书。

但是还有最重要的两个人，如果没有他们，我想象不出自己还能写出这本书。我把最后的致谢留给我的妈妈贝丝·桑托波罗，以及——虽然他再也看不见了——我的父亲约翰·桑托波罗。他从未把我的梦想当作可以丢弃的东西，永远鼓励我去追寻它，无论那个“它”究竟是什么。我将永远对此心存感激。

露西和加布的书单

自我有记忆以来，书籍、剧目和诗歌就一直有着重要的意义。在这部小说里，它们对露西和加布以及两人的恋情也扮演着重要的角色。书中的一部分参考索引已经写得很清楚了，但还有一部分不是那么明确。因此以下是一张书单——以出场顺序排列——《我们失去的光》中露西和加布所有提及的文学作品都罗列其中。

1. 《裘力斯·凯撒》（*Julius Caesar*），威廉·莎士比亚（William Shakespeare）著
2. 《泰特斯·安德洛尼克斯》（*Titus Andronicus*），威廉·莎士比亚 著
3. 《伊利亚特》（*The Iliad*），荷马（Homer）著
4. 《未走之路》（*The Road Not Taken*），罗伯特·弗罗斯特（Robert Frost）著
5. 《希腊罗马神话：永恒的诸神·英雄·爱情与冒险故事》（*Mythology: Timeless Tales of Gods and Heroes*），伊迪丝·汉密尔顿（Edith Hamilton）著

6.《罗密欧和朱丽叶》(*Romeo and Juliet*)，威廉·莎士比亚　著

7.《记忆传授人》(*The Giver*)，洛伊丝·劳里（Lois Lowry）著

8.《亚瑟王之死》(*Le Morte d'Arthur*)，托马斯·马洛礼爵士（Sir Thomas Malory）著

9.《变形记》(*Metamorphoses*)，奥维德（Ovid）著

10.“我喜欢我的身体，当它和你的身体在一起时”（*I like my body when it is with your body*)，E. E. 肯明斯（E. E. Cummings）著

11.“十四行诗之三十”(*Sonnet* 30)，威廉·莎士比亚　著

12.《查特莱夫人的情人》（*Lady Chatterley's Lover*)，D. H. 劳伦斯（D. H. Lawrence）著

13.《如果你给小老鼠一片饼干》（*If You Give a Mouse a Cookie*)，文/劳拉·纽玫若芙（Laura Numeroff)，插画/菲利希亚·邦德(Felicia Bond)

14.“希望是长着翅膀的鸟儿”（*Hope is the thing with feathers*)，艾米莉·狄金森（Emily Dickinson）著

15.《所有我们看不见的光》（*All the Light We Cannot See*)，安东尼·多尔（Anthony Doerr）著